Queen's Heart

Queen's heart 2
정원용 판타지 장편 소설

초판 1쇄 찍은 날 § 2004년 2월 17일
초판 1쇄 펴낸 날 § 2004년 2월 27일

지은이 § 정원용
펴낸이 § 서경석

편집장 § 문혜영
편집책임 § 권민정
편집 § 장상수 · 유경화
마케팅 § 정필 · 강양원 · 이선구 · 김규진 · 홍현경

펴낸곳 § 도서출판 청어람
등록번호 § 제1081-1-89호
등록일자 § 1999. 5. 31
어람번호 § 제1-0453호

주소 § 경기도 부천시 원미구 심곡1동 350-1 남성B/D 3F (우) 420-011
전화 § 032-656-4452 팩스 § 032-656-4453
http://www.chungeoram.com
E-mail § eoram99@chollian.net

ⓒ 정원용, 2004

ISBN 89-5505-990-6 04810
ISBN 89-5505-988-4 (SET)

※ 파본은 본사나 구입하신 서점에서 교환하여 드립니다.
※ 저자와 협의하여 인지를 붙이지 않습니다.

정원용 판타지 장편소설 결혼식

Queen's Heart
퀸즈하트

2

FANTASY FRONTIER SPIRIT

도서출판 청어람

CONTENTS

결혼식

Chapter 5　결혼식 – 7
Chapter 6　멸신전쟁 – 85
Chapter 7　정의의 이름 – 143
Chapter 8　사절단 – 239

결혼식

잊지 못할 만큼 큰 후회를 해본 적이 있냐고? 있지. 내가 그 '괴물' 하고 결혼한 것. 그것이 일생일대의 가장 큰 실수이자 실책이었지. 아직도 난 왜 그때 내가 남들, 음… 그러니까 다른 왕자들을 말하는 걸세. 그들처럼 가출하지 않고 왕궁에 처박혀 책이나 파고 있었는지 후회가 되네. 차라리 마틴 녀석에게라도 억지로 떠넘겼으면 지금쯤 손주 녀석을 무릎에 올려놓고 평안한 나날을 보내고 있었을 텐데. 충고하네만… 부인은 잘 고르게. 본인은 물론 자식들까지 고생시키고 싶지 않으면 말이야.

—제2대 황실 서기관이자 궁중 역사학자인
후렌 경이 집필한 '황실 비사' 중.
—빛과 영광의 제국 크레센트를 지배하는 로이드 1세 폐하와의
영광스러운 대담 중.
—주: 역시 결혼은 남자들의 무덤인가 보다.

결혼식

―대륙력 995년 여름. 크레센트 왕국 수도 크론발.

빌어먹고 또 빌어먹을 댄 자식은 오늘도 나를 찾아와 내 속을 뒤집어놓았다. 수도로 돌아온 지도 벌써 일주일이 지났는데 망할 놈의 댄 녀석이 로이드 왕자를 억지로 끌고 온 것이 무려 세 번째이고 내가 그 재수없는 왕자 자식의 저녁 식사에 초대된 게 일곱 번째다. 그 누가 알아줄까? 내게 호의적이지 않은 상대의 옆에 앉아서 식사를 하는 그 고통을······.

"푸하~ 지친다."

난 등 뒤로 팔을 뻗어서 가슴을 조이는 조끼부터 벗어 던졌다. 그리고 무거운 은제 관과 세 개나 되는 목걸이도 거칠게 풀어서 바닥에 던져 버렸고 그 무엇보다 피곤한 나를 짜증나게 만드는 이 연회용 드레스를 잽싸게 벗어서 집어 던져 버렸다. 내가 짜증을 내며 드레스를 양탄자 위로 내던지고 속치마 차림으로 푹신한 소파에 늘어져 버리자 시녀들이 잽싸게 다가오더니 목걸이와 은관, 그리고 보기만 해도 지긋지긋한 드레스를 집어 드느라 분주했다.
"무엇부터 준비할까요, 마마?"
"차가운 물! 그리고 뜨거운 물!"
"예, 마마."
제린이 고개 숙여 예를 표하고 방을 나가자 제시와 죠안은 내가 어질러 놓은 방 안을 정리하느라 정신없이 돌아다녔다.

내가 왕성으로 돌아와서 가장 먼저 한 일은 국왕 폐하를 만나러 간 것도 아니요, 앞으로 내 남편이 될 로이드 왕자를 찾아간 것도 아니었다. 내 전속 시녀를 구하기 위해 몸소 움직인 것이 왕성에 들어서자마자 해낸 가장 큰 성과였다. 덤벙대고 실수만 저지르는 데다 굼뜨기까지 한 에린 녀석은 아무리 같은 나라 출신이고 한때 같이 생활했었다는 것을 생각해 봐도 참기 힘들 만큼 무능한 녀석이었기에 난 겨우 일주일뿐이었지만 그동안 매우 만족했던 시녀장과 시녀들을 모두 불러들인 것이다. 에레니아 시녀장은 내가 돌아오자 무척 기뻐하며 좋아했고 다른 세 시녀들도 자신들의 지위가 상승한 데 기쁜 듯한 기색이었다.

전속 시녀라는 것은 다른 일반 시녀들이 하는 청소니 빨래니 식사 준비니 하는 자질구레한 일들에서 면제됨은 물론이요, 왕족이나 귀족 같은 '잘나고 귀하신' 분들을 옆에서 보필하기에 떨어지는 떡고물도 많다. 하급 귀족이나 부유한 평민의 경우 자신의 딸을 시녀로 귀족가나 왕실에 보내는 경우도 자주 있는 일이니 그리 특이할 것도 없지만 말이야. 크레센트나 로세니아나 여자는 그 가문의 재산 중 하나일 뿐이다. 예쁘고 예의 바르고 정숙하면 좀 더 값나가는 재물이고 못생기고 성격 더럽고 경망스러우면 헐값에 내놓아도 안 팔리는 쓰레기이고 말이야. 우~ 이런 생각을 하니까 기분 더러워지는걸.

"마마, 목욕물이 준비되었습니다."

"응."

어느새 다가온 제린이 차가운 냉수를 내게 내밀면서 말했다. 다 좋은데 소리 좀 내고 다녔으면 좋겠는걸? 이것 참, 깜짝깜짝 놀란단 말이야. 뭐, 귀족들 사이에서는 시종과 시녀들은 있는 듯 없는 듯해야 한다니 뭐라고 할 수도 없지만 말이야. 제린이 건네준 냉수를 벌컥벌컥 마시고 일어선 나는 대리석으로 만들어진 화려한 욕탕 쪽으로 발걸음을 옮겼다.

화려함이란 이럴 때 쓰라고 있는 말이다. 도대체 겨우 목욕이나 하는 욕탕이 30평이 넘어야 하는 이유가 뭘까? 거기다 칸막이로 쳐진 대리석 침대에 간이 화장대에—역시 대리석이다—유리창으로 된 넓은 테라스까지 있다. 이 정도면 욕탕이라고 부르기보다는 석조 주택이라고 불러야 할 정도였다. 내 방도 그렇고 여기도 그렇고 뭐가 이리 커다란지 말이야. 걸어다니기도 귀찮다.

"하아아아~"

옷을 벗고 뜨거운 김이 올라오는 물속에 몸을 담그자 뜨거움과 시원함이 동시에 밀려온다. 노곤함이 머리 속을 정복하고 수면욕이 내 눈꺼풀을 강하게 짓누른다. 자고 싶다. 쿨~

우웅~ 춥다.

"일어나셨습니까, 마마?"

누구? 고개를 들어 바라보니 시녀장인 에레니아다. 벌써 에린의 교육이 끝난 건가? 눈을 비비고 주변을 둘러보니 난 욕실 안에 있는 침대 위에 엎드려 있었다. 두터운 시트를 세 겹이나 깔긴 했지만 석재 특유의 냉기와 딱딱함 때문에 잠이 깬 듯하다. 고개를 들자 내 머리맡에 서 있던 에린은 내게 주스 잔을 건네주어 난 엎드린 채 잔을 들어 단숨에 마신 뒤 시녀장에게 물었다.

"내가 오래 잤어?"

"30분 정도 되었습니다. 향유를 바를 테니 가만히 계십시오."

"응."

빈 잔을 에린에게 건네주고 다시 엎드리자 퐁 하는 마개 따는 소리가 들리면서 향긋한 라벤더 향이 코를 찔렀다. 역시 시집 안 간 처녀는 라벤더인가? 쑵!

시녀들에게 마사지를 받으면서 향유를 몸에 바르고 있자 온몸이 노곤해지면서 잠이 마구 밀려들었다. 벌써 저녁 식사까지 마친 늦은 밤이었기에 여기서 좀 잔다 해도 상관없겠지? 둘둘 말아 올린 머리에 씌어 있는 수건을 풀어서 턱에 받친 나는 고개를 옆으로 돌리고 졸았다. 솔직히 푹신한 침대에 누워서 쿨쿨 자고 싶었지만 열심히 내 몸을 주무르고 향유를 발라주고 있는 시녀장과 그 일당(?)들의 성의를 무시할 수 없어서 그대로 있었던 것이다. 내가 조금만 더 제멋대로였거나 성질이 급했다면 모조리 물리고 자러 갔을 것이다.

욕실 밖에서 작은 소란이 일어난 듯했다. 이 시간에 누가 소란을 떠는 거야? 저런 짓을 할 녀석은 내 기억으로는 댄 녀석과 에린뿐이다.

생전 하지도 않던 운동을 요 몇 주 동안 격렬하게 하는 바람에 몸이 많이 축났는지 온몸의 근육들이 비명을 질러댔기에 왕성으로 돌아온 뒤 나는 꼭 아침 저녁으로 마사지를 받았다. 특히 잠들기 전에 두 시녀에게 전신 마사지를 받는 것은 이제는 빼먹을 수 없는 중요한 일과가 되었다. 이 일과를 방해받는 것이 무엇보다 싫었던 나는 내가 욕탕에 들어가 있는 동안은 그 누구도―설령 국왕 폐하께서 보낸 전령이라 해도―들이지 말라고 명령해 놓았고 그 명령은 꽤 잘 지켜지고 있었다. 그래서 방심했었나 보다. 아니, 방심했다.

"아니 되옵니다, 전하!"

"전하아아!"

"시끄러워!"

욕실문이 벌컥 열리면서 한 무더기의 인간들이 우르르 몰려들어 왔다.

"누, 누구……?"

"전하아아!!"

귀를 찢을 듯한 비명 소리와 함께 들어온 인간들은 로이드 왕자와 댄, 그리고 거의 구르다시피 들어와 쓰러진 여인은 내 방에서 잠자리를 준비하고 있던 제린이었다. 깜짝 놀란 나는 몸을 일으켰다. 두 손으로 가슴을 가리면서 몸에 걸칠 것을 찾던 나는 그만 로이드 왕자와 눈이 마주치고 말았다. 석상처럼 굳어 있다가 한순간 새빨갛게 붉어지는 왕자의 얼굴을 보는 순간 난 이성을 잃었다.

"꺄아아아아아아아아악!!"

단 한 가지 생각만 났다. 죽고 싶어!

내가 집어 던진 향유 병에 댄 녀석이―왕자를 노리고 던졌는데 이놈이

충심으로 몸을 던졌다. 망할 댄! 죽일 놈의 댄! 저주해 줄 테다―이마가 깨져서 질질 끌려 나가고 시녀장의 밀치기에 그대로 욕탕 밖으로 왕자 놈이 쫓겨 나갈 때까지 난 악을 써대면서 울어댔다. 원래 귀족 사회가 문란한 편이고 얼마 뒤면 내 남편이 될 남자였지만 그래도 싫다. 저런 무례하고 배려심 따윈 눈 씻고 찾아봐도 없는 인간 따윈 정말 싫어!

한참 동안 욕탕 안에서 손에 잡히는 대로 집어 던지며 화를 푼 나는 어느 정도 진정된 다음에야 수치심과 분노를 마음속에 꾹꾹 눌러 담은 뒤 옷을 입고 방으로 나왔다. 로이드 왕자는 벌써 가버렸는지 없었고 방 한구석에 있는 손님용 소파에는 댄 녀석이 물수건을 이마에 얹은 채 히죽대고 있었다. 그 옆에는 에린 녀석이 울상을 한 채 대야를 들고 있었고 댄 녀석의 강력한 추천 덕분에 내 호위 기사가 된 비운의 기사 크렌과 내 사병으로 승격(?)된 닐크와 아르케네스 등이 내 비명 소리를 듣고 달려와서 자리를 차지하고 있었다. 또 한구석에서는 에레니아 시녀장이 왕자의 침입을 제지하지 못한 제린을 혼내고 있었다.

"아아… 왕녀 마마, 화끈한 인사, 감사드립니다."

댄 녀석은 편한 자세로 의자에 기대어 앉은 채 히죽거리며 내게 손을 흔들어댔다. 저 자식을 찢어 죽일까, 태워 죽일까? 아니면 내장을 끄집어내 버려? 속으로 여러 가지 살해 방법을 생각하면서 나는 그의 맞은편 소파에 거칠게 주저앉았다.

"이 시간에 이런 무례한 방법으로 방문한 이유를 말해 봐. 아주 타당하고 정당한 이유가 아니라면 여기서 무사히 나갈 거라는 생각은 접는 게 좋을 거야."

"하하하! 하하! 무섭네요, 왕녀 마마."

"농담 아니야. 나 지금 기분 더러우니까 본론만 말해."

"아… 예. 뭐, 사실 별거 아니었습니다. 내일 로이드 전하께서 궁 밖으로 외유를 나가시기에 같이 동행해 주십사 하는 간청을 드리러 온 것인데 방문 시기가 별로 안 좋았군요. 사과드립니다."

"……."

정말 말은 잘한다. 저 인간은 목을 잘라내도 나불나불 잘도 떠들 거다.

"겨.우. 그 따위 일로 숙녀의 침실에, 그것도 욕탕까지 쫓아와? 여기 사는 인간들은 예절이라는 단어 자체를 모르는 거야? 겁 많고 허약한 무지렁이 같은 놈들!"

"…그만 하시죠. 그래도 예술도 모르는 산맥 너머의 무식한 산도적들보다는 낫습니다."

쾅!

내 주먹이 나도 모르게 테이블을 강하게 후려쳤다.

"지금 시비 거는 거야? 댄, 아니, 대니어스 드 워렌 자작! 지금 네 앞에 있는 사람이 누군지 알고나 있나?"

"대 로세니아의 고귀하신 왕녀 아넬리안 마마이십니다. 그런데 필요할 때만 위압적인 자세를 취하는 건 좀 비겁하지 않습니까, 마마?"

"시, 시끄럿!"

얼굴이 붉어졌다. 아! 안 돼! 또 저놈 페이스로 끌려가잖아. 나는 황급히 자세를 고쳐 앉은 뒤 팔짱을 꼈다. 그리고 댄 녀석을 노려보면서 말했다.

"그, 그래서 그 왕자 녀석은 뭐야? 어떻게……?"

"쉬잇! 언성을 낮추십시오, 마마."

결혼식 15

"아, 미안. 실수."

난 급히 입을 다물면서 방 안을 돌아보았다. 에린 녀석은 평소와 마찬가지로 멍청한 표정을 한 채 댄 녀석의 뒤통수를 바라보고 있었고 두 남정네와 크렌은 자기들끼리 작게 잡담을 나누고 있었다. 그리고 시녀들을 불러 세워놓고 혼내주고 있던 시녀장은 내 말에 귀 기울이다가 다시 한바탕 설교를 늘어놓기 시작했다. 입 조심 해야지. 여긴 로세니아가 아니라고. 왜 자꾸 잊는 거지?

"뭐… 하여간 여기서는 숙녀의 욕실까지 쫓아오는 게 예의야? 응? 어떻게 그럴 수 있지?"

"그 점은… 할 말이 없습니다, 마마. 저도 막는다고 막아봤습니다만… 로이드 전하께서 고집을 부리시면 국왕 폐하도 못 말리기에 역부족이었습니다. 제가 억지로 모셔오지만 않았… 헙!"

"호오~ 역시 왕자씩이나 되는 사람이 겨우 말 몇 마디 전하려고 왔다는 게 이상했는데……. 이봐, 댄, 당신 요즘 너무 노골적으로 움직이는 거 아니야? 그렇게 남녀 사이를 참견하면 될 일도 안 된다고."

싫든 좋든 어차피 결혼하게 되어 있지만……. 난 길게 한숨을 내쉬었다. 내 인생은 왜 이 모양일까?

"할 수 없지. 당분간은 당신 말대로 해줄게. 이왕자에게 빚을 지워두는 것도 나쁘진 않겠지."

"현명하신 생각이십니다, 마마."

씨익 웃는 댄. 저 웃는 면상을 한 방 갈겨주고 싶다. 느글느글하고 뺀질거리는 녀석을 보고 있노라면 정말 살의가 물씬물씬 피어오른다. 특히 댄 녀석은 커트렌 그 망할 자식을 생각나게 해서 더욱더 마음에 안 든다. 내가 손을 들어서 가보라고 손짓하자 댄 녀석은 살짝 고개를 숙여 예를 취한 뒤 일어섰다. 난 마치 자기 집처럼 자연스럽게 일어나 에린 녀석에게 윙크까지 하는 여유를 보여주며 밖으로 나가려는 댄을 불러 세웠다.

"댄."

"예, 마마. 더 하실 말씀이라도?"

"응, 있어."

나 역시 제집처럼―앞으로 여기서 살게 될 테니 내 집 맞나?―자연스럽게 일어서서는 댄 녀석의 앞까지 걸어갔다. 눈기를 지키고 있던 닐크와 아르케네스, 그리고 크렌 녀석이 댄을 향해 걸어가는 나를 바라보고 있었다. 댄에게서 두어 걸음 떨어진 곳에 선 나는 그를 향해 웃어주었다. 내가 웃어주자 한쪽 입가를 씰룩이면서 몸을 뒤로 빼던 댄 녀석이 먼저 말했다.

"말씀드리지만… 치맛자락을 붙잡아 달라는 부탁이면 사양하겠습니다."

"어머! 그걸 아직도 기억하고 있어? 그런 건 빨리 잊어버리라고. 그리고 걱정하지 마. 그런 것 아니니까."

"그, 그렇습니까?"

내 태도가 급변하자 불안한지 댄 녀석이 복도로 향해 있는 문을 힐끔거리면서 나와의 거리를 재고 있는 게 보인다.

"이번엔 그런 게 아니라니까. 닐크! 아르케네스!"

"예, 마마!"

똑같은 방법을 두 번이나 쓸까. 천하의 아넬리안이 말이야. 훗!

"닐크는 크렌 잡고 있어! 그리고 아르케네스! 이 망할 바람둥이 녀석이 도망가지 못하도록 꽉 잡아! 명령이야!"

결혼식 17

"마, 마마!!"

비명을 지르는 댄. 오오~ 불쌍한 대니어스 드 워렌 자작. 그는 자기보다 머리 하나는 더 큰, 그리고 매우 불행하게도 그보다 훨씬 힘이 센 자칭 '마법사' 아르케네스에게 꽉 붙잡히고 말았다. 그리고 그의 충성스러운 부하 크렌 녀석도 닐크의 기습에 목을 죄었고… 훗! 복수의 시간이 도래했도다.

"후후후~ 데엔~ 전에 나보고 건.강.하다고 했었지? 그전엔 감히 날 놀라게 했었고 말이야. 그리고 오늘 감히 이 몸을 그 잘난 혀로 가지고 놀아? 너 오늘 건.강.한. 내 주먹에 한번 죽어봐!"

"마마! 마마! 그런 게 아니옵니다! 마마! 죽여주십… 아니, 살려주십시오, 마마! 이봐, 친구! 아르케네스! 우리 사이에 이럴 수 있나? 응? 한배를 탄 입장이잖아!"

"미안하외다, 워렌 자작. 하지만 공은 공이고 사는 사. 이 미천한 마법사는 왕녀 마마의 명령을 거역할 수가 없습니다. 진심으로 애도를 표합니다."

어이, 자칭 마법사! 댄의 목을 죄고 있는 팔이나 풀고 그런 말 하라고. 행동이랑 말이 전혀 매치가 안 되잖아. 뭐, 그쪽이 더 좋지만 말이야. 믿었던 친구의 배신이라……. 아주 멋져! 우흐흐흐흐!!

"자작님! 제가 곧… 이것 놔! 놓으란 말이야!"

"미안하지만 그럴 수 없어. 나도 먹고살아야지."

"죄송합니다. 제가 힘이 모자라서…… 놓으란 말이다! 으흐흑… 워렌니임."

한쪽에서는 충직한 신하와 악당의 만담이 펼쳐지고 부디 '명복을 어쩌고' 하는 크렌에게 댄 녀석은 '애초에 기대도 안 했다'라고 자신의 심경을 표출했다. 그동안 나는 가죽 건틀렛—팔꿈치까지 오는 가죽 장갑에 철심을 넣어서 강화한 닐크 특제 건틀렛이다. 건틀렛이라 불릴 수 있다면…이지만—을 양손에 낀 뒤 머리 끈으로 머리를 묶고 발목까지 덮는 치마를 말아 올려서 한쪽으로 묶은 뒤 두 주먹을 몇 번 부딪치며 공포 분위기를 조성한 뒤 댄 녀석을 보면서 씨익 웃었다. 스트레스 해소와 운동, 그리고 실전 연습을 겸한 일석삼조의 인간 샌드백이 눈앞에 보인다. 후후후. 나는 사색이 된 댄 녀석의 배를 향해 온 힘을 다해 주먹을 휘둘렀다.

빠아악!

소리 좋고! 아자!

뻐억! 빡! 퍽! 쾅!

수십 번의 보디 블로우와 발길질에 댄 녀석이 비틀거렸다. 완전히 맛이 가버린 댄 녀석을 보면서 아르케네스에게 손짓하자 그는 순순히 손을 놓고 뒤로 물러섰다. 비틀거리며 간신히 쓰러지지 않는 댄을 보며 나는 잔인한 미소—라고 생각된다—를 지어 보이면서 오른발을 높이 치켜들었다. 그리고 댄의 어깨를 발뒤꿈치로 내리찍었다.

쩌억!

"크허어억!"

쿵 소리를 내면서 댄 녀석은 그대로 바닥에 대 자로 뻗었고 몇 번 꿈틀꿈틀거리다가 내가 등을 시뿐히 두어 번 밟아주자 돌에 맞아 죽은 개구리처럼 쭉 뻗어버렸다.

"자작니임!! 그흐흑! 이 못난 부하를 용서히 십시오!"

"아넬리안 마마, 이 녀석, 이제 놔도 됩니까? 하도 버둥거려서 저도 힘에 부치는데요?"

"아아……."

내가 대답해 주자마자 닐크 녀석이 크렌을 놔주자 이 고지식한 기사는 내 발 밑에 깔려 있는 댄을 구하기 위해서 몸을 날렸다. 물론 나는 발을 빼면서 뒤로 물러섰고 그 덕분에 댄 녀석은 크렌의 전신을 날린 어택에 당해서 정말로 뻗어버렸다. 꽝 소리가 났으니까……. 양탄자가 깔린 바닥에서 저런 소리가 나려면 어떻게 몸을 날려야 하는 거야? 갑자기 궁금해지는걸?

"아아! 몸을 풀었더니 개운하네. 이제 그만 가봐도 좋아."

내가 만족스러운 미소를 지어 보이면서 장갑을 벗자―피가 조금 묻어 있지만 무시했다. 내 피가 아니니까―크렌 녀석이 댄을 부축하면서 일어섰다. 마음 약한 마법사 아르케네스는 그런 댄을 동정한다는 표정으로 크렌의 반대 편에서 댄을 부축해 주었다. 헤롱거리면서 정신을 못 차리던 댄은 질질 끌려가면서 밖으로 나가다가 갑자기 나를 보며 심각한 표정을 지어 보였다.

"마마……."

"으응?"

가, 갑자기 웬 심각한 표정? 명색이 기사인데 나같이 연약한 소녀에게 늘씬하게 얻어맞아서 기분 상한 건가? 내가 너무 심하게 팼나? 수십 가지 생각이 순식간에 머리 속을 훑고 지나갔다.

"마마, 아까 내려찍기하실 때… 속옷 보였습니다. 흰색이더군요."

빡!

댄 녀석의 고개가 뒤로 홱 하고 돌아가면서 붉은 피가 허공에 뿌려졌다.

"쓸데없는 말을 지껄이는 게 어느 주둥이야! 오늘 내가 네놈의 입을 꿰매 버리고 말겠어!!"

난 시뻘겋게 달아오른 얼굴로 댄 놈을 향해 손에 남아 있던 나머지 장갑을 집어 던졌다.

빠각!

정신없는 사건들이 모두 지나간 뒤 나는 와인 병을 들고 침대맡에 앉아서 에린에게 에레니아 시녀장과 카렌을 불러오라고 시킨 뒤 나가 있으라고 했다. 왕성에 들어온 뒤 카렌 녀석은 내 눈에 자주 보였는데 그 이유라는 게 웃겼다. 왕성이라 경비가 삼엄해서라나? 한마디로 함부로 나다닐 수가 없어서 내가 있는 궁성 근처에서 돌아다닌다는 것이었다. 혼자서 와인을 한잔 마시며 기다리고 있자 에레니아 시녀장이 소년용 잠옷을 입고 있는 카렌을 데리고 왔다. 이미 잠자리에 들었다가 불려왔는지 붕 뜬 머리에 두 눈을 비비면서 들어온 카렌의 모습은 솔직히 깨물어주고 싶을 만큼 귀여웠다. 저런 동생이 하나 있었으면 좋을 만큼 말이다. 물론 그 뭣 같은 성격은 교육을 통해서 완전히 뜯어 고쳐야겠지만……

"부르셨습니까, 마마."

"응. 전에 부탁했던 그거 구했어?"

"…그것이라면… 그……."

"응, 맞아. 그거."

내가 수긍하자 시녀장은 미간을 살짝 찌푸렸다.

"외람된 말입니다만 어디에 쓰시려고……? 제가 봤을 때 마마께서는 건강하신 듯합니다만……."

"쓸 데가 있어. 줘."

"원하신다니 드리겠습니다만……."

에레니아 시녀장은 미심쩍은 눈초리로 대답한 뒤 '그것'을 가지러 간다고 방을 나갔다. 그동안 난 빈 잔에 피처럼 붉은 와인을 한 잔 더 따른 뒤 그것을 들고 아무 말 없이 서 있는 카렌에게 건넸다. 하지만 카렌이 언제나처럼 고개를 저어서 거절해 와인이 가득 차 있는 유리잔은 다시 내 입 안을 향해서 돌아왔다.

"카렌."

"……."

"네게 있어 나는 뭐지?"

"…주인, 나의 주인."

"좋아, 그럼 주인으로 명령하겠어. 들어줄래?"

"……."

카렌은 아무 말 없이 작게 고개를 끄덕였다. 그걸로 충분하지. 이 애한테 더 이상의 반응은 기대하기 힘드니까. 와인을 한 모금 마시며 목을 축이면서 기다리고 있는데 시녀장이 돌아왔다. 그녀는 두 손으로 엄지손가락만한 작은 유리 병을 조심스럽게 쥔 채 들어왔는데 불안한 기색이 온몸으로 드러났다.

"여기 있습니다, 마마. 하지만……."

"됐어. 어떻게 쓰는지 정도는 나도 아니까 그만 가봐."

"…예, 마마. 편안한 밤 되십시오."

시녀장 에레니아는 얼굴 가득 의문을 품은 표정으로 인사한 뒤 방을 나갔다.

탁!

문이 닫히는 소리가 들린 뒤 나는 내 손에 들린 작은 병을 들어 올렸다. 황금색의 액체가 병 안에 가득 차 있었는데 내가 흔들 때마다 출렁이면서 반짝거렸다. 난 그 병을 카렌에게 넘겨주면서 말했다.

"이걸 가지고 내가 시키는 대로 해. 약간… 아니, 상당히 어려운 임무겠지만 그래도 너라면 성공할 수 있을 거라고 난 믿어. 할 수 있겠지?"

"…응."

오호! 카렌이 이렇게 순순히 내 말을 듣는 게 얼마만이냐? 그동안 도망만 치던 녀석이 말이야. 아주아주 만족스럽다.

"좋아, 그럼 그거 잘 관리하고 나가봐. 잘 알겠지만 지금 우리가 나눈 말과 다음에 내릴 명령은 비밀이야. 에린에게도 말하지 마. 알았지?"

"……."

고개를 끄덕인다. 나와 말하기 싫은 걸까, 이 아이는? 별로 상관은 없지만…….

"용건은 그게 다야. 가봐. 잘 자고."

내 말에 카렌은 휙 하고 돌아서서 나가 버렸다. 저 심술궂고 새침한 들고양이는 예절이 너무 부족하다니까. 후후후! 로이드 왕자, 그리고 댄! 내 복수는 싸구려가 아니라고! 두고 봐! 저 약병의 절반만 있으면 10m가 넘는 향유 고래도 그대로……. 크후후후! 오늘 밤은 아주 즐거운 꿈을 꿀 수 있을 것 같다. 후으으으으…….

나는 동녘 하늘이 어슴푸레 밝아올 무렵 눈을 뜬다. 나의 아침은 남들보다 빠르다. 가장 부지런한 부엌데기 하녀가 아직 꿈속에서 헤매고

결혼식 23

있을 무렵 나는 일어나서 잠옷을 벗는다. 내가 옷을 다 갈아입고 화장대에 앉을 때가 되어서야 에린이 부스스한 몰골로 일어나서 연신 하품을 해대면서 세숫물을 가져온다. 마치 좀비처럼 비척거리면서 반쯤 잠에 취한 에린은 가끔 졸리다고 칭얼거리다가 내게 얻어맞고 정신을 차리기는 하지만 그런대로 시녀의 일에 어느 정도 적응한 듯한 모습이었다. 그런 에린의 도움을 받아 씻고 별궁 밖으로 나가면 그제야 하인들이 돌아다니기 시작하고 어린 시녀들이 일어나 마당과 궁 안 청소를 시작한다.

"밤새 안녕하셨습니까, 마마?"

"응, 좋은 날씨야."

아침마다 만나는 이름 모를—솔직히 관심없다. 궁에서 일하는 이들이 한두 명인가? 이들의 이름을 다 외울 사람은 아르케네스 정도일걸?—어린 시녀의 아침 인사를 받으면서 나는 별궁 앞의 정원으로 향한다. 천천히 뛰는 동안 몇 명의 하인들과 시녀들이 나를 향해 고개 숙여 예를 취하면 그때마다 손을 들어서 일일이 답해준다. 저 시녀들 사이에서는 나도 꽤 별종으로 통한단다. 그도 그럴 것이, 여자의 몸으로 운동을 하는 것도 그렇고 귀족보다 더 '고귀하신' 왕족이 이렇게 이른 아침부터 일어나 있기 때문이다. 보통 평범한 귀족들은 늦은 아침이 되어서야 일어나거나 아니면 아예 오후쯤에나 활동하니까 말이다. 귀족가의 아가씨들은 하루의 절반을 잠으로 보내기도 한다. 많이 자면 더 예뻐진다나 뭐라나? 흥! 미모란 하늘이 내려주는 거라고. 그렇게 잠만 퍼질러 자면 뚱뚱해질걸?

탁탁탁.

가벼운 걸음으로 달리다 보니 이마에 땀이 샘솟기 시작한다. 그래도 시원한 새벽 공기 덕분에 기분은 날아갈 듯이 좋다. 멀리 커다란 본궁이 한눈에 보이는 별궁 정원을 한 바퀴 돌고 다시 별궁 뒤편으로 향한다. 가는 길에 정원사가 대여섯 명의 노예들에게 한아름의 짐을 들리고 길을 재촉해서 가는 게 보인다. 난 손을 흔들어대면서 정원사에게 소리쳤다.

"좋은 아침!"

"뵙게 되어 영광입니다, 마마!"

내가 묵고 있는 별궁의 화단과 정원을 손질하는 늙은 정원사는 나를 보자 모자를 벗어 인사했다. 그의 뒤에서 짐을 메고 있던 노예들은 아예 엎드려서 고개를 땅에 처박는다. 그런 이들에게 손을 흔들어주면서 가볍게 지나쳐 달리다 보면 부엌에서 일하는 하녀들이 음식 재료를 들고 우물가로 향하다가 나를 발견하고는 허리를 숙인다. 그리고 빗자루로 길과 마당을 쓸고 있는 하인들을 지나치면 내가 목적하는 곳이 나온다. 본래 하녀들이 빨랫감을 널어놓는 곳으로 쓰이는 넓은 마당이었는데 이 별궁에 와서 이곳을 발견한 나는 아침 연습을 여기서 하기로 마음먹고 그대로 실행했다. 덕분에 부주의한 하녀의 실수로 밤이슬을 맞게 되는 불행한 빨랫감들이 종적을 감췄다고 한다. 물론 그 불행한 하녀가 혼나는 강도도 몇 배로 높아졌고. 하지만 그건 내 탓이 아니라고.

"후아… 후아… 후우우우……!"

넓은 마당 한가운데서 숨을 깊이 들이마셨다가 내쉬면서 숨을 골랐니. 여름이 가까워져서 그런지 사방은 벌써 환하게 밝아오고 있었다. 아직 닐크와 아르케네스도 나오지 않았고 이곳에서 내가 아침 운동을 하는 걸 알 만한 이들은 다 알기에 찾아오는 사람도 없다. 볼일이 있더라도 내가 운동을 마치고 궁으로 돌아갈 때까지 기다려야 하니 볼 사

결혼식 25

람도 없지만. 가끔 카렌 녀석이 여기서 서성이면서 몸을 푸는 것을 보는데 그런 카렌을 목격하고 나면 꼭 왕성 어디선가 소녀 유령이라든가 침입자 소동이 일어난다. 하여간 한시도 가만히 못 있는 아이라니까.

　허리를 좌우로 돌리면서 준비 운동을 시작했다. 아주 어릴 때 마음 놓고 뛰어놀았던 기억을 제외하고는 이렇게 몸을 격렬하게 움직인 적이 없기에 이 운동을 시작했을 때 내 몸은 마른 나무토막같이 온몸의 관절이 굳어 있었다. 그나마 몇 주 동안 이렇게 아침 저녁으로 몸을 움직여 줘서 보통 소녀—평민 소녀들을 말한다—만큼의 유연성을 갖출 수 있게 되었다. 또 그럭저럭 근육도 생기기 시작했고 말이다. 닐크의 말로는 한 2~3년 동안은 기초 체력을 쌓는 훈련을 해야 한다는데 그게 정말일지는 모르겠다. 그래도 이렇게 몸을 움직이고 있으면 기분이 상쾌한 데다가 무언가를 한다는 충족감이 가슴을 가득 메운다. 목표를 향해 한 걸음씩 전진한다는 느낌이 들고 또 내가 살아 있다는 것이 그 무엇보다 절실히 느껴진다. 이런 게 행복일까? 지금까지 17년을 살아오면서 요즘처럼 기분 좋은 나날이 계속되기는 처음이다.

　"일찍 나오셨군요, 마마."
　"응, 잘 잤어, 닐크, 아르케네스?"
　"예, 마마."

　내가 빨랫줄을 매다는 말뚝에 한쪽 발을 올려놓고 허리를 굽혀 유연성 운동을 하는 동안 닐크와 아르케네스가 부스스한 머리를 한 채 나왔다. 저 둘, 또 씻지도 않고 나온 걸 거야. 남자들은 은근히 게으르다니까. 귀찮다고 씻지도 않고 나오다니 말이야. 씻는 시간도 여자들보다 훨씬 짧으면서 말이야.

　"이렇게 부지런한 아넬리안 마마 덕분에 이 별궁 사람들이 왕국 내에서, 아니, 대륙 내에서 가장 부지런한 사람들일 겁니다."

"아하하!"

뭐, 나 때문에 눈치 보여서 시녀들이나 하녀들이 일찍 일어나는 건 나도 알고 있다고. 그래도 더울 때보다는 시원한 아침 나절에 운동하는 게 더 효과도 좋고 기분도 좋단 말이야. 그리고 내가 낮잠 잘 때 그네들도 쉬잖아. 에잉~ 몰라. 내가 왜 하인들이랑 하녀들 사정까지 맞춰줘야 하냐고.

"자자, 잡담은 여기까지 하고 아침 운동이나 하자고. 오후에는 왕자궁으로 가야 하니까."

"그렇군요. 어제 그 일 때문에 큰 난리가 벌어졌었죠. 잊고 있었습니다."

"아, 마마도 화나면 무섭더군요. 원래 성질이 나쁜 것은 알고 있었지만……."

이봐, 이봐, 나 좀 때려주라고 말하는 거야? 그런 거라면 돌려 말할 필요 없이 그냥 말하라고. 죽도록 패줄 테니까!

"시끄럿! 운동이나 해!"

"네네, 오늘은 몇 바퀴나 돌고 오셨습니까?"

"한 바퀴. 오후에 일도 있고 하니까 오늘은 자제해야지."

"그렇다면 가볍게 윗몸 일으키기 50회와 단거리 달리기 50회만 하고 끝내도록 하지요."

"응."

양호하군. 평소라면 그 세 배는 더 하고 대련으로 마무리했을 텐데. 닐크 말로는 아침에 유연성을 기르는 운동을 하는 게 저녁때보다 낫다고 한다. 그 말이 맞는지는 모르겠지만 한때 몽크였고 지금은 뛰어난

권술—마샬아츠—을 사용하는 풋내기 기사가 하는 말이니 맞겠지 뭐. 아르케네스가 바닥에 두터운 모포를 까는 동안 나는 팔다리를 돌리며 준비 운동을 마치고 모포 위에 무릎을 모은 채 드러누웠다. 그동안 닐크는 롱 소드를 꺼내 들고 검술 수련을 시작했고—그러나 문외한인 내가 보기에도 어설프기 그지없다—아르케네스는 한 손으로 내 두 발목을 잡아 주고 다른 손으로 30cm는 넘어 보이는 엄청난 크기와 두께를 자랑하는 책을 들고 읽기 시작했다.

"하나… 둘… 셋……."

책을 암기하면서도 내가 윗몸 일으키기를 하는 동안 숫자를 세어주고 자세를 교정시켜 준다. 확실히 마법사는 아무나 하는 게 아닌가 보다. 일전에 정말 책을 읽는 건가 해서 확인해 봤는데 다시 한 번 마법사라는 인종과는 머리 싸움을 해서는 안 된다는 것을 깨달았다. 괴물이란 저런 인간을 두고 하는 말이다. 아르케네스의 경우에는 한 손으로 내 체중을 지탱할 만한 괴력의 소유자인 데다가 머리까지 좋고 거기다 덩치도 산만큼 우람하다. 한마디로 어디 하나 빠지는 데 없는 괴물 중의 괴물이랄까? 단지 베테랑 산도적도 울고 갈 만큼 삭막하고 무서운 얼굴만 제외한다면 신랑감으로는 이보다 나은 조건을 찾기 힘들 텐데 역시 신은 공평한가 보다. 이런 잡생각을 하는 동안에도 열심히 몸을 움직이다 보니 벌써 50회가 다 되어간다.

"마흔아홉, 쉰. 끝입니다, 마마."

"후에… 후에… 힘들어……."

털썩.

난 그대로 드러누우면서 숨을 골랐다. 아직은 이런 운동에 적응이 안 되는지 금방 숨이 찬다. 그리고 보면 닐크의 말이 맞는 듯하다. 아무리 좋은 기술을 가지고 있더라도 체력이 뒷받침되지 않으면 전혀 쓸모없다는 말. 역시 기본이 중요하긴 중요한가 봐. 으음…….

"앗! 벌써 끝내셨습니까? 이럴 수가! 말도 안 돼!"

닐크 녀석이 놀란 표정으로 날 보더니 갑자기 검을 휘두르는 속도를 빨리하기 시작했다.

"마마보다 늦다니! 난 죽어야 돼! 우오오오오!!"

저 혀를 뽑아버릴까 보다. 바닥에 누운 채 배로 빨라진 닐크의 검을 보고 있자니 번쩍번쩍 하면서 무언가기 히공을 가르는 소리만 들린다. 오~ 대단한걸? 그런데 나와 같이 닐크를 보던 아르케네스는 오히려 혀를 찬다.

"쯧, 매사에 속성이란 없는 법인데… 열혈 바보 같으니라고."

"…풋!"

이 둘을 보고 있노라면 참 재미있다. 거구에 열혈남아—물론 순화된 표현이다—처럼 생긴 아르케네스는 냉정하고 절제된 모습을 보여주고 쿨하고 샤프하게 생긴, 소위 말하는 미청년 스타일의 닐크는 쉽게 흥분하고 쉽게 달아오른다. 그러면서도 아직도 용사니 영웅이니 하는 대목을 매는 걸 보면 남자들은 평생 가도 애라는 이야기가 뭔 뜻인지 알 만하다.

"우오오오오!! 어?"

롱 소드를 들고 상하 베기와 좌우 베기를 연속으로 하던 닐크가 갑지기 우뚝 멈춰 섰다. 그와 함께 그의 앞에서 나타나던 빛줄기가 사라지고 그의 손에서 롱 소드가 사라졌다. 빈 손을 들어 올린 채 좌우를 두리번거리는 닐크의 비보 같은 모습은 꼭 광대 같다는 느낌이 들었다. 그런데 검은 어디로 간 거지? 응? 머리 위에서 바람 가르는 소리가? 히

이이익!!

"위험……!"

책을 읽던 아르케네스가 그렇게 말하면서 책을 덮더니 그 손으로 롱 소드를 쳐냈다. 우하하! 살았다. 내 머리를 향해 회전하며 떨어져 내리던 롱 소드는 그 두꺼운 책에 맞아서 처참한 몰골로 바닥을 굴렀다. 팅, 탱, 챙그랑 하는 소리를 내면서 말이다. 이마 한가운데서 식은땀 한줄기가 이마를 타고 귓가로 흘러내렸다. 주르륵.

"저… 저기… 마마, 괜찮으십니까? 저기… 고의는 절대 아니었습니다."

"……."

"아넬리안 마마? 마마?"

주춤거리면서 다가와서 우물쭈물대는 닐크. 오늘 두 가지를 깨달았다. 죽음의 예감을 어느 때 알 수 있는지와 언제 사람 하나를 죽여 버리고 싶은 살의가 느껴지는지를 말이다.

"너! 죽었어! 놔! 죽여 버릴 테야! 닐크으으으!!"

난 아직도 내 발목을 붙잡고 있는 아르케네스에게 벗어나기 위해서 몸부림쳤다. 어제도 유혈 사태가 벌어졌는데 오늘도 아침부터 유혈 사태겠군. 맹세컨대 내가 아는 가장 처참한 방법으로 죽여 버릴 테야!

닐크 놈을 죽도록 두들겨 팬―물론 그가 일부러 맞아줬다는 건 알고 있다. 마음만 먹으면 내 주먹 따윈 아주 손쉽게 피해 버릴걸?―난 그 후 연습이고 뭐고 다 때려치우고 내 방으로 돌아왔다. 막 아침 식사를 가지러 나가려 준비하던 에린을 불러서 속옷을 가져오게 시킨 난 거칠게 옷들을 내팽개치고는 곧바로 따뜻한 물이 가득 차 있는 욕조 안으로 뛰어들어갔다. 대충 땀만 씻어낸 뒤 밖으로 나가 보니 웬일로 카렌 녀석이 내 방 구석에 주저앉아서 무언가를 만지고 있었다.

"카렌, 뭐 하고 있어?"

"……."

당연히 대답은 없군. 벙어리도 아닌 주제에 말이야. 말을 아껴서 뭘 어쩌겠다고……. 고개를 돌려 나를 한번 힐끔 본 뒤 다시 고개를 숙이는 카렌을 보고 있자니 은근히 화가 치밀어 오른다. 그래도 꾹 참고 카렌 녀석에게 다가갔더니 은백색으로 반짝이는 롱 소드를 기름 묻은 헝겊으로 닦고 있는 게 보인다.

"응? 이번엔 롱 소드냐? 참 가지가지 한다. 카렌, 이건 또 어디서 훔, 아니, 가져온 거지?"

"…이왕자궁."

내가 급히 말을 바꾸자 얼굴을 찌푸리던 카렌이 겨우 말을 한다. 그래도 꼴에 어쎄신이라고 자기를 도적과 비유하면 매우 싫어했기 때문이다. 어차피 둘 다 마찬가지 아닌가? 그런데 이왕자궁이면 로이드 왕자가 있는 곳이잖아? 누군지 모르지만 이 검을 잃어버린 불운한 병사, 혹은 기사에게 애도를……. 훗! 고소하다. 그 로이드 왕자라면 이가 갈린다는 말씀! 어라? 그런데 카렌이 들고 있는 검 손잡이 부분에 어디서 많이 보던 문장이……. 이건 크레센트 왕실 문장?

"카렌 너, 로얄 가드의 검을 훔쳐 온 거야? 엉?"

"……."

내가 화를 내자 나를 빤히 바라보던 카렌은 무표정한 얼굴을 좌우로 젓는다. 그렇다면 이 검은 누구 것이냐고! 왕실 문장이 붙은 검을 쓸 수 있는 사람은 로얄 가드뿐이란 말이야! 아니, 왕족도 사용할 수 있긴 하지만……. 그렇다면……?

"당장 돌려주고 와! 어서!"

"……."

내 말에 작게 얼굴을 찌푸리던 카렌은 아예 고개를 돌려 나를 외면해 버린다. 이것이! 너 지금 반항하는 거냐?

"좋은 말로 할 때 다시 갖다 놔!"

"…명령? 아니면 부탁?"

"명령이다, 이것아!"

으으으!! 에린이고 카렌이고 모조리 상자에다 집어 처넣고 포장해서 강에다 던져 버릴까 보다! 둘이 내 속을 아주 콤비로 긁어대는구나! 이것들이 나 화병으로 죽는 걸 보고 싶어서 이러는 걸까?

"…후우~"

어린애답지 않은 한숨을 내쉰 카렌은 내 말, 아니, 명령에 아주 우울한 표정을 지으면서 롱 소드를 검집에 넣은 뒤 터덜거리며 방을 나갔다. 아주 어깨가 축 처진 모습이 마치 내가 무슨 큰 잘못이라도 한 것 같은 기분이 들게 만드는 모습이었다. 뭐야! 난 잘못한 거 없다고! 저런 꼴을 하고 있으니까 내가 나쁜 사람 같잖아! 우이씨! 기분도 꾸리꾸리한데 에린 녀석, 실수라도 안 하나?

제린 등의 시중을 받으면서 침대 위에 축 늘어진 나는 시녀들의 마사지를 받고 그대로 낮잠을 자기 위해 이불을 덮어쓰고 누웠다. 일찍 일어났으니까 일찍 자야지. 암. 내가 다른 이들과는 다른 특별한 능력이 있다면 언제 어디서든지 마음만 먹으면 5초 내로 기절하듯 잠들 수 있다는 것이다. 이렇게 침대에 누워서 생각하는 동안 5초가 이미 지나

쟀겠… 쿠울~

한참 잘 자고 있는데 누군가 내 몸을 흔들었다.
"마마, 마마, 아넬리안 마마!"
"우으응~"
"일어나세요, 마마. 손님이 오셨습니다, 마마."
끄으응~ 누군가 깨워서 일어나는 건 정말 싫다. 만사가 다 귀찮고 졸음은 쏟아지는데 눈을 뜨고 일어나야 하다니…….
"하아암~"
나를 흔드는 손길을 밀어내고 하품을 하면서 일어나자 시녀인 죠안이 눈에 들어왔다. 눈을 비비고 머리를 흔들면서 잠을 쫓고 나자 그제야 몸을 움직여야 한다는 생각이 든다.
"워렌 자작님께서 오셨습니다, 마마."
"그놈이 오든 말든 왜 깨우는 거야? 더 잘래."
"하지만 마마, 오후에 궁 밖으로 외유 나가신다고 하지 않았습니까?"
아, 그렇군. 댄 녀석이야 일주일이든 한 달이든 보기 싫으면 안 봐도 되지만 그 로이드 왕자 놈은 내가 함부로 대할 수 없지. 히잉~ 일어나기 싫은데…….
난 비척거리는 걸음으로 욕탕을 향해 걸어갔다. 늘 생각하지만 짜증나게도 넓다. 걷기도 귀찮단 말이다!

하루에 두 번씩이나 씻고 화장하는 일은 굉장히 번거롭고 시간도 많이 잡아먹는 일임에도 불구하고 나는 거의 습관적으로 일어나면 씻고 화장부터 했다. 아직 어린 편이기에 늙은 아줌마들처럼 백분을 얼굴에 바를 필요도 없고 주름살을 지우기 위해 노력할 필요도 없기에 다른 귀족 여자들보다는 훨씬 빨랐지만 말이야. 장미 꽃잎을 곱게 빻아서 즙을 낸 종이 연지를 입술에 대고 꾹 눌러준 나는 거울을 보면서 만족스러운 미소를 지었다. 이 거울 안에 있는 소녀가 누군진 몰라도 참 예쁘단 말이야? 훗!

"에린! 옷 가져 와! 드레스로!"

내 전속 시녀인 주제에 상황 판단력 같은 건 눈곱만큼도 없는 에린 녀석에게 명령할 때는 세세하게 명령해야 된다. 안 그러면 쓸데없이 시간만 잡아먹고 기분만 잡치니까. 그런데…….

"에린! 에린!"

이 망할 계집애가 대답도 없어? 감히!!

"마마, 여기…….."

막 화장대에서 일어나 대꾸도 안 하는 건방진 에린 녀석을 두들겨 패려 할 때 제시가 은백색의 얇은 드레스를 들고 왔다.

"에린은?"

"저… 그게…….."

"대답해. 에린 녀석은 어디 있지? 왜 내가 부르는데 안 오는 거야?"

"손님에게 차를 내 가고 있어서… 제가 왔습니다, 마마."

크으으으!! 에리이이이인!!

입는 데 10분, 벗는 데 5분이라는 무시무시한 여성만의 갑옷—귀족용 드레스—을 단번에 몸에 걸친 나는 눈꼬리를 치켜 올리고 손님용 객실로 달려갔다.

콰앙!

"오, 마마! 벌써 일어나셨습니까?"

"……."

 방 안에서 내가 본 광경은 에린 녀석의 오른손을 잡고 있는 댄 녀석이었다. 그동안 수작이 들어갔는지 에린 녀석은 잘 익은 사과처럼 새빨개진 얼굴을 한 손으로 가린 채 '몰라~ 몰라~'를 연발하고 있었고, 히죽거리면서 에린과 노닥거리던 댄은 내가 방으로 들어서자 일어날 생각도 않고 의자에 앉아서 인사를 했다. 이 망할 것들을 모조리 목매달아 버려?

"호오~ 댄, 어제 그렇게 떡이 되도록 맞았는데도 멀쩡하네?"

"하하하! 신전에 기부금을 좀 냈습니다, 마마."

"그으래? 그럼 기부 좀 더 해야겠는걸? 응?"

 뚜둑!

 내가 주먹을 움켜쥐고 소리를 내자 댄 녀석의 표정이 겁먹은 강아지 같은 모습으로 변했다.

"아하하! 시, 실례하겠습니다, 마마! 지금 마차를 보러 가야 돼서……. 그, 그럼!!"

 라고 말하면서 댄은 내 옆을 지나쳐 밖으로 나가려 했다. 그러나 내가 이 바람둥이 놈을 그냥 둘 수 있나? 난 왼손을 들어서 도망치는 댄의 어깨를 턱 붙잡은 뒤에 천천히 말했다. 아주 천천히.

"데에엔~ 전에 내가 했던 말 생각 안 나나 보지? 머리가 나쁘면 몸이 고생한다는 옛말이 진실이었군. 죽엇!"

 문답무용! 난 치거든 오른 주먹을 댄 녀석의 면상을 향해 날렸다.

 터억!

 하지만 댄은 내 주먹을 가볍게 한 손으로 막은 뒤 내 팔을 슬쩍 밀치면서 문가로 뛰어갔다. 저것이 감히 이 몸의 주먹을 피해?

결혼식 35

"아하하! 마마! 활달하신 것도 좋지만 기사의 명예도 생각해 주시라고요. 그럼 전 이만 도망갑니다!"

"거기 서, 이 망할 자식아!"

내가 주먹을 흔들면서 고래고래 소리를 질러도 벌써 저만치 도망간 댄 녀석은 뒤도 안 돌아보고 뛰어가 버렸다. 이 풀 데 없는 분노는 어쩌란 말이야!

쾅!

"꺅!"

괜히 애꿎은 방문을 차던 난 등 뒤에서 들려온 비명 소리에 씨익 미소를 지었다. 그래, 아직 하나가 남아 있었지?

"호호호……."

난 돌아서서 바닥에 주저앉은 채 머리를 감싸 쥐고 있는 에린을 향해 걸어갔다. 훗날 에린 녀석이 술에 취해서 고백하기를 이날 나의 모습은 지옥에서 갓 튀어나온 악마 같았다고 한다. 뭐, 솔직한 회상에 대한 답례로 에린 녀석을 두들겨 줬지만…….

따악!

"똑바로 못 걸어?"

"히잉……."

따아악!

"뒤돌아보지 말랬지? 자꾸 비틀거릴래? 더 맞고 싶어?"

"히잉……."

에린은 무거운 짐을 가슴에 안고 등에 진 채 내게 얻어맞으며 걷고 있었다. 내 옷 가방과 짐 꾸러미를 한가득 짊어진 에린 녀석이 비틀거릴 때마다 뒤통수를 매만져 줬더니 이젠 두 눈에 눈물이 글썽거린다. 그렇게 우는 얼굴 한다고 안 때릴 줄 알아?

딱!

"키힝……."

"내 전속 시녀면서 감히 일은 팽개치고 사내놈이랑 노닥거리고 있어? 너, 집으로 보내 버린다?"

"잘못했습니다, 마마. 히잉……."

"시끄러워. 빨리 안 가? 자꾸 비틀거릴래? 가방 하나라도 떨어뜨리기만 해봐. 아주 머리를 빡빡머리로 밀어버릴 테다!"

앞서가던 에린은 당장이라도 안고 있는 가방들을 떨어뜨릴 듯 휘청대다가 내 협박에 부들부들 떨면서 목덜미가 새빨개지도록 힘을 썼다. 열댓 벌의 드레스와 장신구, 그리고 사기로 된 화장품 세트까지 들어 있는 저 가방 하나의 무게만 해도 웬만한 기사들의 체인 메일 수준이니 어린 에린이 들고 가는 건 좀 힘에 부칠 거다. 하지만 벌 주는 데 그 정도는 되어야지.

"심하군."

"신종 고문법 같아."

"응."

"뒤에 남정네 둘! 같이 한번 해볼래? 앙?"

내 뒤를 졸졸 따라오던 닐크와 아르케네스는 내 외침에 두 손을 마구 지으면서 고개를 흔들어댔다. 그러면서 왜 뒤에서 쫑알대냔 말이야, 조용히 닥치고 있지. 심심할 때마다—혹은 울화가 치밀 때마다—에린의 뒤통수를 딱 소리 나게 때려주면서 별궁을 나오자 나를 기다리고 있는 한 대의 마차를 볼 수 있었다. 불행하게도 에린에게 내리는 벌은 거기서 끝나야 했고—매우 아쉽게도 말이다—어느 정도 만족한 나는 바다와 같은 넓은 마음으로 에린을 마차 밖으로 내몬 뒤 걸어오라고 명령했다. 그런데 여섯 명이 앉아도 충분할 만큼 넓은 마차에 달랑 나 혼자 있으니 조금, 아니, 많이 썰렁하다. 으음······.

　마차를 타고 가는 동안 카렌이 편지를 가지고 왔다. 덴 녀석이 보낸 그 편지에는 오늘 내가 만나러 가는 킬 드 프로센 후작에 대해서 씌어져 있었는데 그는 중남부의 넓은 곡창 지대를 가지고 있는 대귀족 중 하나라고 되어 있었다. 풍부한 재력을 바탕으로 많은 사병을 가지고 있고 또 사병 숫자만큼의 용병을 고용하여 자신의 영지와 그의 자본으로 세운 무역 도시들을 관리하고 있다고 되어 있었다. 정치적 성향은 중립이나 정통성을 갖춘 국왕을 보필하는 것이 귀족의 의무이자 권리라고 생각하며 자기 가문이 모든 귀족 가문 중 최고의 가문이 되는 것을 가장 중요시한다고 한다. 전형적인 출세 지향적 귀족이랄까? 하지만 그 무엇보다 중요한 것은 그가 로이드 이왕자를 차기 국왕으로 지지하고 있다는 것이었다. 왕자 본인은 별로 내켜 하지 않는 것 같지만 그는 어찌 되었든 전 왕비의 아들이니까. 정통성을 따지는 고리타분한 늙은이들은 그를 왕으로 만들기 위해서 분주하게 뛰어다닐 것이다. 내 알 바는 아니지만······.
　"카렌."
　내가 마차 창문을 열고 괘씸한 에린 대신 카렌을 부르자 소년처럼 바지를 입고 있는 카렌은 에린과 같이 걷고 있다가 마차 쪽으로 쪼르르 달려왔다. 난 덴이 가져온 편지를 카렌에게 넘겨주며 말했다.
　"처리해. 아무도 못 보도록 없애 버려."

"……."

 내 말에 고개를 끄덕인 카렌은 그 종이를 내가 보는 앞에서 잘게 찢었다. 그리고는 먹어버렸다. 저 녀석, 들고양이인 줄 알았는데 산양이었나? 으음… 난 평범하게 불태워 버린다거나 물에 적셔서 잉크를 번지게 하는 방법을 생각했는데 기발하군. 저렇게 찢어서 먹어버리면 배를 갈라도 소용없겠군. 내가 서류를 아무 흔적도 없이 없애 버리는 방법에 대해서 몇 가지 생각을 하고 있을 때 갑자기 마차 문이 열렸다. 어라? 그러고 보니 벌써 왕자궁까지 왔잖아? 막 내가 내리려 하는데 로이드 왕자와 덴이 마차 안으로 들어왔다.

"안녕하세요, 전하. 뵙게 되어서 영광입니다."

"흠……."

 내 인사에도 이놈의 왕자는 묵묵부답이다. 그저 손 한번 들어 보이면서 예의도 없이 제멋대로 들어와 자리에 털썩 주저앉은 로이드 왕자는 뚱한 표정으로 옆구리에 끼고 있던 책을 펼쳐 든다. 이 망할 왕자 녀석이 내 남편이 된다니 참으로 하늘이 원망스럽다. 속으로야 갖은 욕을 다 퍼붓는 나지만 그런 내색은 할 수 없기에 웃는 얼굴로 엉거주춤 서 있던 나는 다시 자리에 앉았다. 북부의 찬 서릿발 같은 냉기가 감도는 마차 안의 분위기에 얼어 있던 덴 녀석은 조심스럽게 내 눈치와 왕자 눈치를 살피면서 왕자의 옆에 앉았다.

 그들이 들어오고 마차 문이 닫히자 밖에서 왕실 기사들의 구령과 말 울음소리가 들려오면서 부산스러운 출발을 알렸다. 우으… 저 왕자 녀석과 얼마를 같이 타고 있어야 하는 거야? 완전 가시 방석인데……. 에린이라도 있었다면 좋았을걸. 칫!

앉자마자 창문을 열고 책을 파기 시작한 로이드 왕자 덕분에 나는 매우매우 심심해졌고 달랑 셋뿐이니 내 눈초리가 누구에게 향할까. 그래도 눈치 빠른 덴 녀석이 잽싸게 말을 꺼낸 덕분에 난 마차 문을 발로 차고 뛰쳐나가는 예의없는 행동은 하지 않아도 되었다. 그의 말에 따르면 이 괴로운 마차 여행은 서너 시간쯤 걸린다고 한다. 수도 외곽의 귀족 별장들 중 사냥터에 가까운 킬 드 프로센 후작의 저택까지 가는 짧은 여정이었다. 그래도 왕자는 왕자라고 요새 앞에는 중무장한 기사 20명과 100명은 되어 보이는 병사들이 모여 있었다.

물론 이들은 카라덴 요새에서 나온 병사들이다. 왕실 근위 기사단인 로얄 가드를 제외한 다른 기사들은 이처럼 카라덴 요새 도시나 주요 도시에 퍼져 있었다. 군사력이라는 것은 정치와는 뗄래야 뗄 수 없는 관계를 가진 아주 높은 가치를 지닌 카드이지만 그 카드의 날이 어느 쪽으로 향하게 될지는 그 누구도 모른다. 반역자에게 겨눠질 수도 있고 적국에게 겨눠질 수도 있으며 때로는 왕에게 겨눠지기도 하는 것이 군권이라는 카드니까 말이다. 현명한 왕이라면 왕권이라 칭해지는 상징적인 지배력과 군사력이라는 실질적인 지배력을 효과적으로 다뤄야 하는 법이다. 자고로 인간들이란 모이면 파벌을 만들고 각 파벌들은 조직의 이익을 우선시하는 법이니까.

감히 왕에게 검을 겨누지 못하게 억제하면서 또한 타국의 도발에 맞대응하기 위해서 만들어진 요새가 바로 카라덴 요새이다. 왕권의 상징이자 크레센트 왕국의 상징이기도 한 이 요새에는 내가 알기론 근 1천 명에 달하는 영지 없는 기사들과 비슷한 수의 종자, 그리고 각 기사마다 대여섯씩 데리고 있는 병사들까지 합하여 근 1만 명에 달하는 군단을 이루고 있었고 또 중앙군의 이름으로 징집된 징집병들도 1만 명 가까이 되었다. 이들은 내부 또는 외부의 적을 치는 검이 되고 각 지방의 영주군과 민병대, 그리고 중요 지역에 배치된 지방군은 적의 공세를 흡수하고 방어하는 방패가 되어준다. 방패가 적의 공세를 막아주면 검은 그 적의 정면, 또는 배후를 급습하여 단번에 전세를 역전해 버리고. 이러한 전술은 근 300년이 넘어가는 아주 오래된 작전이지만 아직 왕국을 지키는 데는 전혀 문제가 없었다.

크레센트를 넘볼 만한 군사력을 가진 단일 국가는 북방의 강국 케센과 내 모국인 로세니아뿐인데 삼국이 원정군으로 파견할 수 있는 병사의 숫자는 뻔하기에 타국을 침범한 국가는 반항하는 각 지방의 영주군과 지방군을 상대하면서 중앙군과의 일전을 준비해야 한다. 즉 먼저 방패를 철저히 조각내고 깨부순 뒤 검을 되받아 쳐야 한다는 것인데 이 크레센트라는 나라가 길 하나는 시골 구석까지도 잘 닦여 있기 때문에 이 나라 안에서의 병사들 이동은 신속하고 재빠르다. 육두마차 두 대가 나란히 달려도 충분할 만큼 넓다란 중앙 대로는 평시에는 상인들의 운송로로 이용되고 전시에는 군인들의 행군에 큰 도움을 준다. 물론 이 점은 적들도 마찬가지이긴 하지만 문제는 이 대로 근처에는 언제나 요새나 요새 도시, 또는 준 군사 도시가 끼어 있다는 점이다. 겨우 100명도 채우지 못할 목조 요새부터 쇠보다 단단한 경도를 가진 흑암으로 지은—물론 검은 돌이라 굉장히 칙칙하다. 미관상으로는 0점짜리—대규모 요새 도시까지 이놈의 나라 안에는 요새라는 말이 붙은 노시가 닐리고 낄렸다. 평야 지대에 세위진 나라라서 그러지 천혜의 요새 같은 건 눈 씻고 찾아봐도 없기에 인공적인 요새에 그렇게 집착한 것 같다.

하여간 병사들의 준비가 끝나고 나자 곧바로 마차는 출발하였는데 체인 메일을 걸친 창병들도 무난히 따라올 정도로 마차는 느긋하게 가도 위를 달렸다. 결혼 예정까지 잡힌 왕녀가 댄 같은 일반 귀족과 함부로 한담을 나눌 수도 없기에―물론 그것은 내 앞에 로이드 왕자가 앉아 있기 때문이었다―나는 지루했다. 우리들의 뒤에서 다른 마차를 타고 오는 에린이 이때만큼 보고 싶었던 적도 없었으니까 말이야. 그래도 별 탈 없이―별 탈이 있다면 그게 더 이상한 거겠지만―프로센 후작의 저택이 보이는 곳까지 올 수 있었다. 그런데 내 눈앞에 비친 후작의 저택은……

"와아!"

"꽤 아름답지요, 마마? 프로센 후작님은 특히 건축물에 관심이 많은 분이라 저렇게 외관과 내부의 장식에 많은 투자를 하신다고 합니다."

"헤에……."

아름답다고 해야 하나, 웅장하다고 해야 하나? 아니면 예술품이라고 해야 할까? 정말 그림 같은 풍경이었다. 새하얀 대리석재를 사용한 3층 높이의 저택은 약간 높은 언덕에 위치하고 있었는데 멀리서도 눈에 확 띄는 독특하고 미려한 외관을 자랑했다. 거기다 저택의 뒤로는 푸르른 숲이 펼쳐져 있고 그 옆으로는 수도를 관통하는 지오스 강이 은빛으로 반짝이면서 잔잔하게 흐르고 있었다. 마치 다른 세상에 온 것 같은 기분이 들었다.

내가 머리를 내밀고 마차 밖을 내다보는 것을 댄은 말렸지만―로이드 왕자는 아예 상관도 하지 않았다―나는 두 손으로 창틀을 붙잡고 '와아~' 하는 감탄사를 내뱉으면서 길가로 보이는 저택을 감상했다.

프로센 후작의 저택으로 가는 길은 지금 마차가 달리고 있는 대로에서 좀 더 앞으로 가면 나오는 샛길로 빠져야 나오기 때문에 난 저택의 앞 모습과 옆 모습을 오랫동안 관찰할 수 있었다. 그런데 저택의 입구가 가까워지자 그때까지 마차 좌우로 일 열씩 걷던 병사들이 이 열을 만들었다. 그리고 우리 마차 바로 앞에서 말을 몰고 가는 기사가 손을 들면서 구령을 붙였다.

"헤이~ 호!"

"헤이~ 호!"

쿵! 차락! 쿵! 차락!

구령에 따라서 병사들이 창대의 끝을 바닥에 찍으면서 일정한 리듬에 따라 소리를 내자 마차 옆에서 열을 맞추어 걸어가는 병사들의 발이 바닥에 닿을 때마다 착착 소리가 들려왔다.

"헤에~"

"…도착했나 보군."

깜짝이야! 머리를 내밀고 창밖을 내다보던 나는 재빨리 표정을 추스르면서 제자리에 앉았다. 그때까지 아무 말도 않고 책만 파고 있던 로이드 왕자가 책을 덮은 다음 목이 결린지 손으로 목을 주무르고 있었다. 솔직히 저 인간은 남자로서는 아무리 후한 점수를 줘도 0점이다. 암만 잘생겨도 저런 성격이면 여자들이 모두 도망가 버릴걸? 난 조신한 표정으로 고개를 살포시 숙였다. 음, 역시 내숭은 기본이지. 암. 그런데 나도 모르게 내 두 손은 밖에서 나는 병사들의 발 맞추는 소리에 톡톡거리면서 움직였다. 그것도 콧노래까지 작게 흥얼거리면서. 그런데 왠지 시선이……

"흠……."

"하아… 아하하……!"

로이드 왕자 녀석이 날 빤히 바라보고 있는 게 아닌가? 얼굴이 붉어졌다. 이렇게 무안할 수가……. 다행히 왕자는 시선이 마주치자 내게서 관심을 잃었는지 창밖으로 시선을 돌렸지만 붉어진 내 얼굴은 도통제 색을 찾을 생각을 하지 못했다. 근데 저 댄 녀석, 고개 돌리고 킥킥대면 누가 모를 줄 아나? 나중에 단둘이… 가 아니라 아르케네스랑 삼자─혹은 사자─면담 좀 해야겠는걸?

저택의 정문을 지나친 마차는 금세 멈추었다. 그러자 로이드 왕자가 일어서더니 책을 옆구리에 끼고 먼저 나가 버린다. 동행인에 대한 예의를 좀 보여줬으면 나도 좋고 저놈도 좋고 좋은 게 좋은 걸 텐데 말이야. 으음… 마차 밖에 나와서도 내 손을 잡는 영광을 가진 건 댄 녀석이었다. 아무래도 꿈 많은 소녀들이 열광하는 로맨스는 포기해야 할 것 같다. 한숨이 나오는구만. 내가 마차에서 내려오자 스무 명 가까이 되는 귀족들이 저택의 현관문 앞에 서 있다가 왕자 쪽으로 걸어왔다.
"초대에 응해주셔서 영광이옵니다, 전하."
"프로센 후작인가?"
"예, 전하."
저 왕자 녀석, 귀족들 얼굴도 안 외워둔 거야? 후작이면 직위도 직위거니와 파벌도 만만치 않을 텐데……. 로이드 왕자도 내 꼴 나봐야 후회하지. 흠. 남자니까 외국으로 팔려가지는 않으려나? 아니지. 인질로 잡혀갈 수도 있겠군. 후작의 안내를 받으며 저택 안으로 들어가면서 보니 여기 모인 귀족들도 실망한 표정이 역력했다. 역시 알아봐 주지 않으니 섭섭한 거겠지.

오후가 다 되서야 출발하여 도착하니 저녁때인지라 화장 좀 고치고 나니 밖은 새까만 어둠이 내려앉았다. 내 시중을 들어주는 에린이 조금 뒤에 바로 연회가 시작된다고 말해 주어 나는 연회용 드레스를 꺼내 입고—물론 왕궁에서 가져온 거다. 남의 집에 와서 옷까지 달랠 수는 없잖아?—귀고리며 목걸이를 주렁주렁 달고 숙소를 나섰다. 역시 귀족의 저택답게 방도 많았고 그 안에 북적거리는 시종이며 하인들도 많았는데 대부분 타지에서 몰려온 손님의 하인인 듯 복장이 모두 제멋대로였다. 그래도 다행히 후작이 배려해 줘서인지 저택에서 일하는 시녀가 나를 인도했다. 맹한 에린 녀석에게 홀을 찾으라고 시켰다간 한 시간 뒤에야 도착할 테니 이 얼마나 다행인가? 물론 이런 배려가 내 신분 때문인지 아니면 로이드 왕자 때문인지는 모르겠지만 3층의 내 숙소에서 연회장으로 쓰이는 홀로 나오는 내 앞으로 빨간 머리를 가진 낯익은 뒤통수가 휙 하고 지나갔다.

"카렌?"

"……."

내가 이름을 부르자 빨간 머리의 카렌이—짧은 머리에 시종복을 입혀놓으니 완전히 소년이다. 아직 어린애라 그런지 더 더욱 구분이 안 갔다—나를 노려보더니 슬금슬금 뒤로 도망치려 했다.

"거기 서!"

난 뒷걸음치는 카렌에게 달려가서 손목을 잡고 들어 올렸다. 어라? 빈손이네? 이 녀석, 뭔가 캥기는 게 있어서 도망친 걸 텐데…….

"너 또 뭘 가지고 온 거야? 솔직히 말해 봐."

"……."

당연히 대답이 없다. 난 나른 손도 들어 올렸다. 역시 빈손이었는데 문제는 소매 부분에 툭 튀어나온 단검의 손잡이가 보인다는 것. 그럼 그렇지. 내가 그 단검을 소매에서 빼내자 카렌 녀석은 골난 아이처럼 볼을 부풀리면서 고개를 옆으로 돌려 버렸다.

"필요하면 달라고 하든지 해야지. 왜 자꾸 남의 걸 훔… 아니, 슬쩍 하는 거야? 응?"

"……"

이 벙어리 녀석, 팔다리 꽁꽁 묶어놓고 두들겨 패줄까 보다. 감히 이 몸의 말을 잘근잘근 씹어 먹어? 내가 막 뭐라고 말하려 할 때 카렌 녀석이 갑자기 손을 탁 하고 쳐내더니 쿵쿵 소리나게 발을 구르면서 복도를 걸어가 버렸다. 그리고는 갑자기 복도 한구석에 세워져 있는 갑옷을 발로 뻥 차버린다.

와장창!

"카렌!!"

내가 소리를 질러봤지만 카렌 녀석은 대답도 안 한 채 빠른 걸음으로 내 시야에서 사라졌다. 저 녀석, 언제 날 잡아서 엉덩이에서 불나도록 두들겨 패줄 테닷. 뭐, 하긴 저 정도 성깔은 돼야 길들이는 맛이 있긴 하지만. 야생 고양이는 본능에 충실할 때가 가장 예쁜 법이다.

"자, 이거."

"예에?"

저택의 시녀에게 카렌에게서 압수한 단검을 건네주자 눈을 동그랗게 뜨고 나와 단검을 번갈아 바라본다.

"누군가 그거 잃어버렸다고 할 테니 적당히 근처에서 주웠다고 해."

"아, 예, 공주 마마."

"무기만 건드리는 아이이니 값나가는 건 안 없어질 거다. 그리고 날 공주라고 부르지 마! 한 번 더 그 말이 내 귀에 들리면 나무에 묶어놓고 피 터지도록 두들겨 패줄 테니까."

"옛, 마마!"

"좋아, 가자."

바짝 얼어붙은 시녀가 내 호통 소리에 겁먹은 표정으로 길을 재촉하자 난 덩달아서 겁먹은 에린을 한껏 째려봐준 뒤 따라갔다. 멍청한 것, 저러니 다른 시녀들에게 괄시받고 여기까지 쫓겨난 거지. 쯧, 도대체 마음에 드는 구석이 하나도 없다니까.

연회장으로 쓰이는 중앙 홀은 작았다. 겨우 40명 남짓한 귀족들과 귀부인들이 들어서자 꽉 찬 느낌이 들 정도로 작은 홀이었지만 그래도 있을 건 다 있었는데 홀 가장자리에는 긴 식탁이 놓여 있었고 갖가지 요리들이 잔뜩 놓여 있었다. 중앙의 계단 옆에는 열댓 명의 악단이 궁중 음악을 켜고 있었고 이미 연회가 시작되었는지 귀족들은 삼삼오오 모여서 서로 웃으면서 떠들고 있었다. 그런데 아무리 둘러봐도 로이드 왕자와 댄 녀석의 면상은 찾을 수가 없다. 이러면 난 어떡하라고! 불러 왔으면 책임을 져야 할 것 아니야! 망할!

30분이다. 30분 동안 난 연회장 구석에서 씩씩거리면서 과일 주스나 마시고 있었다. 으아악!! 내가 홀로 들어서자 예의상 찾아온 프로센 후작과 얼뜨기 남작—내 미모를 보고 은근슬쩍 접근했다가 다른 귀족에게 내 내력을 듣고 도망쳐 버린 녀석이다—외에는 말을 붙여본 녀석도 없다. 이 머나먼 외국까지 나와서 또 소외감에 몸부림치면서 손수건이나 잘근잘근 씹어야 한단 말인가? 이건 너무하잖아!

"에린."

"네, 넵! 마마! 우물우물……."

끄응! 대답하면서 입을 가린다고 불룩하게 나온 그 볼이 안 보인다 냐? 아! 두통이 일어난다. '내 이것을 그냥' 하고 평소처럼 뒤통수를 후려갈기려다가 참았다. 생각해 보니 점심도 제대로 안 먹고 달려와서 저녁 식사도 안 했으니 배가 조금 고프다. 그렇다고 해도 그렇지, 주인도 안 먹고 있는데 전속 시녀라는 녀석이 먹어보라는 소리도 없이 혼자서 웅크리고 앉아서 음식을 집어 먹어? 으! 혈압이야!

"…가서 아무나 불러와. 어서!"

"네? 어느 분을 불러올까요?"

"아.무.나. 시종이든 시녀든, 하녀든 하인이든! 아니면 집사의 수염이라도 쥐어뜯어서 끌고 와! 당장!"

장소가 장소인지라 큰 소리를 내지 못해서 에린 녀석의 머리를 한 손으로 쥐고 으르렁거렸더니 단번에 반응이 왔다. 파랗게 질린 에린 녀석이 치맛자락을 두 손으로 쥐고 다다다 뛰어갔으니까. 뛰어가다 털버덕 소리를 내면서 넘어진 건 못 본 척하자. 에린 녀석 하는 일이 다 그렇지 뭐.

협박이 효과가 있었는지 저택의 대소사를 총괄하는 노집사가 헐레벌떡 뛰어왔다. 당장 내일 관 속에 들어가도 전혀 이상할 게 없는 노집사는 새하얀 백발을 흩날리면서 내 앞으로 뛰어왔다. 저 주름이 가득한 얼굴이 헉헉대면서 가슴을 잡고 숨을 몰아쉬는 걸 보고 있으니 나까지 숨이 막히는 기분이다.

"헉… 헉… 부… 부르셨습니까, 마마?"

"그대는 이 저택의 집사인가요?"

"예, 마마. 헉헉……!"

"흠… 힘들어 보이니 숨이나 좀 고르도록 해요."

"깊으신 배려… 후우… 감사합니다, 마마."

노집사는 손수건으로 이마에 송골송골 맺힌 땀방울을 닦아낸 뒤 겨우 안정을 찾는 것 같았다. 어디서부터 뛰어왔길래 저렇게 힘겨워하는 걸까?

"그런데… 무슨 일로… 이렇게 급하게 찾으신 것입니까? 말씀하시면 바로 조치하겠습니다."

"그냥… 로이드 왕자 전하가 어디 계시는지 물으려는 것뿐인데요."

"예… 예? 하지만… 급한 일이 있으셨던 게… 아닌 듯하군요. 마마의 시녀가 눈물을 뚝뚝 흘릴 것 같은 눈으로 애원하듯이 말해서 제가 잠시 착각했었나 봅니다."

뭐냐, 저 세상 다 산 것 같은 표정은? 노집사의 이마를 가득 메우고 있는 주름살이 몇 개 더 늘어났다. 내가 뭘 잘못하기라도 했나? 때마침 에린이 두리번거리며 홀을 돌아다니다가 나를 발견하고는 헤죽거리면서 다가왔다. 나와 노집사는 주변의 귀족들을 피해다니며 힘겹게 내 쪽으로 다가오는 에린을 바라보았다. 그리고 나와 집사는 동시에 긴 한숨을 내쉬었다. 수족이 불편하면 머리가 고생한다던가? 난 왜 이렇게 인재 복이 없는 걸까? 하늘이시여……!

"마마, 다녀왔습니다아악!"

난 내게 다가온 에린의 말랑말랑한 볼 살을 잡고 죽 늘이면서 다른 귀족들이 못 보게 몸으로 가렸다.

"울시 마. 울상 짓지도 마. 말도 제대로 못 전하는 바보한텐 눈물도 사치야. 뚝 그쳐!"

결혼식 49

"느에. 히잉······."

"마마, 그만 고정하심이······."

 은근슬쩍 나와 귀족들 사이를 몸으로 가린 노련한 노집사는 내 비위를 맞추면서 사태를 수습하기 위해서 애썼다. 뭐, 여기서 대놓고 에린을 혼내다가 다른 귀족들에게 나쁜 인상을 주면 안 되니까 이 정도만 할까? 나머지는 나중에 단둘이 있을 때 마무리 지어도 되니까. 작게 고개를 끄덕이며 에린의 볼을 놔주고 나는 정신없이 바쁠 것이 분명한 노집사의 안내를 받으면서 로이드 왕자의 방으로 발걸음을 옮겼다.

 왕자의 침실은 2층이었는데 바로 위층이 내게 배정된 방인 걸로 봐서 여기가 두 번째로 크고 화려한 객실일 게 분명했다. 한 가지 의외인 건 내가 위층에 머문다는 것인데 소위 평민들이 말하는 '바보와 귀족은 높은 곳만 좋아한다'는 비속어가 생각난다. 어릴 때 비슷한 또래의 시녀에게 들은 말인데 이 말을 유모한테 한 뒤로 그 시녀를 다시는 보지 못했다. 지금쯤 어디에…가 아니라 살아 있기나 할까? 하여간 귀족들은 모두 높은 곳만 좋아한다. 그것도 신분이 높을수록 더 좋아하는 법. 뭐라더라? 남들이 자기 머리 위에서 쿵쾅거리는 게 싫다나 뭐라나? 천장만 안 무너지면 난 상관없지만 이런 걸 신경 쓰는 귀족들이 의외로 꽤 된다고 한다. 뭐, 내가 위층에서 쉴 수 있는 건 여자라는 배려겠지만 말이야. 나를 여기까지 데려온 노집사가 방문 앞에서 노크를 하려고 손을 들었을 때였다. 안에서 고함 소리가 들려오는데 싸우는 분위기가 물씬 풍겼다. 노집사는 난처한 표정으로 나를 바라보았지만 내가 작게 고개를 몇 번 끄덕이자 이에 한숨을 내쉰 노집사는 난감한 표정으로 노크를 했다. 한 번, 두 번, 세 번······. 하지만 방 안에서는 여전히 큰 소리가 오가기만 할 뿐 문이 열릴 기미는 눈곱만큼도 안 보였다.

"어찌할까요, 마마?"

"됐어요. 수고했으니 가서 일 보도록 하세요."

"황송하옵니다, 마마. 그럼 편안한 시간 되시길……."

그 말을 끝으로 집사는 잽싸게 복도 저편으로 사라졌다. 역시 에린보다 빠른 데는 다 이유가 있군. 에린이야 뭐 모든 게 실격인 모자란 아이지만. 그건 그렇고, 노크를 해도 대답도 안 하다니, 너무하잖아? 들어오라고 허락도 없는데 문을 열고 들어가는 건 실례도 큰 실례고 말이야. 현숙하고 정숙하고 예절 선생이 울고 갈 만큼 투철한 귀족 정신으로 무장한 내가 어찌 허락도 없이 방문을 열고 들어가는 무례를 범할 수 있을까. 난 못해. 절대 못해.

"에린, 문 열어."

"네, 마마."

내가 연 거 아니다 뭐. 에린이 한 짓이라고. 난 모르는 일~

빼꼼이 열린 문을 통해서 안으로 들어간 내 눈에 가장 먼저 들어온 건 사람이 아니라 파라락 소리를 내면서 내 쪽으로 날아온 두꺼운 책이었다.

쾅!

"누구야? 아무도 들이지 말라고 명했잖아!"

내 얼굴 바로 옆의 벽을 맞고 떨어지는 두터운 책을 내려다보던 나는 신경질적인 목소리에 정신이 번뜩 들었다. 고개를 들어 방 안을 훑어보니 방 중앙에 놓여 있었을 테이블이 거꾸로 엎어져 있었고 로이드 왕자의 짐일 것이 분명한 책들이 바닥에 점점이 놓여 있었다. 그리고 방 한가운데 우뚝 서서 눈에서 불을 뿜어내고 있는 로이드 왕자와 양 무릎을 꿇은 채 고개를 푹 숙이고 있는 댄 녀석이 보였다. 얼굴을 일그러뜨리며 소리를 지르던 로이드 왕자는 놀란 나의 표정을—꽤 놀랐다. 가슴이 쿵쾅거리면서 뛰었으니까—보고는 '아~' 하고 후회하는 표정을 지었다.

"흠흠, 무슨 일이오? 그대는 연회에 가지 않은 거요?"

호오~ 저 왕자도 말할 줄 아네? 맨날 짧게만 말해서 혀가 짧은 건 줄 알았는데 그건 아니었나 보다.

"네, 갔었는데 전하께서 안 보이셔서요. 전 여기 아는 분도 없어서 혼자 있으려니 조금…….."

"그도 그렇군. 알았소. 워렌 자작을 보낼 테니 그만 나가보시오."

이렇게 나오면 할 말 없다.

"예."

난 대답하고 문을 닫으려고 했다. 그런데 무릎 꿇고 있는 댄 녀석이 갑자기 두 손으로 바닥을 짚으며 고개를 처박는 게 아닌가?

"전하, 연회에 참석해 주십시오!"

평소와는 다른 진지한 목소리였다. 그런데 갑자기 로이드 왕자가 벌컥 화를 내면서 댄을 향해 삿대질을 해대면서 악을 썼다.

"시끄러워! 너!! 도대체 왜 나한테 이러는 거야? 그렇게 왕자가 필요해? 그럼 가서 국왕 폐하의 침실 시중을 들었던 시녀들이나 찾아보라고! 족히 열은 될 테니까! 그쪽이 네놈도, 네가 이끄는 파벌도 편하잖아! 안 그래? 나보다 말 잘 듣고 길들이기 쉬운 허수아비 왕자나 찾아가란 말이야! 왜 하필 나야?!"

…놀래라. 냉정하고 차가운 왕자로 알고 있었는데 그도 화가 나면 굉장히 다혈질이 되는 것 같았다. 아니, 원래 평소에 조용하던 녀석이 한번 화나면 더 무섭다던가? 하여간 침까지 튀겨가면서 소리를 질러대는 로이드 왕자를 보니 왠지 평소랑은 다른 기분이 들었다. 그건 그렇고, 어째 상황이 심상치 않은 것 같은데……. 나는 열린 문 안으로 들어가면서 에린에게 말했다.

"거기서 기다려. 그리고 아무도 들이지 마. 설사 프로센 후작이 직접 와도 말이야. 알겠지?"

"네, 마마."

에린이 있어도 상관은 없지만—물론 이건 결코 에린이 입이 무거워서가 아니다. 단지 이 애의 교우 관계상 떠들고 다녀도 상관없기 때문이다—역시 이런 집안 문제는 아는 사람이 적을수록 좋은 법이니까. 내가 안으로 들어서며 문을 닫자 로이드 왕자는 퉁명스러운 말투로 말했다.

"여기서 뭐 더 볼 거라도 있소? 가서 연회나 즐기시오."

웃자, 웃어. 저 사람은 앞으로 내가 사랑해야 될 남자니까. 미소… 미소… 뿌득!

"깊으신 배려 감사합니다, 전하. 하지만 이번 연회의 주빈이 빠졌는데 저 같은 손님이 어찌 맘 편히 연회를 즐길 수 있겠습니까? 안 그런가요?"

"…그렇군."

"그리고 전하, 전 이런 일에는 별로 관심이 없어서 잘 모르지만 주빈으로 초대된 손님이 얼굴 한번 내비치지 않으면 그것도 초대해 준 주인에게 큰 실례가 되는 일이 아닐까요?"

"……."

아무리 눈 씻고 찾아봐도 이쁜 구석이라고는 눈곱만큼도 없는 로이드 왕자라도 바보는 아닌가 보다. 내 말에 침묵하면서 골똘히 생각하던 왕자는 길게 한숨을 내쉬었다.

"왕녀의 말이 맞는 것 같소. 후우, 알았으니 그만 나가보시오, 내 곧 준비하고 나갈 테니."

"예, 전하. 그럼……."

"그리고 굶주린 산도적만큼이나 무례하기 짝이 없는 이 녀석도 같이 데려가 주면 고맙겠군. 워렌 자작!"

"예, 전하! 하명하십시오."

"내 대신 아넬리안 왕녀의 에스코트를 하라. 그대의 과오는 용서할 테니."

"용서해 주신다니 황공하옵니다, 전하."

"됐으니 빨리 나가봐."

로이드 왕자는 손을 휘휘 내저으면서 나와 댄을 내쫓았다. 곧 이어 왕자의 시중을 드는 시종들과 시녀들이 부산을 떨면서 나와 댄, 그리고 에린을 지나쳐 왕자의 방으로 쳐들어갔다. 저들이 들고 간 짐덩이의 부피로 보건대 로이드 왕자는 최소한 30분 내로는 못 나올 것 같다. 이건 장담한다.

나와 나란히 걷던 댄은 작게 한숨을 연발하였다. 긴 복도를 따라 쭉 걷던 댄이 갑자기 창문 쪽으로 걸어가더니 창문을 활짝 열고는 턱을 괸 채 하늘을 올려다보았다.

"댄, 연회장에 안 가?"

"킥! 듣는 사람 없다고 바로 반말로 나오시는 겁니까, 마마?"

"상관없잖아? 댄의 철판 마스크가 이런 걸로 무너질 리도 없고 말이야."

"오오~ 전 지금 매우 슬픕니다, 마마. 마마께옵서 하신 한마디 한마디가 마치 비수처럼 날아와 제 심장을 갈가리 찢어놓았습니다. 아아~ 하늘이시여!"

"시끄러워. 뺀질거리는 바람둥이 같으니라고."

"…하늘을 한번 올려다보십시오, 마마. 별이 참 곱습니다."

"……."

갑자기 웬 별 타령? 저 인간도 감상적이 될 때가 다 있군. 신기한 일이야. 하지만 막상 연회장으로 돌아가려니 마음이 내키지 않던 나는 댄의 옆에 서서 하늘을 올려다보았다. 그의 말대로 검은 하늘에는 마치 다이아몬드를 잘게 가루 내어 뿌려놓은 듯한 반짝이는 별들이 가득했다. 남들이 보면 연애한다는 무시무시하다 못해 살의가 일어날 만한 오해를 낳을 만큼 댄의 옆에 달라붙은 난 하늘을 올려다보고 있는 댄의 옆 얼굴을 힐끔 바라보았다. 어깨까지 내려오는 긴 다갈색 머리카락과 여자라고 해도 믿을 만큼 선이 가늘고 흰 피부가 눈에 들어온다. 댄 녀석, 여장 하면 잘 어울리겠는걸? 내가 댄에게 어울리는 옷가지를 머리 속으로 떠올리고 있을 때 갑자기 그가 입을 열었다.

"제가 이상해 보입니까, 마마?"

"…조금. 왜 그렇게 로이드 왕자에게 집착하는 거지? 그는 왕이 되기 싫다고 말하잖아."

"후훗! 그분뿐입니다. 전 로이드 왕자 전하를 열여섯 살 때 처음 뵈었습니다. 그분이 다섯 살 때이죠. 아직 어린 나이임에도 불구하고 로이드 전하는 어른만큼이나 뛰어난 판단력을 보여주셨고 다른 왕자님들보다 훨씬 뛰어난 기억력과 이해력을 가지고 계셨습니다. 그것뿐이라면 저도 그저 뛰어난 왕자 중 한 명으로 기억했겠지만… 로이드 전하께는 사람을 끌어 모으는 힘이 있습니다. 아직 아무것도 하지 않았는데도 불구하고 오늘 파티에 나온 귀족들을 보십시오."

"흐음……."

"왕세자 책봉식에서 밀리셨지만 태어나는 날부터 지금까지 줄곧 파벌 쌓기에 온 시간을 다 바친 마틴 전하와 거의 비슷한 지지를 받으신 분입니다. 그분이 아무것도 안 하고 계셔도 로이드 전하께는 사람들이 몰려듭니다."

꿀을 찾아 몰려드는 나방들이라고 하면 너무 순화된 표현인가? 어차피 귀족들이야 왕족같이 높은 사람들 밑에 붙어서 자기 배 살찌우길 원하는 것뿐일 텐데, 나비들은 예쁘기라도 하지. 징그럽고 못생긴 나방들은 꼭 더러운 귀족들 같다니까. 그래, 커트렌 그 자식처럼 말이야.

"지금까지 아무한테도 이런 말 한 적은 없습니다만… 로이드 전하만이 제 꿈을 이루어주실 분입니다. 오직 전하만이 될 수 있을 겁니다."

"국왕… 을 말하는 거야?"

"아니요. 국왕감이라면 마틴 전하시죠. 로이드 전하께서는 그 정도 그릇이 아닙니다. 전 대륙을 통일할 황제 정도면 모를까."

"……."

꿈도 크다. 한 나라의 왕도 모자라서 주변 국가들을 내려다보는 황제라고? 이거 진담이면 타국에서 목을 달라고 해도 이상하지 않고 농담이라면 댄 녀석은 앞으로 광대가 되어야겠는걸? 그런데 황제라……. 생각보다 어감은 괜찮군. 나쁘진 않겠는걸.

"전 제 평생을 다 바쳐서라도 로이드 왕자 전하를 황제의 자리에 앉혀 드릴 것입니다. 물론 매우 힘들겠지만 할 만한 가치가 있지 않겠습니까? 대륙을 통일한 거대한 제국, 수천만의 인간들과 수백만의 유사 인종을 발 아래 두고 절대 권력을 휘두르는 인간들의 정점……. 생각만 해도 짜릿하지 않습니까?"

"…대 크레센트 제국이겠지."

"이런, 죄송합니다. 언짢으셨습니까?"

"별로. 로세니아라는 곳은 내가 태어난 고향이라는 것 말고는 아무런 가치도 없으니까, 내겐 말이야."

"그렇습니까? 다행이군요, 마마. 그럼 저를 도와서 로이드 전하를 밀어주시겠습니까?"

"뭐, 좋아. 어차피 저 빽빽하고 성격도 더러운 데다가 고집불통인 왕자와 결혼해야 할 운명인 듯하니 도와주는 것도 나쁘지는 않지. 하지만 그전에 나도 조건이 있어."

"말씀하십시오, 마마."

"지금 댄은 누구의 수하지?"

"으음……."

골똘히 생각하는 댄 녀석. 옆에서 보니까 의외로 잘생겼다. 남자다움이 풍겨 나온다고나 할까? 맨날 실실거리고 가볍게 보여서 그리 좋게 생각하지는 않았는데 이렇게 가까이서 보니까 느낌이 또 다르다. 이래서 여자들이 바람둥이에게 끌리는 건가?

"딱히 누구라고 짚어서 말씀드릴 수는 없군요. 전하께서는 절 수하로 생각해 주시지 않으니 말입니다. 프로센 후작님과는 서로 목적이 같아서 손잡은 경우이고… 으음… 굳이 말하자면 저 자신이라고나 할까요? 하하하!"

"그렇다면 아직 누굴 섬기지는 않는단 말이군. 그럼 댄이 내 부하가 돼. 그럼 나도 댄을 도와서 로이드 왕자를 지지해 줄 테니까."

"그건… 좀……."

난처해하는 표정도 보기 좋다. 나보다 열 살이나 많은 것만 빼면 능력있지, 재력있지, 거기다가 왕실이랑 친분도 있지, 어느모로 보나 저 건방지고 남 무시하기 좋아하는 로이드 왕자보다 훨씬 나은걸? 내가 지금 무슨 생각을 하는 거냐! 아아~ 드디어 내가 돌았구나. 이딴 녀석이 어디가 예쁘다고 말이야! 오판은 한 번으로 족하다! 정신 차리자! 아자!

"저기… 화나셨습니까?"

"아니, 왜?"

"표정이… 조금… 제가 대답을 못해서 심기가 불편해 보였습니다."

"그런 거 아니야. 근데 내 부하가 될 거야, 말 거야? 숙녀가 물었으면 대답을 해야 할 거 아냐."

"뭐… 좋습니다. 손해 볼 것도 없으니 저도 기꺼이 왕녀 마마의 부하가 되어드리지요."

왠지 선심 쓰듯 말하는 게 귀에 거슬린다. 으윽! 내가 왜 애걸까지 해가면서 이 짓을 해야 하는 건데? 쯧.

"이제 시간도 꽤 지났으니 가실까요, 마마?"

"응, 앞장서. 에린, 이제 귀 안 막아도 돼. 에린! 에린!"

저 맹하고 고지식한 바보는 나와 댄이 다정(?)하게 이야기하는 동안 멀찌감치 떨어져서는 눈 감고 귀 막은 채 주저앉아 있었다. 그래, 이런 이야기를 안 들으려고 내게서 떨어져 있는 건 좋은데 내가 부르면 대답이라도 해야 할 것 아니야? 그렇게 두 손으로 귀를 꽉 막고 있으면 어쩌자는 거야? 이 바보! 멍청이!

늘상 바보 짓만 하는 멍청한—댄 녀석이 말하길 순진해서 좋단다. 어디 가?—에린의 뒤통수를 손바닥으로 탁탁 치면서 다시 홀로 내려가니 분위기는 주빈이 없어도 잘 돌아가고 있었다. 자기들끼리 웃고 떠들면서 춤추고 짝짓기하면서 돌아다닌다. 한구석에서는 귀부인이라는 칭호를 가진 여인네들이 서로 부채로 얼굴을 반쯤 가린 채 '호호호' 하면서 웃고 있고 다른 곳에서는 장교나 장군들로 보이는 귀족들이 모여서 한참 열성적으로 국가 안보를 토론하고 있었다. 젊은이들이야—이렇게 말하니 내가 늙은이가 된 것 같은 느낌이다—자기네끼리 알아서 서로 짝 맞추어 춤추고 있고…….

"늘상 이래?"

"예? 잘 못 들었습니다만… 마마?"

"늘 이러냐고. 로이드 왕자가 없는데도 자기들끼리 잘 놀고 잘 먹고 있잖아. 물론 프로센 후작이 주인이니 파장 분위기는 아니라고 해도 주빈이 없는데 너무한 거 아냐? 누구 하나 관심 가지는 인간조차 없잖아."

"그게… 로이드 전하는 시끌벅적한 것을 싫어하시니까요."

"그렇다는 말은 늘 이런 꼴이라는 것이군. 참, 왕자 맞아?"

저 로이드 왕자에게 내가 왜 이 먼 타국까지 시집오게 되었는지를 한 열댓 시간쯤 공들여서 설명해 주고 싶다. 하긴 그래도 로이드 왕자는 남자니까. 내가 이런 생각을 하고 있을 때 음악이 갑자기 뚝 끊기더니 목청 큰 시종의 우렁찬 목소리가 홀 안에 쩌렁쩌렁 울려 퍼셨다.

"로이드 전하께서 드십니다!"

시종의 말이 끝나지미지 검은색 예복을 입은 로이드 왕자가 모든 귀족들의 시선을 모으면서 2층 계단에서 천천히 내려왔다. 주인공 등장이군. 왕자가 나타나자 귀족들에게 둘러싸여 있던 프로센 후작이 급히 로이드 왕자에게 다가갔다.

"연회에 참석해 주셔서 영광이옵니다, 전하."

"음, 오늘 연회의 주빈은 나일 테니 얼굴이라도 비춰야 할 것 같아서 내려왔소. 모두 나는 상관하지 말고 프로센 후작의 호의를 마음껏 즐기시기 바라오."

여전히 무뚝뚝함이 뚝뚝 떨어진다. 그런데도 불구하고 프로센 후작을 비롯한 여타 귀족들은 좋아 죽을 것 같은 표정이었다. 자기들끼리 수군대는 말을 들어보니 이렇게 연회에 참석하는 건 정말 오랜만이라나? 저런 인간이 어디가 좋다고 말이야. 여기 사교적이고 예의 바르며 예쁘기까지 한 나도 있는데……. 칫! 내가 속으로 질투하고 있는데 이걸 아는지 모르는지 무표정한 얼굴로 내게 다가온 로이드 왕자는 허락도 안 했는데 자기 맘대로 내 옆에 딱 붙어서더니 연회장 안을 천천히 둘러보기 시작했다. 그런데 왜 하필 내 옆이야?

"…즐겁지 않아."

응? 잘못 들었나? 늘상 소 닭 보듯 하던 왕자가 웬일로 내게 말을 건다.

"네? 전하? 하실 말씀이라도 있으신가요?"

"아니, 아무것도 아니오."

뭐야? 아니면 말던가. 왜 남의 옆에 서서 다 들리게 혼잣말을 하는건데? 관심 가져 달라고 조르는 거야, 아니면 괜히 심통나서 시비 거는거야? 홍! 그런다고 누가 겁먹을 줄 아나?

"……."

"……."

"……."

나를 비롯해 로이드 왕자와 댄은 아무 말도 하지 않았다. 할 말이 있어야지 뭐. 그사이 연회장 분위기는 다시 아무 일도 없었다는 듯이 자기들끼리 웃고 떠드는 상황이 되었는데 이런 분위기를 질리도록 겪어 본 나도 왠지 모르게 소외감이 느껴질 정도였다. 나도 이런데 이 잘나신 왕자님은 어떠할까? 내 곁으로 걸어왔을 때 지나가던 시종에게 받아 든 와인을 아직까지 들고 있던 왕자는 평소처럼 무표정한 얼굴로 연회장을 보고 있을 뿐이었다. 완벽한 포커페이스. 칫! 이거 괜히 심통 나는걸? 저 잘나신 왕자님 얼굴에 당황스러움이라든지 낭패감이라든지 하는 것이 깃들게 해주고 싶어진다. 하지만 그렇다고 여기서 사고 칠 수는 없으니 좀이 쑤셔도 좀 참자.

"역시… 피곤하군. 워렌 자작."

"예, 전하."

"난 먼저 올라갈 테니 다른 이들에게는 잘 말해 두도록."

참을성없기는. 네가 그러고도 왕족이고 귀족이냐? 자고로 왕족이라면……. 젠장, 남자니 상관없겠지. 체엣! 로이드 왕자의 말을 들은 댄은 살짝 고개를 숙이며 대답했다.

"알겠습니다, 전하. 곧 시종을 부르겠습니다."

"아니, 됐다. 길 정도는 나도 알아."

"그러시다면……."

그 말을 끝으로 왕자는 등을 돌렸다. 다른 귀족들의 눈을 피해 연회장 벽에 붙어서 1층 복도로 통하는 문을 향해 가던 로이드 왕자가 갑자기 우뚝 멈춰 서더니 내 쪽을 돌아보더니 말했다.

"그리고 워렌 자작, 아넬리안 왕녀가 심심하지 않도록 배려해 주게.

그럼."

"물론이옵니다, 전하. 제가 성심껏 모실 것입니다."

댄 녀석의 말에 고개를 끄덕인 왕자는 그 길로 뒤도 안 돌아보고 사라져 버렸다. 저 인간—으음, 여기서 내 속마음을 들여다볼 인간은 없겠지? 있으면 교수형이라고—하는 꼬락서니를 보니 앞날이 캄캄해. 앞으로 갖은 구박을—이라도 할지가 의문이지만—당하면서 살아갈 내 모습이 눈에 선하다. 난 심통이 난 표정으로 팔짱을 끼고 댄에게 물었다.

"저러고도 잘도 왕 노릇 하고 살겠군. 정말 괜찮은 거야, 댄?"

"…왕은 뭐든지 다 잘하는 만능일 필요는 없으니까요. 그저 사람 부리는 것만 잘하면 된다고 전 생각합니다, 마마."

"그래? 그래도 검술도 뛰어나고 용감하며 사교적이면서도 위엄있는 모습이면 다들 좋아할 텐데?"

"검술은 기사들이 더 잘할 겁니다. 그리고 사교적인 일들은 교육받은 외교관들이 더 능숙하겠죠. 로이드 전하에게 필요한 것은 이런 것들이 아니라 인재를 찾아내는 눈과 그것을 실행하는 추진력입니다."

그런 건가? 하긴 그게 제왕학의 기본이자 모든 것이긴 하지만 댄 녀석의 말을 듣고 있자니 나도 가만히 있어서는 안 되겠다는 생각이 들었다. 어쨌든 오늘부터라도 왕자의 힘이 되도록 노력하자고 약속했으니까 말이야.

"피곤하고 심심해."

"…그러시다면 돌아가시겠습니까?"

그럴 수야 없지. 어차피 이런 식의 연회는 각자 멋대로 즐기다가 조용히 사라지면 그만이지만 그렇다고 첫날부터 내가 빠져 버리면 재미없잖아? 명색이 미래의 왕자비인데 말이야. 자기 몫은 자기가 챙기는 법이다. 남이 해주길 바라고 있다가는 가진 것마저 빼앗겨 버릴걸? 여기 산 중인이 있으니까 말이야. 난 자신있는 말투로 말했다.

"로이드 왕자 전하가 무슨 생각으로 이 결혼을 거부하지 않았는지는 모르겠지만……."

"……."

"적어도 날 왕자비로 맞이한 건 잘한 거야. 댄의 말대로 로이드 왕자 전하가 사교적이지 않으면 그외 사람 중 한 명이 사교적이면 그만이니까. 무려 10년 동안이나 사교계에서 생활했던 내게 이런 조그만 연회 따위는 눈에도 안 찬다고. 뭐, 그런 거지. 하여간 나도 이제 밥값이나 해볼까? 댄, 가서 에린이랑 놀아. 에스코트는 필요없으니까."

"저… 저기……."

"그리고 말해 두는데 에린에게 손대면… 죽인다."

"아니… 그런 게 아닙니… 마마……."

난 댄의 지껄이는 말을 가볍게 무시한 뒤 연회장 구석에서 벗어났다. 마침 지나가던 빨간 머리 시녀에게서 흰 와인 잔을 집어 들어 한 모금 마신 나는 우선 만만한 상대를 물색했다. 우선 여자가 좋겠지? 남자들은, 특히 귀족 남자들은 애, 어른 할 것 없이 여자의 미모에만 혹해 하니까. 그리고 노련한 사내들은 먼저 계산부터 하기 때문에 상대하기 골치 아프고, 그리고 귀부인들은 대화하는 데 시간이 너무 많이 들어 역시 패스. 대충 젊고 그럭저럭 미모도 받쳐 주고 그러면서도 수줍음 많은 여자가 좋은데 눈에 잘 띄지 않는다. 그런데 방금 전에 내가 와인 잔을 받아 든 그 빨간 머리 시녀, 왠지 카렌같이 생겼는걸?

"설마……?"

남의 저택에 들어와서 시녀를 감금하고 시녀복을 입고 다니는 몰상

식한 짓을 카렌이 하고 다닐 리가 없잖아? 아무렴. 거기다가 방금 전 시녀는 나만큼이나 키가 컸으니 절대 아닐 거야. 카렌은 내 가슴 정도 밖에 안 오는 작은 아이니까 말이야. 그보다는 우선… 어디 보자. 아! 저기 딱 맞는 상대가 있다. 나보다 나이는 들어 보이지만 나처럼 연회장에 끼지 못하고 구석에서 친구로 보이는 다른 여인과 한담을 나누고 있는 여자! 좋아! 시작해 볼까?

지금껏 줄곧 소외받고 있던 나는 가슴을 쫙 펴고 당당하게 연회장 중앙을 가로질러 내가 찍어둔 먹잇감(?) 곁으로 걸어갔다. 당연히 내가 지나가자 주변의 귀족들은 알아서 좌우로 쫙 비켜줌과 동시에 모든 이들의 시선이 내게 꽂혔다. 이 주목받는다는 느낌. 평범한 사람은 모를 걸? 은근히 부담스러우면서도 끝내주게 기분 좋다. 그렇게 혼자서 속으로 키득거리며―이 얼마 만인가? 근 3개월 만이다―두 여인에게 다가간 나는 다른 귀족들의 시선은 죄다 무시하고 활짝 웃는 얼굴로 말했다.

"안녕하세요? 전 아넬리안이라고 해요. 만나서 반가워요."

"아, 안녕하십니까, 마마?"

당연히 상대는 당황해하면서 경어를 붙인다. 자세히 보니 꽤 예쁘게 생겼는걸? 초록빛이 감도는 진청색 고운 머리카락 하며 동그란 두 눈에 꽤나 미인이다. 물론 내가 더 예쁘지만.

"옆에 앉아도 될까요?"

"네? 네! 물론입니다, 마마."

나는 살짝 드레스 자락을 잡은 뒤 우아한 자세로 의자에 앉은 뒤 여전히 생글거리는 얼굴로 말했다.

"그렇게 어려워하지 않아도 돼요. 그런데… 아직 이름을 듣지 못했는데……."

"저… 전 유리아 폰 셔우드입니다, 마마. 셔우드 남작가의 차녀지요. 그리고 이쪽은 제 친구인……."

"페이핀이에요. 페이핀 아렌시아. 만나뵙게 되어서 영광이에요, 마마. 그런데 정말 아름다우시네요."

"호호호! 두 분도 참 예쁘신 걸요. 제가 두 분 같은 나이가 되었을 때에도 이렇게 아름다울 수 있을지 걱정되네요."

물론 열아홉에서 스물쯤 되어 보이는 이 여인네들보다 내가 백 배는 더 예쁘다. 이건 주관적인 게 아니라 객관적인 사실에 근거한 거라고. 사교계의 여자는 무엇보다 미모가 가장 중요한 법. 어라? 그런데 저 페이핀이라는 여자, 중간 성이 없어? 설마 프로센 후작은 여타 귀족들 중에서도 꽤 높은 귀족이라는데 그가 초대한 무도회에……?

"그런데 혹시……?"

"네, 마마의 짐작대로랍니다. 전 평민이거든요, 마마."

"아아……!"

"페, 페이핀, 그런 말은……."

약간 놀랐다. 로세니아라면 꿈도 못 꿀 텐데 말이야. 여기서는 다 이런 건가? 판단이 안 서네?

"많이… 놀라셨나요, 마마?"

"아니요! 아니에요! 아니… 조금 놀란 것 같기는 하네요. 솔직히 처음 보거든요. 아! 마음 상했다면 미안해요. 페이핀이라고 했던가요?"

"네, 마마. 신경 쓰지 마세요. 익숙하니까요."

그러면서 씨익 웃는 품이 속으로는 화가 끓어올라도 겉으로는 내색하지 않을 것 같은 모습이다. 흠미…… 나와 비슷한 동류랄까? 그에 반해 유리아라는 이 여자는 생각하는 게 얼굴에 다 드러난다. 지금 내 눈치와 페이핀의 눈치를 살피면서 어쩔 줄 몰라 하는 걸 보니 연애 한번 못해보고 시집갈 팔자가 눈에 선하다.
"페이핀, 그런 말 하면 어떡해. 죄송합니다, 마마. 이 애가 아직 잘 몰라서……."
"왜? 내가 뭐 잘못한 말이라도 있어? 넌 너무 소심해서 탈이라니까."
"괜찮아요. 친구 사이에 말 몇 마디 나눈 걸로 화낼 만큼 전 소심하지 않답니다."
내가 이렇게 말하자 두 여인은 입을 벌리고 깜짝 놀랐다.
"저, 저기… 마마, 그런 말씀은 너무……."
"그럼 저랑 마마랑 친구가 된 건가요?"
"얘, 페이핀!"
"유리아, 너, 목소리 너무 큰 거 아니야?"
"하, 하지만 어떻게 감히 왕족이랑……."
크! 골치야. 저 꽉 막힌 귀족 여성을 보고 있으니 내 머리가 다 지끈거린다. 차라리 이 페이핀이라는 평민이 더 말이 잘 통하겠는걸. 그리고 이런 곳에 초대될 만한 평민이라면 웬만한 귀족보다 나을 게 뻔하다. 혈통을 중시하는 프로센 후작이다. 실세인 마틴 왕자가 삼왕자라는 이유로 로이드 이왕자를 지지하는 그가 별 볼일 없는 평민을 이런 연회장에 초대할 리 없다.
"왕족도 사람이고 평민도 사람이죠. 그리고 친구 사이에 그런 걸 따져서 뭐 하겠어요? 상전과 하인을 가르는 것도 아니고 말이에요. 안 그래요?"
"그렇긴 하지만… 그래도……."
"왕녀 마마께서 좋다면 좋은 거지 뭔 말이 그렇게 많니?"

"하지만……."

아~ 잘못 골랐다. 저 말 못 알아듣는 여자를 얼마나 더 설득해야 만족할 만한 결과가 나올까? 오랜만에 기술(?) 좀 발휘하러 했더니 실력이 녹슨 건가? 이럴 땐 잽싸게 화제를 바꿔야겠지? 그것도 세 사람이 모두 공통된 의견을 낼 수 있는 걸로 말이야. 물론 여기서는 당연히 향수나 드레스, 또는 보석이겠지?

"어머! 혹시 그 보석… 페리도트(Peridot) 아니에요?"

"아! 어떻게……?"

쑥스러워하는 유리아가 놀란 표정으로 물었다. 그러면서 손으로 엄지손가락만한 페리도트가 다섯 개나 박혀 있는 목걸이를 매만졌다. 어떻게 알긴 일 년 열두 달 내내 비싼 보석과 향수 속에서 파묻혀 있다 보면 자연히 알게 되는걸.

"놀라워라! 용암 속에서만 난다는 페리도트가 이렇게 큰 결정을 이루고 있는 건 처음 보네요. 거기다 가공도 잘했나 봐요. 연녹색 광택이 아주 예쁜걸요?"

"이, 이건 서, 선물받은 거라……."

"부러워라. 그런 귀한 선물을 하는 사람이 누굴까? 혹시… 약혼자?"

새빨개졌다. 잘 익은 사과처럼 빨개졌다. 귀밑까지 빨개진 걸로 봐서 정곡을 찔렀나 보네.

"유리아 좋다고 따라다니는 사람이 있거든요. 그것도 벌써 몇 년째 따라다니고 있어요. 후훗."

"애! 그런 말을 왜……."

"역시! 아~ 부러워라. 나도 근사한 선물 받고 싶은데……."

"설마 왕자 전하께서 선물 하나 안 해주시겠어요?"

결혼식 67

"에이~ 우리 로이드 전하는 너무 무뚝뚝해서 탈인걸요. 아마 제 생일 때도 하인 시켜서 손에 포장된 선물만 보낼 분이에요, 그분은."

"설마……."

"설마가 아니라니까요."

진심이다. 아니, 선물이라도 주면 다행일걸?

"후훗, 왕녀 마마도 재미있는 분이시네요."

"그래도 페이핀 양보다는 못한걸요. 재치있고 예쁘고……."

"헤헤, 설마요. 하지만 제가 본 그 어느 분보다 아름다우신 왕녀 마마께서 그런 말씀을 해주시니 빈말이라도 굉장히 기쁘네요."

그럭저럭 둘 다 넘어온 것 같다. 나와 페이핀은 아주 죽이 맞아서 보석 이야기와 남자 이야기로 열을 올리기 시작했고 우리 둘 사이에 낀 유리아는 어쩔 수 없이 대화에 끼게 되면서 서로 하하, 호호 웃으며 이야기꽃을 활짝 피웠다. 그렇게 한동안 이야기하고 있을 때 갑자기 댄이 쓰윽 하고 나타나더니 허리를 숙여 예를 표하며 내게 말했다.

"마마, 즐거운 시간을 방해하게 되어서 죄송하옵니다."

"흠, 무슨 일인가요, 워렌 자작?"

"노브고로드 백작께서 마마와 인사를 나눴으면 하기에 실례를 무릅쓰게 되었습니다, 마마."

"그런가요? 그렇다면 할 수 없죠. 저기 두 분, 미안해요. 제가 여기 와서 연회에는 이번이 처음이라서 인사드릴 데가 많거든요. 나중에 다과라도 같이하면서 좀 더 이야기 나눠요."

"언제라도 환영이에요, 마마."

"그, 그럼… 살펴 가시길… 아니… 이… 이게 아니라… 그게…….''

꼭 에린을 보는 것 같다. 왠지 속 터지는 게 저 쩔쩔매는 이마배기를 손바닥으로 찰싹 때려주고 싶은 욕구가… 크윽! 이러면 안 되지. 어서 일어나야겠다.

"그럼 먼저 실례할게요. 비록 제가 주관한 건 아니지만 즐거운 시간 되길 바래요."

급히 말을 끝낸 나는 댄의 뒤를 따라서 우아한 걸음으로 홀 중앙으로 걸어갔다. 뒤에서 '꺄아~ 꺄아~' 하는 소리라든가 '난 몰라~'라는 소리가 들려온 건 무시하도록 하자.

그 뒤로 정신없이 돌아다니면서 쉴 새 없이 떠들어대고 웃어댔다. 이런 일은 진력나도록 해왔고 매일 꾸준히 운동을 해서인지 그럭저럭 버틸 수는 있었지만 정말 힘들다. 이 연회에 초대된 거의 모든 귀족과 귀부인들을 만났고 그들과 모두 대화를 나눈 나는 거의 파김치가 된 뒤에야 3층에 있는 내 방으로 돌아올 수 있었다. 내가 무너지듯 침대에 주저앉으니까 차가운 냉수를 손수 들고 온 댄이 여전히 웃는 얼굴을 한 채 그것을 내게 건네주면서 말했다.

"의외로 능숙하시더군요, 마마."

"뭐… 늘상 해오던 일이니까."

"덕분에 로이드 전하를 지지하는 분들이 많이 늘어날 것 같습니다. 감사드립니다, 마마."

"됐으니 이만 나가 보도록 해. 내일은 왕성으로 돌아가는 건가?"

"예, 마마. 돌아가시면 아마 좋은 소식이 기다리고 있을 것입니다."

좋은 소식? 설마……?

"그럼 편히 쉬십시오, 마마."

그 말을 끝으로 댄이 방을 나가자 연회장에서 나올 때부터 댄의 뒤통수만 뚫어지게 바라보면서 얼굴을 붉히던 에린 녀석이 길게 한숨을 내쉬면서 닫혀진 문을 바라본다. 도대체 댄 녀석, 어떻게 놀아줬길래 저 애가 저렇게 넋을 빼놓고 있는 거야? 정말 궁금해진다.

"에린! 에린!"

"넷, 마마. 시키실 일이라도……?"

"닐크랑 아르케네스는 지금 어디 있지?"

"아, 아마도 지금쯤이면 홀 경비를 마치고 옆방으로 돌아와 있을 것입니다. 부를까요?"

"아니, 됐어. 그들도 수고 많군. 수고했다고 전해주고 푹 쉬라고 해. 뭐, 할 수 있으면 가서 술병이라도 하나 빼돌려서 안겨주고."

"네, 마마."

타악!

문 닫히는 소리가 들려왔다. 오랜만에 사교계에서 뛰어다녔더니 피로감이 왕창 밀려온다. 침대에 앉았던 자세 그대로 뒤로 무너진 나는 한 손으로 눈가를 가리고 누웠다. 안 되는데……. 화장도 지워야 하고… 드레스도 벗어놔야 하는데… 졸려……. 쿠울~

다음날 아침 일어나 보니 벌써 오전의 절반이 훌쩍 지나간 시간이었다. 부스스한 몰골로 일어나 보니 에린이 혼자서 낑낑대면서 내 옷가지와 화장품 등을 송아지 가죽으로 무두질한 커다란 여행용 가방에 넣느라고 낑낑대고 있었다. 내가 일어난 줄도 모르고 혼자서 낑낑대는 꼴을 보니 한숨부터 나온다. 응? 그런데 내가 잠옷으로 갈아입고 잤던가? 내 기억으로는 분명히 옷도 안 벗고 잤는데 설마 저 애가……?

"끄응! 휴우~ 앗! 일어나셨어요, 마마?"

이마에 땀방울을 매달고 낑낑대던 에린 녀석이 나를 보고 활짝 웃으면서 말했다. 저 모습을 보니 그래도 밉지는 않은걸?

"세숫물을 가져올까요, 마마?"

"응. 그전에 차가운 물부터 줘."

"네, 잠시만……. 끄응 차! 꺅!"

내 짐 가방을 들고 일어서던 에린 녀석이 뒤로 발랑 넘어졌다. 짐 가방 안에 들어 있던 내 화장품과 장신구, 그리고 드레스 등이 서로 뒤범벅되어서 바닥에 어지럽게 깔렸다. 으휴~

"어떡해……. 히잉… 저기… 마마… 죽을죄를……."

"휴~ 가서 물이나 가져와."

"네에……. 힝~"

분가루를 뒤집어쓰고 향수가 듬뿍 묻은 에린 녀석은 울상을 지으면서 밖으로 나갔다. 이젠 화낼 기력도 없다. 제린, 제시, 죠안……. 겨우 하루밖에 안 떨어졌는데도 너희들이 무지무지 보고 싶구나. 아아~ 신이시여! 어찌 제게 이런 시련을 내리시나이까? 전 정말 착하고 순진하게 살고 싶단 말입니다.

대충 씻고 간소한 드레스를 몸에 걸친 뒤 문을 나가 보니 닐크와 아르케네스가 문 옆에 의자를 가져다 놓고 잡담을 하고 있었다. 뭐, 말을 거는 건 닐크뿐이고 아르케네스는 책을 보면서 가끔 몇 마디 대답만 할 뿐이었지만.

"어? 오늘은 늦게 일어나셨군요, 마마?"

"잘 잤어, 닐크, 아르케네스?"

"예, 마마. 여기는 시종 방들도 매트리스가 푹신푹신한 게 끝내주더군요. 고급 여관에서도 이렇게 편히 자본 적은 없는데 말입니다. 하하하!"

"그런데 왜 여기 나와 있는 거지?"

"그게… 어제 연회 때 이 저택의 시녀 중 하나가 괴한에게 당해서 기절한 채 음식 창고에 처박혀 있던 게 알려져서요. 저택 사람들은 다들 쉬쉬하고 있지만 귀족들의 시녀들을 의심하고 있다고 하더군요. 덕분에 이렇게 문 앞에서 지키고 있는 것입니다."

"그래? 그런데 왜 시녀들만?"

"그게… 기절한 시녀가 입고 있던 시녀복을 벗겨 갔다고 해서 말입니다. 아마도 상대는 여자이고 연회 때 별일 없었던 것으로 보아서 단지 정탐하러 온 스파이로 생각되지만 그래도 조심해서 나쁠 건 없다고 이 친구가 말해서 여기 있는 것입니다, 마마."

"쓸데없는 말은 안 해도 돼."

"흥! 속으로는 안 그러면서 빼긴."

"해볼 테냐?"

"호오~ 그거 좋지! 마마, 마마도 아침 운동 나가실 겁니까?"

"아니, 오늘은 건너뛰지 뭐. 여긴 보는 눈도 많고 여자가 바지 차림으로 뛰어다니면 고지식한 귀족들이 뒤에서 욕할 테니까."

"그렇군요. 알겠습니다, 마마."

자, 이제 뭘 하지? 나 혼자서 궁으로 돌아갈 수는 없고 할 일도 없는 데다가 몸을 움직이지도 못하니 좀이 쑤신다. 심심해진 나는 방문 바로 옆에 있는 창문을 통해서 밖을 내다보았다. 넓은 저택의 정원에는 마차들이 한가득 있었고 그 마차들 사이로 부산하게 고함을 지르며 뛰어다니는 시종들과 하인들이 정원을 가득 메우고 있었다. 몇몇 마차는 벌써 준비를 마쳤는지 정문을 통해서 나가고 있었고 창문을 열고 몸을 기울여 밖을 내다보니 현관 앞에서 프로센 후작이 떠나는 귀족들과 일일이 인사를 나누고 있는 것이 보였다.

"마마, 위험합니다. 창문에서 좀 떨어지십시오."

"괜찮아, 이 정도는. 그리고 내가 떨어질 거 같으면 뒤에서 잡아주면 되잖아."

걱정스러운 말투로 말하는 닐크의 말을 가볍게 넘겨 버린 나는 계속 아래를 주시했다. 잘은 보이지 않지만 대충 연회에 참석한 귀족들은 만족한 듯한 표정으로 돌아가고 있었다. 하긴 맨날 책만 파고 귀족들 이름이랑 얼굴도 다 못 외우는 왕자의 면상을 보고 가는 수확을 올렸으니 좋을 만도 하겠지. 뭐, 하여간 얼굴 도장은 꽉꽉 찍어두었으니 나중에 잘 보여서 로이드 왕자 편으로 만들어야지. 내가 창가에서 떨어지자 때마침 물을 가지러 갔던 에린이 역시나 물통을 가슴에 안고 헉헉대면서 뛰어왔다. 머리엔 허연 분가루를 뒤집어쓰고 치마의 절반을 붉고 푸른 향수 액으로 흠뻑 물들인 채 말이다. 어디 가서 내 전속 시녀라는 말은 안 해줬으면 좋겠는데…….

"헥헥! 다녀왔습니다, 마마! 여기……."

"수고했어. 그런데 왜 네가 직접 뛰어다닌 거지? 저택의 시녀들에게 시키면 되잖아."

"네? 아니… 저… 그건……."

하긴 에린한테 그 정도 융통성이 있었다면 내가 이 애를 보면서 두통을 앓을 일은 없겠지. 난 순순히 포기하고는 에린이 든 물통을 받아들어서 마개를 딴 뒤 벌컥벌컥 들이마셨다. 푸아~ 시원하다. 정신이 바짝 드는군.

"지기… 마마, 잔을……."

"됐어. 그보다 가서 댄 녀석이나 불러와."
"네? 네, 마마! 당장 다녀오겠습니다!"
아주 화색이 도는구나. 근데 너, 자기 몰골은 좀 확인하고 가지 그래? 한마디 해주고 싶지만 귀찮다. 가서 망신당해도 내가 당하나, 에린이 당하지? 어차피 댄도 에린도 내 부하들인데 뭐 어때. 에린 녀석은 방실방실 웃으면서 복도 저편으로 뛰어갔다. 그런데 에린이 사라지고 나자마자 댄 녀석이 복도 끝에서 걸어오는 게 아닌가? 엇갈렸나 보군. 내 쪽으로 다가온 댄이 허리를 굽히며 말했다.
"간밤에는 편히 쉬셨습니까, 마마?"
"그럭저럭."
"저… 쿠키 좀 얻어왔는데 드시겠습니까?"
쿠키? 웬 과자? 댄 녀석이 우물쭈물거리면서 내놓은 쿠키는 예쁜 분홍색 스카프로 두 겹이나 꽁꽁 묶어서 싼 조그마한 꾸러미였다.
"양이 많으니 모두 같이 먹는 게 어떨까요? 괜찮지요, 마마?"
"응. 복도에서 이러는 건 보기 안 좋으니까 안으로 들어가서 먹자."
"예."
때 아닌 간식 타임이 돌아왔다. 에린 녀석은 단것이랑 과자라면 사족을 못 쓰는데……. 쯧, 먹을 복도 없군. 어디서 헤매고 다니는 거야, 그 녀석은?

쿠키는 많은데 차를 끓일 사람이 없다. 이에 내가 무척 실망하고 있는데 홀연히 등장한(?) 아르케네스. 찻잎과 찻주전자를 들고 일어서더니 에린이 쓰는 작은 시녀 방으로 들어갔다가 몇 분 뒤에 뜨거운 김이 올라오는 찻잔을 들고 나왔다.

"드십시오, 마마. 에린 양만큼은 못해도 못 마실 정도는 아닐 것입니다."

호오~ 정말 외모와는 딴판이라니까. 차 마시는 법.만. 일품인 댄이나 체술 외에는 그 어디에도 써먹을 데 없는 닐크랑은 다르게 아르케네스는 정말 지식이 풍부하고 별걸 다 할 줄 안다.

"응? 맛있네?"

나도 모르게 감탄해 버렸다. 에린이 매일 끓여주는 차가 입맛에 맞아서 그쪽이 더 마음에 들긴 하지만 아르케네스가 끓여준 홍차도 꽤 괜찮다. 역시 사람은 외모로 판단하면 안 되는 건가? 생긴 건 산적 두목인데……. 하여간 홍차도 맛있고 댄이 가져온 쿠키도 구운 지 얼마 안 되었는지 바삭바삭한 게 입에 딱 맞았다.

"그런데 댄, 이거 어디서 난 거야?"

"네? 아… 그냥 우연히……."

우연히? 우연히 길을 걷다가 바닥에 떨어진 쿠키 주머니? '농담도 잘하셔'라고 말해야겠지?

"솔직히 불어. 아니면 죽도록 얻어맞고 불든가."

"그, 그게……."

호오~ 뭔가 찔리는 게 있나 본데? 나는 두 손을 마주 잡고 뚜둑 소리—닐크에게 배웠다. 그런데 아르케네스는 손마디가 굵어진다고 하지 말란다—가 나도록 힘을 주었다. 그러자 땀을 뻐질뻐질 흘리던 댄은 급기야 자리에서 일어나는 최후의 수단까지 동원했다.

"저, 저는 이만……."

"어. 딜. 가?"

"저기… 준비할 것도 있고… 또 로이드 전하도 뵈어야 하고… 그러니까……."

"닐크, 아르케네스, 뭐 아는 거 없어?"

"마마!! 쿠키 좀 더 드시죠? 네?"

댄 녀석이 급히 쿠키 몇 개를 집어서 내게 바쳤으나 이미 때는 늦은 법. 난 꼬리가 보이는데도 그냥 놔둘 정도로 어수룩하지 않거든.

"아르케네스, 왕궁의 도서관이 어떻게 생겼는지 알고 싶지? 그리고 닐크, 오늘부터 하루 종일 대련해 볼까? 우리 둘의 실력 차이가 있으니까 양팔과 양다리를 기둥에 묶고 말이야. 응?"

이것이야말로 고대로부터 전해 내려오는 무시무시한 수법. 바로 당근과 채찍이다. 음핫핫! 내 말이 끝나자마자 닐크는 고양이처럼 날렵한 몸으로 슬금슬금 물러서는 댄 녀석의 허리를 태클 걸듯이 달려들어 붙잡았고 '후우~' 하고 긴 한숨을 내쉰 아르케네스는 버둥대는 댄의 뒤로 돌아가 겨드랑이 사이로 팔을 집어넣고 단단히 붙잡았다.

"이, 이봐들! 어떻게 이럴 수 있어? 우린 같이 술을 마시며 우의를 다진 친구잖아! 응? 닐크! 아르케네스! 이럴 수 있는 거야?"

"미안, 친구. 우리도 이러고 싶지는 않지만……."

"…아넬리안 마마의 성화에 치여 죽느니 차라리 친구 하나를 잃는 게 나을 것 같네, 친구. 미안하네."

귀에 거슬리는걸? 아주 둘이 죽이 잘 맞는구나. 댄이 버둥거리면서 빠져나가려고 했지만 건장한—혹은 건강미가 너무 넘쳐서 문제인—두 사내의 손아귀에서 빠져나갈 수는 없었다. 나는 씨익 웃으면서 사색이 다된 댄을 바라보았다.

"데에엔~ 어서 사실대로 말하는 게 어때? 최소한 고통없이 죽여줄게."

"제, 제가 무슨 잘못을 했다고 이렇게 괴롭히시는 겁니까, 마마? 억울합니다! 전 정말 억울합니다, 마마!"

"뭐가 억울한 건데? 응?"

"그게… 차마 제 입으로는 말 못합니다!"

"그럼 내가 말해도 되지? 마마, 어제 댄이 연회장에서… 읍읍."

"그만! 그만!"

"예쁜 숙녀와 함께 연회장을 나갔습니다, 마마."

"크윽… 아르케네스 너마저…….'"

"호~ 그랬군. 아아~ 알겠어. 별것도 아니잖아. 앉아, 앉아."

"저기… 마마, 화… 안 내세요?"

"왜?"

"그… 그게… 저…….'"

흥! 누굴 어린애로 아는 거야, 뭐야? 나도 알 건 다 안다고. 하긴 예전에 로세니아에 있을 때는 연회나 무도회 중간에 슬쩍 빠져나가는 남녀를 보고 어디로 가는 걸까 하고 궁금해했던 적도 있었지만. 그나저나 이 사실을 에린이 알면 골치 아파질 게 뻔하니 비밀로…….

"…언제 왔냐, 에린?"

"저, 저기…….'"

한 편의 소설 같군. 어느새 돌아와 있던 에린은 우리의 이야기를 모조리 듣고 그대로 얼어붙은 듯했다. 동그랗고 큰 눈에 눈물이 그렁그렁 매달린 것으로 보아서 이제 곧…….

"대, 댄님, 아니, 워렌 자작님께서 안 계셔서… 그래서… 여기로… 왔는데… 흑! 와아아아앙!!"

결국 이 꼴이지 뭐. 에린은 눈물을 줄줄 흘리면서 밖으로 뛰어나가

버렸다. 이거 음유 시인들이 늘상 부르짖던 로맨스 속으로 들어온 것 같잖아? 기분 나쁜 건 내가 주연이 아니라는 것. 에린같이 멍청한 게 주인공이라니 갑자기 짜증이 난다. 에잇! 홍차도 다 식었잖아!

"아르케네스, 차 한잔 더 줘."

"예? 예, 마마."

"저기, 마마, 안 가봐도 될까요?"

"내가? 왜? 가서 기름이라도 끼얹고 오라고?"

"보통 이럴 때는……."

"그래, 보통 이럴 때는 남자가 가는 법이지! 댄, 가서 잘 달래서 데려와. 알았지? 거듭 강조하지만 손대면 죽인다."

"…예, 마마."

사건 종결일세.

왕궁으로 돌아가는 길도 올 때와 마찬가지였다. 로이드 왕자와 댄 녀석, 그리고 내가 한 마차에 동승한 것까지 말이다. 로이드 왕자야 여전히 다른 사람들은 모두 무시하고 책만 파고 있고 댄 녀석은 지은 죄(?)를 아는지 입 꼭 다물고 고개를 푹 숙인 채 내 시선을 피했다. 뛰쳐나간 지 한 시간쯤 뒤에 돌아온 에린은 예전과 같이, 아니, 이전보다 더 심해진 몰골로—수시로 '몰라 몰라' 하면서 얼굴을 붉히거나 '헤~' 하고 넋을 놓고 있다든가 창턱에 두 팔을 괴고 멍하니 하늘을 올려다보는 등 옆에서 보면 딱 광녀(狂女)다—돌아왔고 그렇지 않아도 두통거리가 쌓인 나는 그냥 좋게 생각하고 넘어갔다. 에린 녀석이 손목을 긋거나 하지만 않으면 되지 뭐. 그보다 신경 쓰이는 건 댄 녀석이 말한 '좋은 일'이라는 거다. 분위기상 묻지는 못하겠고 분명히 내게 안 좋은 일일 게 뻔한데 뭔지 꽉 하고 감이 안 오니까 괜히 짜증만 난다. 이러다가 화병으로 쓰러지는 거 아닌지 몰라.

　달리고 달려서―물론 말이 달렸다. 난 그저 앉아 있었을 뿐이고―왕궁에 도착해 마차에서 내리니 본궁 소속 시종이 나에게 뛰어왔다. 그 시종은 국왕 폐하께서 지금 부르신다는 이야기를 전한 뒤 내 앞에 공손히 고개를 숙였다. 이런 경우가 어디 있어? 힘들게 밖에 나갔다 왔는데 쉴 시간도 안 주고 부르다니 말이야. 그래도 가긴 가야겠지? 흐음…….
　"에린."
　"……."
　"에린!"
　불러도 대답이 없다. 간이 부었군, 에린 녀석. 눈꼬리를 위로 치켜올리면서 뒤를 돌아보자 카렌과 함께 서 있는 에린이 보였다. 가슴에 내 짐 가방을 껴안고 있는 에린은 허공을 올려다보면서 헤죽거리고 있었는데 내 외침에 놀란 하인 중 하나가 에린을 살짝 건드리면서 눈치를 줬지만 그래도 저 둔한 녀석은 망상 속에서 빠져나올 생각을 못했다. 감히 내가 부르는데 전속 시녀라는 것이 대답도 안 해? 이 망할 꼬맹이 녀석! 처절한 응징을 할 테다! 할 수 없이 카렌을 내 쪽으로 부른 나는 왕자의 짐을 나르고 있는 시녀에게서 거울을 받아 들고 화장을 살펴본 뒤 말했다.
　"에린이랑 별궁으로 가 있어. 그리고 제린이든 죠안이든 제시든 아무나 하나 불러서 오라고 해. 알았지?"
　"……."
　역시 대답없이 고개만 끄덕인다. 하여간 카렌이든 에린이든 맘에 드는 녀석이 하나도 없다니까. 난 닐크가 에린과 카렌을 데리고 가는 모습을 잠깐 본 뒤 시종을 따라서 본궁 안으로 들어갔다.

　내가 들어간 곳은 왕궁 3층에 있는 국왕의 집무실이었는데 노크를 하고 안으로 들어가 보니 작은 방이 나왔다. 좌우 벽에는 수백 권은 될 법한 책들이 책장 한가득 꽂혀 있었고 왕실 기와 장식용 무구들이 걸려 있었다. 그리고 방 정 중앙에는 국왕 폐하가 책상에 앉아 있었고 두 명의 사무관이 국왕 폐하의 왼쪽에 서서 서류를 살피고 있었다.
　"오~ 왔군. 그래, 연회는 즐겁게 즐기고 왔는가?"
　"예, 폐하."
　"그래, 그래. 자, 앉게. 숙녀를 세워둬서야 예의가 아니지. 잠시만 기다리게, 아넬리안 왕녀."
　사무관 중 한 명이 화려한 문양이 가득 그려진 푹신한 의자를 내 앞에 대령했다. 난 조심스럽게 거기에 앉은 뒤 국왕 폐하가 펜으로 사인하고 있는 서류들을 슬쩍 바라본 뒤 국왕께서 말하기를 기다렸다. 대여섯 장의 서류를 빠른 속도로 훑어본 뒤 사인을 마친 국왕 폐하는 그것들을 사무관들에게 넘겨준 후 펜을 놓았다.
　"후우~ 이거 왕 노릇도 쉬운 일이 아니야. 어깨가 다 뻐근하군."
　한 손으로 어깨를 툭툭 치면서 말을 꺼낸 국왕 폐하는 앉은 채로 몸을 이리저리 움직여 굳은 근육을 푼 뒤 나를 빤히 바라보면서 말했다.
　"좀 전에 마틴 녀석이 왔다 갔네. 생전 내게 부탁이라고는 해본 적이 없는 녀석이 울상을 지으면서 달려와서는 하는 말이 왕녀와 결혼시켜 달라고 하더군."
　"…예?"

정신이 아득해진다. 빌어먹을 하늘이시여!

"하지만 알다시피 왕녀는 벌써 로이드 왕자와 맺어지기로 내정되어 있지 않은가? 그래서 묻겠는데 마틴과 로이드 둘 중 어느 쪽이 더 마음에 드는가?"

"……."

"대답하기 힘들겠군. 으음… 아들 녀석들 결혼시키는 것이 이렇게 힘들 줄이야. 후후후, 생각 같아서는 좀 더 시간을 주고 싶지만 귀족회의에서 하도 성화를 부려대서 말이지. 아넬리안 왕녀, 그대는 마틴 왕세자를 받아들일 생각이 있는가? 있다면 조금 반대하는 자들이 있긴 하겠지만 내가 힘 좀 써보겠네."

"저, 저는 배운 것도 모자라고 미흡한 점도 많습니다, 폐하. 이런 제가 왕세자비가 되는 것은 여러모로 문제가 있을 것이라고 생각되옵니다."

"허허허, 겸손하기까지 하니……. 로이드 녀석, 부인 하나는 잘 잡았군 그래. 사실 로이드가 머리는 좋은데 워낙 사교성이 부족하고 내성적인 녀석이라 왕족으로서 잘해 나갈지 걱정이었는데 아넬리안 왕녀 같은 현숙하고 아름다운 여인을 맞이하게 되었으니 우리 왕실의 경사로군. 허허허."

기분 좋은 듯이 웃는 국왕 폐하. 아아! 따라서 미소 짓고 있는 나지만 마음속에서는 검은 먹구름이 떼로 몰려와서 내 마음을 어둠으로 가득 채웠다. 댄 녀석과의 약속만 없었어도 한 번쯤 생각해 볼 수 있었겠지만 이젠 틀렸다. 내 미래는 어제의 약속으로 이미 정해진 것이다.

"좋아, 그렇다면 예정대로 결혼식은 내달 1일로 하도록 하지."

"저… 너무 빠른 것이 아닐까요, 폐하?"

"아니, 아니야! 로이드가 이제 겨우 열여섯으로 아직 어린 편이긴 하지만 그만하면 다 컸어. 그리고 이런 경사스러운 일은 빨리 할수록 좋네. 각국에 사신들을 보내야 하니 그때쯤이면 되겠군. 좋아, 아주 좋아."

국왕 폐하는 정말로 기분 좋은지 연신 '좋다'고 말하며 껄껄 웃으면서 사무관들에게 지금 당장 초대장을 작성하라고 시켰다. 내 눈앞에서 나의 나라로 갈 초대장의 초안이 국왕 폐하의 친필로 작성되었고 외무부의 관리들과 사무관들이 떼로 달려와서 나에게 축하한다는 말을 하고 폐하의 사인이 적힌 빈 문서들을 들고 나갔다. 저 빈 문서에 화려한 외교 용어로 도배된 초대 문구가 쓰여질 테고 아마도 내일쯤이면 각국으로 사신들이 출발할 것이다. 이젠 빼도 박도 못한다. 우이씨! 어수선한 집무실 안에서 혼자만 한가하게 눈동자를 굴리던 나를 본 국왕 폐하께서는 약간 미안한 표정을 지으면서 말했다.

"이런이런, 피곤할 텐데 내가 너무 오래 붙잡고 있었군. 가서 푹 쉬도록 하게나."

"깊으신 배려, 진심으로 감사드립니다, 폐하."

나는 의자에서 일어서서 깊이 고개 숙여 인사한 뒤 조심스럽게 집무실을 빠져나왔다.

탁!

문을 닫고 나니 다리에 힘이 쭉 빠지면서 하늘이 노랗게 보인다.

"괜찮으십니까?"

집무실 앞에서 경비를 서고 있던 로얄 가드 소속의 기사가 벽을 짚은 채 휘청이는 내게 다가와서 물었다. 난 작게 고개를 끄덕이면서 괜찮다고 말했다.

"안색이 안 좋아 보이십니다. 곧 의사를 부르겠습니다."

"괜찮아요, 이제 됐으니까. 그보다 길 안내해 줄 시녀나 좀 불러주세요."
 어서 별궁으로 가고 싶다. 우선 차가운 물에 세수라도 해야지 이러고 있다간 진짜 기절할 것 같았다. 내 말에 그 기사는 뒤에 서 있는 경비병 중 한 명에게 지나가는 시녀를 부르라고 시켰다. 그때 마침 복도 끝에서 제린이 치마를 펄럭이며 뛰어왔다. 카렌이 제대로 전하긴 했나 보군.
 "괜찮으신가요, 마마? 안색이 창백한 게……."
 "됐어. 그만 돌아가자. 쉬고 싶어."
 "예, 마마. 이쪽으로. 제가 부축해 드리겠습니다."
 "응."
 나답지 않은 약한 모습이었지만 지금은 좀 추해 보여도 상관없다. 다른 건 다 필요없어. 단지 쉬고 싶다. 한 100년 정도만…….

 제린의 도움을 받아 내가 쉬는 별궁으로 돌아와 보니 댄 녀석이 에린을 앞에 앉혀놓고는 뭐라고 떠들면서 하하, 호호 웃고 있었다. 거기다 다른 이들도—제시, 죠안, 닐크, 아르케네스까지—한곳에 모여 있었는데 내가 들어서니 모두 자리에서 일어서더니 내 쪽으로 달려왔다. 난 손을 내저어서 내 안색—마치 무덤에서 갓 기어나온 시체 같다고 제린이 말했다—을 보고 달라붙는 이들을 떨쳐 낸 뒤 비틀거리며 댄에게 다가갔다.
 "마마, 안색이 안 좋으십니다. 가서 쉬시는 게……."
 "…댄."
 "네, 마마."
 댄 녀석은 내 표정을 보더니 엉덩이를 뒤로 쭉 빼고는 슬금슬금 물러선다. 하지만 그것도 얼마 못 가 벽에 부딪쳐 그만 댄 녀석은 두 손을 번쩍 들어 올리면서 내게 소리쳤다.

"항복! 뭔진 모르지만 무조건 잘못했습니다! 살려주십시오!"

"……뿌득!"

이 녀석은 눈치가 너무 좋아서 탈이군. 에린이랑 댄이랑 섞은 뒤 반으로 나눠놓으면 딱 좋겠는데. 하지만 항복은 안 받아줘. 내 왼손이 댄의 어깨를 힘껏 붙잡음과 동시에 오른 주먹이 그의 복부를 향해 힘차게 날아갔다.

퍼어억!

"크헉! 쿨럭쿨럭!"

배를 움켜잡은 댄은 새우처럼 허리를 꺾으면서 기침을 해댔다. 그런 그의 등짝을 팔꿈치로 힘껏 내려친 나는 카펫 위로 뻗어버린 댄의 머리를 한 발로 밟으면서 낮은 목소리로 으르렁거렸다.

"좋.은. 소.식. 전해줘서 고맙다, 워렌 자작. 상으로 목을 벴으면 좋겠는데 그대 생각은 어때?"

"쿨럭! 살려… 주십시오!"

"앞으로 말할 때는 내게 맞을 만한 말은 미리 이야기해. 나도 때릴 준비를 해야 되니까. 후우, 피곤하네. 가서 쉴 테니까 오늘은 아무도 들이지 마."

난 다른 이들의 대답은 듣지도 않고 2층으로 올라갔다. 내 뒤로 시녀들이 줄줄이 좇아왔지만 망할 에린 녀석은 '꺄악~ 워렌님'이라고 소리치면서 개구리처럼 뻗어 있는 댄 녀석에게 뛰어갔다. 에린 녀석, 이번에 로세니아에서 사신단이 오면 상자에 넣어서 포장한 뒤 돌아가는 사신단에게 선물로 줘버릴 테다. 리본은 달아야겠지? 호호호……

Chapter 6
멸신전쟁

신(God)? 물론 믿지. 신은 존재해. 하지만 난 신을 숭배하지는 않아. 왜냐고? 그야 나야말로 지고무상한 존재니까. 오호호호~ 이봐이봐, 농담이라고! 그런 걸 받아 적어서 어쩌겠다는 거야? 흠… 확실히 신전의 교리만 놓고 보면 신학은 세상의 모든 이치를 품에 안고 있는 굉장한 보물이지. 하지만 말이야, 신전을 운영하는 것도 신에게 기도를 드리는 것도 인간이라고. 이게 결점인 거야. 거의 대부분의 인간들은 처음으로 신을 접했던 감동을 쉽게 잊거든. 익숙함이란 무서운 거야. 그래서 난 신을 믿지만 숭배하지는 않아. 신을 숭배하는 데 가장 적격인 자들은 산속에 숨어서 홀로 고행하는 수도승 정도일까? 그들의 정신은 어떠한 시련과 역경에도 흔들리지 않고 꿋꿋이 버텨줄 수 있을 테니까. 물론 나도 불합격이지. 난 아직 욕망을 다스리는 데 미숙하거든. 이 대단한 나도 말이야. 후훗.

―제2대 황실 서기관이자 궁중 역사학자인
후렌 경이 집필한 '황실 비사' 중.
―빛과 영광의 제국 크레센트의 국모이신
아넬리안 황비 전하와의 대담 중.
―주: 눈에 거슬리는 거만함이 자연스럽게 받아들여지는 사람이
바로 진정한 귀족이 아닐까?

멸신전쟁

―대륙력 995년 늦여름. 크레센트 왕국 수도 크론발.

　오늘은 8월 23일. 국왕 폐하께서 정하신 결혼식 날이 9월 1일이니 앞으로 7일 남았다. 폐하께서 나를 부른 지도 벌써 2주가 넘어간다. 그 동안 궁 안은 그야말로 요란 법석을 떨고 있었는데 일반 병사들까지 궁성 내외의 청소에 동원될 정도로 정신없고 소란스럽다. 우리의 결혼식이 뭐가 그리 대단한 일이라고 이렇게 법석을 떠는지 모르겠지만 듣기로는 크레센트 왕실에서 이렇게 대대적으로 파티를 벌이고 축제를 하는 것은 실로 몇 년 만이라나? 1왕자인 브래드릭 왕자는 서자 출신이라서 결혼할 때 부인의 가문인 미노스 가에서 치렀다고 한다. 그래도 왕위 계승 서열로 따지면 4위인데―국왕 폐하의 친동생이 한 명 있다고 한다. 지금은 공작위를 받고 영지를 살피고 있는데 그가 계승 서열 3위이다―너무 괄시하는 거 아닌지 몰라. 브래드릭 왕자를 생각하니 갑자기 일왕자비인 엘린 부인이 보고 싶어지는군.

"에린, 죠안, 누구 없어?"

"예, 마마! 곧 갑니다!"

제린 목소리군. 다른 녀석들은 다 어디 간 거지? 잠시 기다리고 있자니 먼지떨이를 손에 쥐고 흰 앞치마를 두른 제린이 급히 뛰어오는 게 보였다.

"부르셨습니까, 마마?"

"응. 다른 애들은? 시녀장도 안 보이고, 다 어디 간 거야?"

"에레니아 시녀장님은 마마께서 입으실 드레스와 장신구를 보러 가셨고 다른 시녀들은 본궁으로 파견나가 있습니다. 손이 모자라서 다른 별궁의 인원도 모두 불러들였다고 합니다."

"그래? 닐크 등은?"

"그분들도 거들어준다고 말씀하시면서 같이 가셨습니다."

뭐야? 내 호위면서 다 가버린 거야? 그럼 무슨 일이 있을 때 나는 누가 지켜주냐고. 쳇!

"카렌은?"

"에… 카렌 양은… 오전에 잠깐 보기는 했지만 그 뒤로는……."

이 시녀의 시녀로 써먹으려고 데려온 녀석은 일도 안 하고 빈둥빈둥 놀기만 하는군. 할 수 없지. 혼자 가볼까?

"나, 브래드릭 왕자 전하의 별궁이나 잠깐 다녀올 테니까 청소하고 있어."

"예? 그럼 곧 준비하겠습니다. 잠시만……."

"아니, 됐어. 멀지도 않은걸 뭐."

"아닙니다, 마마! 왕족이신 분이 혼자서 돌아다니시는 건 안전은 둘째 치고 위신 문제입니다! 잠시만 기다려 주십시오!"

하여간 너무 유능해도 문제라니까. 에린 녀석이라면 아무 생각 없이 '다녀오세요'라고 손까지 흔들어주었을 테지만 여기 시녀들은 은근히 꽉 막힌 게 아무리 상전의 명령이라도 아닌 건 죽어도 아니라고 말하는 녀석들뿐이다. 에이~ 기다리고 있어야 하나? 오전 연습은 이미 끝마쳤으니 상관없지만 오후 연습 때까지는 돌아와야 한다. 제린이 준비한다고 부산을 떨고 있을 때 마침 카렌 녀석이 고개를 푹 숙인 채 터덜터덜 걸어가는 게 창밖으로 보였다.

"그럼 카렌 데려갈게. 그럼 되지?"

"예? 예에……."

제린이 아쉬운 듯한 표정을 지으면서 풀었던 앞치마를 다시 맨다. 음… 제린도 청소하기 싫었나 보다. 그래도 제린은 너무 부담된단 말이야. 에린 녀석이 맨날 사고만 치고 멍청하게 굴어서 그런지 완벽하게 일을 하는 제린을 보고 있으면 잘해도 부담되고 왠지 거리감이 느껴진다. 하여간 실망한 기색이 역력한 제린을 뒤로하고 나는 1층 정원으로 뛰어내려 간 뒤 카렌을 데리고 일왕자궁으로 향했다. 한 가지 다행한 사실이라면 내가 길을 잊어먹고 헤맬 때 뒤따라왔던 카렌이 제대로 된 방향을 알려주어서 그나마 쉽게 갈 수 있었다는 거다. 에린과 왔으면 천상 두어 시간은 헤매다가 보낼 뻔했지 뭐야.

브래드릭 왕자가 있는 일왕자궁에 도착하고 보니 여기도 소란스럽기는 마찬가지다. 단지 좀 다른 점이 있다면 여기는 대청소로 분주한 게 아니라 피난 가는 사람들처럼 심 상사를 옮기고 있다는 것 정도? 분주한 하인들과 노예들을 지나쳐 안으로 들어가 보니 일왕자의 부인인 엘린을 찾을 수 있었다. 엘린은 수수한 옷을 입고 말아 올린 머리에는 흰 스카프를 묶고 있었는데 보통 시녀장이나 할 법한 일들을 하고 있었다.

"그래요, 그거. 깨지는 거니까 조심해서 옮겨요. 아앗! 그 상자는 가져가는 게 아니야! 다시 갖다 놔요."

내가 얼굴을 못 봤다면 여기서 일하는 시녀쯤으로 알았을 거다. 내가 원래 사람 얼굴 하나는 잘 기억하는 편이거든. 문제는 이름을 못 외운다는 거지만……. 하여튼 내가 다가가자 엘린 쪽에서 먼저 나를 알아보고 반색했다.

"어머나~ 아넬리안 양 아니에요?"

"네, 안녕하세요, 엘린님?"

"만나서 반가워요. 그런데 이사 중이라 조금 소란스럽거든요. 양해해 줘요."

"아니에요. 연락도 없이 온 제 탓이죠."

"자, 이리 와요. 후원 쪽은 그래도 좀 조용할 테니 그쪽으로 가도록 해요. 함멜, 여기 좀 부탁해요. 자자, 이쪽으로."

그렇게 우리는 후원 쪽으로 발걸음을 옮겼다. 별궁 안을 지나쳐 후원으로 가는 동안 대충 훑어보니 가구들까지 모두 옮기는지 안이 썰렁했다. 등나무 덩굴이 머리 위까지 뻗어 있는 작은 정원으로 안내된 나는 엘린이 직접 끓여준 차를 받아 들고는 작게 물었다.

"그런데… 여기서 나가는 건가요?"

"응? 아아! 소식 못 들었나 보네?"

"네에……."

"우리, 왕성을 나가게 되었어요."

"네? 하지만……."

왕족이 왕성을 나간다? 그게 말이 돼? 잠깐 별장에 놀러 가거나 하는 거면 모를까.

"후훗, 이번에 마틴 전하께서 왕세자 자리에 오르셨잖아요. 그래서 우리들은 저희 본가인 미노스 가로 돌아가는 거예요."

"네? 그런……. 마틴 전하가 왕세자 자리에 오른 것과 엘린님이 궁을 나가는 게 무슨 상관이에요? 여기서 나갈 이유가 없잖아요?"

"이유야 있죠. 우리 그이가 서자 출신이잖아요. 그리고 왕실에는 로이드 전하와 마틴 전하가 있고요. 이번에 왕세자가 정해졌으니 우리들은 더 이상 필요없는 거죠. 있어봐야 잡음만 일어날 뿐이고 도움도 안 되니까요. 마틴 전하가 왕세자 자리에 오른 이상 우리 브래드릭 전하는 더 이상 왕족이 아니에요. 단지 왕가의 친척일 뿐이죠. 공식적으로 왕위 계승권자가 정해진 이상 계승 순위에서 밀리는 다른 일족들은 알아서 성을 나가야 돼요. 안 그러면 피를 보게 되니까 어쩔 수 없는 거죠. 그리고 그이도 저와 결혼하기 전에 미리 말해 줬던 일이고요."

"그렇다면… 브래드릭 전하는 어떻게 되시는 건가요?"

"별로 바뀌는 건 없어요. 여기서 나가도 수도 근교의 중앙군을 총괄하는 장군 직을 계속 맡고 있을 거고요. 우리 미노스 가도 수도 근처라 단지 잠자리만 조금 바뀌는 것뿐이에요."

엘린은 담담한 목소리로 말했다. 하지만 내게는 청전벽력 같은 이야기들이었다. 왕위 계승권을 잃은 왕족은 궁성에서 쫓겨난다니? 그렇다는 건 마틴 왕자가 국왕이 되는 시점에서 나와 로이드 왕자도 이 성을 나가야 한다는 거잖아? 이런 말도 안 되는 일이 어디 있어? 머나먼 타국까지 시집와 줬는데 그 남편이라는 녀석이 왕이 못 돼서 왕성을 나가야 한다니? 내 가문은 여기서 300km는 떨어져 있다고! 저 책 귀신을 데리고 그 먼 길을 돌아가란 말이야?!

"흐응~"

내가 인상을 박박 쓰면서 차를 마시고 있으니까 엘린이 갑자기 왠지 불길한 미소를 지으면서 나를 바라보았다.

"왜, 왜 그러세요?"

"다음 주가 결혼식이죠?"

"네에……."

불길해, 불길해. 저 '나는 다 알고 있다' 라는 얼굴로 나를 바라보는 엘린을 보고 있자니 그 입에서 뭔 말이 튀어나와서 나를 놀라게 할지 벌써 걱정된다.

"지금 불안해요?"

"…푸웃! 콜록콜록!"

"어머, 미안해요. 내가 놀라게 했나 보네? 여기… 손수건."

사레들렸다. 불안? 내가 왜?

"콜록! 고마워요. 그런데 제가 불안해 보였나요?"

"으음… 아닌가? 난 또 여기 와서 보지도 못했는데 갑자기 찾아와서 그런 줄 알았는데. 내 생각이 틀렸나 보네?"

으음… 조금 불안하긴 했을까? 나도 왜 이 사람을 찾아왔는지 모르니까 말이야. 갑자기 한번 봐야겠다는 생각이 들었는데 그게 그 이유일까?

"원래 결혼 같은 큰일이 막상 눈앞에 닥치면 여자들은 불안해하는 법이거든요. 괜찮아요. 다 잘될 테니까."

"저… 엘린님은 어떠셨어요?"

"저요? 전 그냥… 아무 생각 없었죠. 후훗. 결혼식 전날까지 연무장에서 기사들과 대련을… 어머나! 내가 무슨 말을……. 방금한 말은 잊어줘요. 호호호!"

"헤에~ 기사였어요? 여기사? 와아~"

"아니에요, 그런 건."

괜히 손을 흔들면서 부정해 봐야 소용없다고. 이 귀로 똑똑히 들었으니까 말이야. 내가 눈을 빛내면서 뚫어져라 바라보자 부담스러운 듯 고개를 돌리면서 딴청을 피우던 엘린이 먼저 항복해 왔다.

"에이~ 그래요. 한때는 기사가 되고 싶었죠."

"헤에~ 굉장하다."

"별로 굉장할 건 없어요. 나도 남들처럼… 이름있는 기사가 되어서 우리 왕국을 지키는 방패가 되고 싶었는데… 역시 여자의 몸으로는 한계가 있더라고요."

"어쩌다가 기사가 되고 싶다고 생각한 거예요?"

"으음… 조금 특이하다면 특이하고 일반적이라면 일반적일까? 전 외동딸인데다가 남동생도 없거든요. 미노스 가의 유일한 자식이 딸뿐이니 이름난 기사 가문인 우리 집안에서 난리가 났죠. 처음엔 양자를 들인다 첩을 데려온다 말이 많았던 것 같은데 이도 저도 별 소용이 없어서 제가 검을 들게 된 거예요. 어릴 때부터 기초 훈련을 받고 열 살쯤 되어서 한 기사 밑에 들어가 종자 노릇을 했었는데 그분을 모시는 다른 종자 중 한 사람이 바로 브래드릭 전하였어요. 후훗."

"에에? 브래드릭 전하가 기사였나요? 왕족인데?"

"크레센트는 원래 그렇거든요. 서자인 브래드릭 전하는 애초에 왕위 계승권에는 관심도 없었고 그렇다고 학문에 뜻을 둔 것도 아니라 칠이

들었을 때부터 검을 쥐고 휘둘렀다고 해요. 그래서인지 제가 종자로 들어갔을 때는 이미 자기보다 서너 살은 많은 다른 종자들을 제치고 기사 후보로 이름이 올라가 있었죠. 여자인 데다가 실력도 떨어지는 절 많이 챙겨주고 도와줬어요."

"아~ 그래서 호감을 가지게 된 건가요?"

"아니요. 그 반대죠. 전 그분을 끔찍하게 싫어했어요. 남자인 데다가 저보다 실력도 좋고 힘도 좋았거든요. 상상이 안 갈지 모르겠지만 다른 여자애들이 화장품을 바르고 몸매 관리에 힘쓰고 있을 때 전 손에 물집이 잡히도록 검을 휘두르고 땀으로 목욕해 가면서 뛰어다녔어요. 그런데도 브래드릭 전하는커녕 다른 종자들조차 이기지 못했죠. 하루 서너 시간씩 자고 매일 꼬박꼬박 고기만 먹어가면서 운동을 해도 소용없었어요. 아무리 노력해도 도저히 원하는 만큼의 결과가 나오지 않았죠."

엘린은 시선을 먼 곳에 둔 채 조용조용히 말했다. 밝고 활달해 보이는 사람이었는데 역시 사람은 사귀어보기 전에는 모르는 거구나.

"결국 열여섯쯤 되었을 때 포기했어요. 도저히 따라가기는커녕 뒤처지는 것을 막기도 힘들다는 걸 깨달았거든요. 의욕은 앞서지만 몸이 못 따라간다고 할까? 그래서 지금은 이렇게 보통 여성들처럼 살고 있는 거예요."

건장한 사내의 명치를 팔꿈치로 가볍게 찍어버리는 게 '보통' 인지는 잘 모르겠지만 왠지 비슷한 아픔이 느껴진다. 뭐랄까, 가슴속 깊이 묻어둔 자그마한 상처들이 마치 공명하듯이 울려 퍼져서 확장되는 느낌이다. 세상엔 간절히 원하고 노력해도 얻을 수 없는 것이 있다. 부모의 관심이라든지 능력 외의 일이라든지……

"그래서요? 브래드릭 전하와는 어떻게 친해지게 된 거예요?"

"뭐… 그쪽에서 자꾸 신경 써주고 돌봐줘서 싫긴 했지만 그래도 약간 호감은 있었는데… 사실 그때 많이 힘들었거든요. 그럴 때 옆에서 지켜봐 준 게 전하였어요. 그래서 조금씩 좋은 사람이라고 생각이 바뀌고 있을 때 갑자기 그이가 플레이트 메일을 입고 와서는 내기를 하자고 하더군요."

"내기요?"

"네, 내기요. 그렇게 중무장을 하고 와서는 제게 연습용 장검을 넘겨주면서 하는 말이 내기를 해서 지는 쪽이 상대의 소원 한 가지를 들어주기로 했어요. 물론 부가 조건으로 법과 정의, 그리고 양심에 위배되지 않는다는 조건 하에서요."

"헤에~ 그래서요? 이겼나요?"

"후훗, 졌죠. 룰은 상대의 몸을 치는 것으로 했는데 세 번 먼저 때리는 쪽이 이기는 간단한 룰이었어요. 거기다 브래드릭 전하는 20kg 가까이 되는 플레이트 메일을 입고 있었고 철제 투구까지 써서 시야도 좁았을 게 분명한데도 불구하고 졌어요. 그것도 완패당했죠. 제대로 검조차 못 휘두르고 막기만 하다가 져버렸죠. 지고 나서 힘이 빠져 털썩 주저앉으니까 눈물이 줄줄 쏟아지더군요. 지금까지 내가 뭘 한 건가? 뭘 하면서 살았던 건지 억울함과 후회가 마구 밀려들어 와서 도저히 정신을 차릴 수가 없었어요. 그런 제 옆에 같이 주저앉아서 기다려주던 전하는 한참이 지난 뒤에야 말하더군요. '나랑 결혼해 줘' 라고."

"…콜록!"

역시 이 동네는 위험해. 빨리 집으로 돌아가든지 아니면 정상적인 인간들을 내 주위에 포진시켜야겠어.

"그, 그래서 허락한 거예요?"

"할 리가 있어요? 한껏 힘 자랑 해놓고 나서 한다는 소리가 사람 속을 긁어놓는 말인데. 화를 내면서 따졌죠. 그랬더니 매사에 당당하고 덜렁대는 속 좋은 그이가 쩔쩔매면서 어쩔 줄 몰라 하더라고요. 그 모습이 조금 귀엽게 생각되기는 했지만……."

어이어이, 자기보다 여섯 살이나 나이 많은 남정네가 귀엽다는 건 뭔가 문제있는 거 아니야?

"그래도 화가 나는 건 어쩔 수 없더라고요. 그래서 '그런 약속은 지킬 수 없다' 라고 딱 잘라서 말했더니……."

"내가 말한 건 약속이 아니야. 난 지금 소원을 빈 거라고 말했었지 아마?"

"어엇?"

"어머나!"

갑자기 등 뒤에서 굵직한 남자 목소리가 들려서 돌아보니 짧은 금발을 한 손으로 긁으며 얼굴을 약간 붉힌 브래드릭 왕자가 우리들 사이로 걸어왔다.

"언제 오신 거예요?"

"지금 막 도착했어."

"네에. 다른 분들은요?"

"응, 지금 짐을 나르고 있을 거야. 애들을 한 삼십 명쯤 데리고 왔거든."

"푸훗! 그러다가 나중에 보복당하는 거 아니에요? 그래도 명색이 종자이고 나중에 다들 기사가 될 몸들이잖아요. 그런 분들을 짐 나르는 일에 동원하면……."

"흥! 개기는 놈 있으면 내가 몸소 대련이라도 뛰어주면 그만이지. 그보다 오다가 재미있는 걸 주웠거든? 이거, 주인 누구인지 아는 사람 없어?"

그렇게 말하면서 내민 것은 작은 강아지도 고양이도 아닌 팔다리 멀쩡하게 달린 소녀였다. 그것도 붉은 머리에 시종들이 입는 바지를 입은 녀석이었다. 두말할 것 없이……

"…카렌!"

"어? 아넬리안 아가씨가 아는 아이인가 보네?"

"어쩌다가……."

"당신이 여기 있다고 해서 오는데 이 아이가 내 품속에 있는 단검을 슬쩍하려고 하잖아. 그래서 이렇게 들고 온 거야. 못 보던 얼굴이라 우리 하인들 같지는 않았거든."

"카렌! 너, 또!!"

"……."

내가 벌떡 일어서며 화를 내도 카렌 녀석은 '흥' 하고 콧방귀만 뀌고 고개를 돌려 버린다. 저 녀석이!!

"또? 아아! 그러고 보니까 얼마 전에 로이드 녀석이 자기 검을 잃어버렸다가 다시 찾았다고 그러던데 혹시 그것도 이 녀석 짓인가?"

할 말 없다. 내가 입을 다물어 버리자 브래드릭 왕자는 카렌을 들고 있던 손을 놨다. 가볍게 바닥에 착지한 카렌은 나와 브래드릭 왕자를 한 번씩 쓰윽 바라본 뒤 혀를 쏙 내밀면서 저만치 뛰어가 버렸다. 화낼 타이밍을 놓친 나는 도망쳐 버린 작은 소녀의 뒷모습만 보면서 이를 갈았다.

"재미있는 소녀군. 어떻게 알게 된 거요, 아넬리안 양?"

"그게… 주웠어요. 아하하!"

미소! 미소! 이럴 땐 웃어야 된다. 웃음으로 얼버무리기! 내가 필사적으로 웃으면서 대충 넘어가려고 하자 그런 내 모습을 보던 브래드릭 왕자는 피식 웃은 뒤 엘린의 옆에 앉았다. 그런데 왠지 표정이 어둡네?

"왜 그래요, 여보? 무슨 일 있어요?"

"아아, 별일 아니야."

"별일 아닌 게 아닌 것 같은데요? 말해 봐요."

"정말 별거 아니야. 그보다 당신, 괜찮아? 괜히 나 때문에 여기서 쫓겨나게 되었잖아."

"이런 건 별 상관 없어요. 아시잖아요. 제가 언제 이런 일로 투정 부린 적 있나요? 그리고 전 여기보다 제 본가가 더 편해요. 그러니 빨리 말해요. 밖에서 무슨 일 있었죠? 네?"

"후우… 정말 당신에게는 두 손 다 들었다니까."

브래드릭 왕자는 길게 한숨을 내쉰 뒤 고개를 절레절레 저으며 손을 흔들었다. 그리고는 엘린이 따라주는 홍차를 한 모금 마신 뒤 천천히 말을 꺼냈다.

"멸신… 전쟁이 시작되었어."

에? 전쟁? 어느 나라와 어느 나라지? 거기다 멸신은 뭐야? 처음 듣는데?

"그렇군요. 이번엔 어디 어디죠?"

"이전과 같아. 정의의 신인 비젠과 음모의 신인 브리츠. 늘상 치고박긴 하지만 이번엔 사정이 좀 더 심각한 것 같더라고."

"비젠이라면… 그 빛과 정의의 신을 말씀하시는 건가요, 전하?"

"아… 로세니아는 비젠 신이 국교였지? 맞아. 그 비젠이야. 요 일주일 사이에 지방의 비젠교 소속 교회 네 군데가 전소되었고 수십 명의 신도가 죽었어. 그것도 치안병들이 보는 앞에서 어린아이까지 마구 난도질해 버렸다는군."

"잔인해라!"

"국가에서는 아무런 대책도 안 세운 건가요? 전하의 말씀대로라면 이건 엄연히 살인 행위잖아요."

"그게 그렇게 쉬운 문제가 아니야. 일단 멸신전쟁이 발발하면 국가는 아무런 제재도 가할 수 없지. 로세니아는 비젠 신을 국교로 삼고 있으니 그 반대되는 종교에 제재를 가해도 상관없지만 여기는 크레센트야. 신권과 왕권이 완벽하게 분리되어 있고 양측 모두 그 어떤 간섭도 거부하는 곳이지. 아마 오늘쯤 양 신전의 신관들이 왕성에 들어와서 보고하겠지. 거기다 소문으로 듣기에는 이전과는 상황이 조금 다른 것 같아."

"어떻게요?"

"비젠의 높은 신관이 말하길 '나에게 반하는 자에게 멸절의 응징을 가하라' 라는 신탁이 내려왔다는군. 듣기로는 브리츠 쪽도 같은 신탁이 내려왔다고 하고. 신의 힘은 곧 신관의 힘이니 이 전쟁에서 지는 쪽은 신성력도 신도도, 그리고 신전 수입도 모두 잃게 될 거야. 한마디로 지는 쪽은 신이라는 간판을 내려야 하는 처지이지."

무슨 멸신전쟁이라는 거야? 내가 살던 로세니아에서는 그런 일은 없었다고. 신 하면 역시 빛과 정의잖아! 어둠과 음모의 신인 브리츠가 악한 건 당연한 거 아니야? 선과 악이 분명한데 왜 국가에서 나서 해결하려 하지 않지? 이상해.

"아넬리안 왕녀의 표정을 보아하니 이해가 안 간다는 표정이군. 당연하겠지. 우리야 늘상 겪는 일이니 별로 새삼스러울 것도 없지만 특정 신을 국교로 삼고 있는 국가의 사람들은 꽤 이상하게 생각하더군. 하지만 왕권이 확립되기 위해서는 신권을 분리시켜야 돼. 크레센트는 국민 개개인에게 신앙의 자유를 보장하고 있지. 신에게 의지하는 백성들은 조금 심하게 몰아붙여도 신에게 희망을 구걸하느라 반항을 적게 하거든. 하지만 이번 일처럼 귀찮고 복잡한 일도 있어. 신의 힘은 곧 신관의 숫자라는 건 알고 있겠지?"

"네."

"그렇기에 여러 신들은 대륙에서 인구가 가장 많은 크레센트를 노리는 거야. 만약 어느 특정 신을 주신으로 삼고 국교로 선포하게 되면 다른 여섯 신전들로부터 노골적인 반발을 사게 돼. 거기다 신권에 속한 자가 정치에 개입하기라도 하면 그야말로 나라 꼴이 엉망이 되지."

"하지만 그렇다고 어린아이들까지 무참히 학살하는 광경을 그냥 놔둬서는 안 되잖아요."

"물론 그렇긴 하지만 일단 신전 간에 전투가 벌어지게 되면 개종이냐 죽음이냐만 있을 뿐이기에 왕국에서 손쓸 방법이 없으니 문제야. 이건 신전과 신도들 간의 문제이기 때문에 신전의 권리를 왕권이 억압할 수는 없어. 그렇기에 우리는 이 전쟁이 빨리 끝나기만을 바랄 뿐 그 외에는 어떤 일도 할 수 없는 거야. 내가 유일하게 참견할 수 있는 곳은 군대 정도일까? 다른 곳은 불가능해. 참, 엘린, 미노스 가의 별장이 수도 크론발 외곽에 있지?"

"네, 도시에서 30분 거리에 있는 작은 마을 근처죠. 그런데… 거기도 무슨 일 있나요?"

"으음, 웬만하면 그쪽은 안 가는 게 좋을 거 같아. 외교부와 내무부에서 들어온 정보에 따르면 그 근처에서 대규모 전쟁이 벌어질 것 같거든. 양측 신관들이 서로 합의했다고 하더라고. 괜히 싸움에 말려들면 안 되니까 될 수 있으면 그쪽 근방엔 가까이 가지 마."

"예, 그러죠. 별장에 있는 하인들도 모두 불러들일게요. 그런데 여긴 괜찮을까요?"

"뭐… 왕권이 강한 수도에서는 신관들도 제멋대로 날뛰지는 않으니까 큰일은 안 일어날 거라 보지만 그래도 조심은 해야겠지? 시종이나 하인들 중에서 두 신을 믿는 신도가 있다면 내보내거나 전쟁이 끝날 때까지 신물을 회수해 둬. 자칫 불똥이 튈 수도 있으니까."

전쟁이라는 이야기에 분위기가 썰렁해졌다. 그런데 전쟁이라는 말이 붙을 정도면 진짜 격렬하게 싸우는 거 아닌가? 시체가 산을 이루고 피가 강을 이루고 뭐 그런 거 말이야. 그렇게 싸워대는 데도 아무런 간섭도 안 하다니, 이상해. 이러고도 아직까지 왕국을 잘도 유지하고 있는 게 신기해 보인다.

"저기… 그럼 멸신전쟁은 어떻게 끝나는 거예요? 모든 신도들이 다 죽으면 끝나는 건가요?"

"뭐… 원칙상은 그렇지만 인간이 하는 일이 완벽할 수는 없잖아? 멸신전쟁은 본보기를 보여주는 거지. 우리 신이 이만큼 강하다. 믿으면 너희들에게 복이 될 것이고 믿지 않으면 죽음만이 있을 뿐이다라고. 실제로 신도들의 숫자와 믿음이 강하면 강할수록 그 신의 신관들도 신성력이 강해지거든. 죽은 자도 부활시킬 만큼 말이야. 지금에 와서는 그 정도 신성력을 발휘할 수 있는 신은 역시 비젠뿐이겠지만. 대륙 전체를 놓고 봐도 가상 많은 신도를 가지고 있고 다수의 고위 신관들과 신성 기사단까지 갖춘, 현재로서는 가장 높은 주신이지."

그렇게 말하면서 브래드릭 왕자는 작게 한숨을 내쉬었다.

"하지만 어둠의 신인 브리츠는 그의 신도들에게 부귀영화와 욕망을 상으로 내려주기 때문에 알려지지 않은 세력도 만만치 않아. 거기다가 살인 기계라고 불러도 될 만큼 무서운 암살자 조직을 휘하에 두고 있어서 이쪽도 실제적인 전력으로 보자면 또 만만치 않지. 그리고 더욱더 무서운 건 양측 모두 자신이 믿고 있는 신을 맹신하는 광신도들이 널리고 깔렸다는 거야. 지금 일어나고 있는 사건들도 모두 그 광신도들에 의해서 벌어지는 싸움이니까 말이야."

"광신도들?"

"그래, 미치광이 집단. 믿음으로써 신을 보필하는 것이 아니라 맹신으로 신의 이름을 더럽히고 광기로 타인들을 짓밟지. 그런 짐승 같은 짓을 행하고도 자신은 신의 정의를 행하였다고 당당하게 말하는 녀석들이야. 이들에겐 죄책감도 부끄러움도 없어. 그저 맹목적인 충성심과 광기뿐이지. 어떠한 이론과 논리도 통하지 않고 오직 신에 대한 맹종만이 있을 뿐이야. 하지만 신전의 입장에서 봤을 때 이런 광신도들은 별로 도움이 되지 않아. 일반인들에게 이들은 거의 미치광이나 다름없는 자들이니까. 신전의 이미지만 버릴 뿐이긴 하지만 그래도 신의 자식들을 버릴 수는 없으니 서로 품에 안고 있기는 하지. 그리고 광신도들은 신의 명령이라면 뭐든지 하니까 한번 쓰고 버리기엔 딱 좋지. 자기들 손을 더럽히지 않고 귀찮은 일을 떠넘겨 버릴 수도 있고 말이야."

"에에… 뭔가 굉장히 치사한 것 같은데요?"

"뭐… 그것도 신전들이 살아남는 방법 아니겠어? 이단자의 처형이나 납치 같은 더럽고 지저분한 일들은 광신도들에게 맡겨놓고 자신들은 일반 민중을 대상으로 기적을 보여주거나 신학을 전파하지. 갖가지

자선사업들―고아원이나 도로, 또는 다리 건설 등―을 행하면서 민중의 환심을 사고 신도들을 끌어 모으는 게 보편적인 신전의 방침이야. 멸신 전쟁은 부가적인 옵션 정도고."

"왜 그렇게 기를 쓰고 신도들을 끌어 모으려고 하는 거예요? 세상엔 사람들도 많고 그 사람들만큼 생각하는 바도 다 다르잖아요."

"후우… 신관에게 있어서 신성력이란 다른 모든 것에 우선하는 법이야. 마치 기사가 검에 매진하듯이 말이야. 뛰어난 신성력을 가진다는 건 자신의 신이 다른 신들보다 상위라는 것이고 이 신들의 계급은 자신을 믿는 신도들의 숫자와 질에 따라서 수시로 변하는 법이야. 수백 년 전까지만 해도 강성하던 자연과 명예의 신인 디스트도 신도의 숫자가 줄어들면서 이제는 일반인들은 거의 알지도 못하는 하급 신으로 전락했지. 각 신들끼리도 싸움을 벌이고 때때로 신들이 죽거나 새로 창생되면 새로운 계보가 발생하는 거야. 즉 신도들의 믿음이 신을 강하게 해주고 신은 그 보답으로 신도들 중 일부에게 자신의 힘 중 일부를 사용할 수 있는 신성력을 내려주는 거지."

"그렇군요."

잘은 이해되지 않지만 대충 들어보자면 신과 신도들은 서로 도와가며 생활하는 공생 관계라는 것이군. 스케일이 크긴 하지만 말이야. 그런데 이런 말 하다가 신벌 같은 거 받는 건 아닌지 몰라. 아이! 난 신의 존재는 믿지만 신을 찬양할 생각은 없다고. 나랑은 상관없으니 그냥 그러려니 하고 넘어가면 그만이겠지?

"아참, 아넬리안 왕녀도 조심하는 게 좋을 거야. 그럴 리야 없지만 어쩌면 브리츠의 암살자들이 찾아올지도 모르니까."

"네? 왜요? 전 비젠 신의 신도도 아닌데요?"

"로세니아 출신이니까."

"에에에? 그런 게 어딨어요? 우리 로세니아에서도 비젠 신을 믿는 귀족은 열에 다섯도 안 된다고요."

"그렇긴 하지만 로세니아는 비젠 신을 국교로 삼고 있으니 브리츠 쪽에서 보자면 고깝게 보일 거야. 좋은 본보기가 되겠지. 크레센트에 와 있는 로세니아의 왕족. 이보다 더 좋은 선전 효과는 없어. 한 나라를 상대할 만큼 자신만만하다면 최고의 선택 아니겠어?"

"그럴 리가 없어요! 만약 절 죽이게 되면 우리 나라에서 가만히 있을 리가 없잖아요."

"가만히 안 있으면? 군대라도 파견할까? 여긴 크레센트야. 만약 암살의 배후를 뿌리 뽑기 위해서 군대라도 보냈다간 당장 전쟁이 일어나게 될걸? 자국 영지에 타국의 군대가 주둔한다는 건 국가 간의 자존심 문제라고. 귀족들은 이런 일에 민감하게 반응해. 크레센트에서 영토 통과를 거부하면 그땐 전면전이겠지."

"……."

"행여나 그런 일이 벌어지면 안 되니까 몸조심하라고. 괜히 전쟁이라도 나면 로이드 녀석도 힘들어질 테니까 말이야."

"네? 로이드 전하는 왜요?"

"으응? 몰랐어? 하긴 타국 사람이니 잘 모를 수도 있겠군. 우리 크레센트에서는 성인 남성은 모두 3년 동안 군에 복무해야 되잖아."

"그건 알지만……."

"여기엔 예외가 없다고. 왕족이든 귀족이든 평민이든 말이야. 예외라면 농노와 노예 정도일까? 그들은 인간이 아니라 재산으로 취급받으니까 예외지. 아무튼 로이드 녀석도 열여섯이 되었고 성인이니 조만간

군에 종사해야 돼. 왕족이니 일반 평기사나 징집병으로 가지는 않겠지만 그래도 전쟁이 나면 전장으로 나가야 된다고. 나야 이쪽이 적성이 맞고 다른 할 일도 없어서 장군이 되었지만 그 녀석은 검과는 담을 쌓은 녀석이니 군부에 투신하는 일은 없겠지. 아마 의무 기간만 마치고 책이나 읽으면서 대영주 노릇 하고 살겠지만 그래도 의무는 의무야."

"흐음……."

"이 나라는 사방이 적국으로 둘러싸여 있고 지킬 곳도 많아서 이렇게 징집제를 운영하는 거야. 너희 로세니아에도 농민병이나 시민병들이 있지? 크레센트도 마찬가지야. 단지 다른 점이라면 이 나라는 전쟁 시에만 시민병으로 모병되는 사내들을 평상시에 모아서 군대로 운용하는 것뿐이야. 다행히 병사들을 모두 먹여 살릴 만큼 부유하기 때문에 아직껏 이 나라가 타국의 침략을 받지 않는 것이고."

"여보, 숙녀가 좋아할 만한 이야기는 아닌 것 같은데요?"

"아~ 이런, 미안미안. 내가 그쪽에서 생활하다 보니까 생각하는 게 모두 군사 쪽으로만 연결되거든. 하여간 몸조심 하라고. 이래 뵈도 용맹한 장군이라는 소리를 듣기는 하지만 나도 전쟁은 별로 안 좋아하니까."

"네, 그러도록 할게요, 전하."

"이젠 전하가 아니라고. 아마 조만간 내 성도 바뀔걸? 브래드릭 드 미노스 백작으로 말이야. 아직 장인어른이 정정하시니 좀 더 있어야 하려나?"

"그 얘긴 그만 해요. 당신, 아직도 미련이 남는 건가요?"

"아니, 그런 건 아니야. 말했잖아. 로이드 너식도 마든 너석도 둘 다 내 동생이라고. 거기다 난 지금 있는 자리에도 만족하고 있어. 이렇게 아름다운 부인까지 얻었는데 내가 뭘 더 바라겠어?"

"푸훗… 당신도 참."

아무래도 자리를 뜰 때가 된 것 같다. 저렇게 사이 좋은 부부를 보고 있자니 왠지 술주정에 신세 한탄까지 할 것 같거든. 뭐라고 말하면서 자리를 뜨지? 내가 이런 생각을 하면서 고민하고 있는데 이 망할 잉꼬부부는 서로 웃고 떠들면서 내 속을 박박 긁어댔다. 이봐이봐, 난 일주일 뒤에 정략결혼하게 되는 불행한 여인이라고. 홍차 잔을 비우고 찻잔을 내려놓던 내 눈에 약간 불룩한 엘린의 배가 보였다. 이런 내 눈치를 알아챘는지 브래드릭 전하와 이야기하던 엘린님이 갑자기 빙그레 미소를 지으며 한 손으로 배를 쓰다듬으면서 말했다.

"육 개월째래요."

"…네?"

"임신 육 개월째라고요."

"아… 네. 그런데… 그리 표가 안 나네요?"

"아니에요. 지금 이것도 헐렁한 옷을 입어서 그렇지 꽉 끼는 드레스 같은 옷을 입으면 금방 표가 나는걸요. 앞으로 더 불러온다는데 걱정이에요. 후훗."

"헤에, 저기… 만져 봐도 돼요? 실례가 된다면……."

"자, 이리 와봐요."

엘린님은 나에게 가까이 오라고 손짓했다. 내가 그녀의 옆에 쭈그리고 앉자 내 손을 잡은 엘린님은 내 손을 자기 배에 올려놓았다. 뭐랄까, 얇은 옷 사이로 느껴지는 이 느낌은…….

"따뜻해……."

이건 봄날의 햇볕이나 한겨울의 벽난로 가에서 느낄 수 있는 따뜻함이 아니다. 그보다 더 부드럽고 따사로운… 감동이었다. 숨을 쉴 때마다 조금씩 오르락내리락하는 숨결 사이로 작은 고동과 같은 맥박이 느껴진다. 이것이 엄마의 심장 박동인지 뱃속에서 크고 있는 아기의 박동인지는 모르겠지만 중요한 건 그런 게 아니다. 뭐라고 형용할 수 없는 벅찬 감동이 마구 끓어올랐다. 나도 모르게 난 내 귀를 엘린의 배에 가져다 대었다. 아주 미약하기는 하지만 '쿵쿵쿵' 하는 박동 소리가 들려왔다. 눈물이 나올 것 같았다. 엘린님이 배에 귀를 대고 있는 내 얼굴에 그녀의 손이 다가와서 나를 살며시 쓰다듬어 주었다. 난 애가 아니라고. 하지만 이런 취급도 가끔은 좋을지도…….

엘린님의 배에 귀를 대고 눈을 감은 채 따뜻한 느낌을 음미하던 나는 갑자기 벌떡 일어섰다.

"저… 가볼게요."

"예? 벌써 가게요?"

"갑자기 왜?"

"아니에요. 너무 폐를 끼치잖아요. 이만 가볼게요. 두 분… 아니, 다음에 또 올게요. 제 결혼식 때 선물 많이 가지고 오세요!"

그렇게 소리친 나는 도망치듯 후원을 빠져나왔다. 여전히 분주한 별궁 안을 지나쳐 정원으로 나오니 언제 왔는지 에린 녀석이 카렌과 함께 정원 한구석에 쭈그리고 앉아서 속닥이고 있었다.

"에린! 카렌! 돌아가자!"

"네, 마마!"

내가 소리치자 에린 녀석이 날 알아보고 황급히 뛰어와서는 내 앞에 섰다. 그리고 카렌 녀석은 내 뒤에 서서 작게 툴툴거렸는데 아마도 자기들이 놀고 있는데 방해해서인 것 같다. 이 녀석의 성격을 언제 날 잡아서 뜯어고쳐야 하는데…….

"앞장서, 에린! 길은 잘 알겠지?"

"네에……."

왠지 믿음이 안 가는 목소리를 들으면서 나는 에린을 앞세워서 일왕자궁을 빠져나왔다. 바쁘게 지나가는 시종과 하인들 사이를 헤치고 나가던 나는 내가 머물고 있는 별궁이 눈에 들어오자 걸음을 멈추었다.

"마마?"

"……."

"저… 마마, 우시는 건가요?"

"아냐! 눈에 먼지가 들어간 것뿐이야!"

"저기… 여기 손수건……."

"그런 건 빨리빨리 달란 말이야! 둔해 빠진 멍청이!"

에린이 조심스럽게 내미는 손수건을 빼앗은 나는 내 볼을 적시는 눈물을 닦아내었다. 이곳에 온 뒤로 점점 내 감정을 통제하기가 힘들다. 툭하면 눈물이 주르륵주르륵 흘러내리고 별거 아닌 일에도 감동하고……. 마치 나 자신이 내가 아니고 다른 사람이 된 것 같다.

"뭐야, 이 수건은? 냄새 나잖아! 이런 걸 지금 나보고 쓰라는 거야? 응?"

"아앗! 죄송합니다, 마마. 저기… 저기……."

눈물로 범벅이 된―이미 쓸 만큼 썼다―손수건을 에린의 가슴패기에 던져 버린 나는 쿵쿵거리면서 걸었다. 별궁으로 이어지는 벽돌 길에서 벗어난 나는 길 옆의 잔디 위에 털썩 주저앉았다. 그런 내 뒤로 에린과 카렌이 슬며시 다가왔다.

"저… 마마, 스카프라도 깔고 앉으시는 게……. 옷이 풀물로 엉망이 될…….”

"에린, 앞에 앉아! 멍청한 너 때문에 얼굴이 엉망이 되었잖아! 네 쓸모없는 옷이라도 바치란 말이야!"

"네, 마마."

모기 소리만하게 쫑알대던 에린 녀석은 내가 소리를 지르자 화들짝 놀라면서 내 앞에 주저앉았다. 난 그런 에린의 등에 얼굴을 파묻었다. 끈적끈적한 땀 냄새와 야한 레몬 향이 느껴지는 에린의 좁은 등에 난 이마를 가져다 대고 조그만 목소리로 물었다.

"…에린, 너는 엄마에 대한 기억 있어?"

"네? 아, 아주 어릴 때 기억뿐이…….”

"역시 엄마의 품은 따뜻하겠지?"

"…네."

"그래…….”

또다시 눈물이 조금씩 흘러나왔다. 이러다가 에린 녀석 등짝까지 모조리 눈물 범벅이 되겠군. 그때 누군가가 내 어깨를 살며시 잡는 게 느껴졌다.

"누구?"

내가 고개를 들고 내 어깨에 올려놓은 손을 따라 위를 올려다보니 카렌 녀석이 다 안다는 듯이 고개를 끄덕이면서 어깨를 톡톡 치는 게 아닌가?

"…뭐냐, 이건?"

"…위로."

크아아악!!

"너 이 녀석! 지금 누굴 놀리는 거야? 앙?!"

내가 버럭 소리를 지르자 카렌 녀석이 단번에 뒤로 몇 걸음이나 물러서더니 나를 물끄러미 바라보았다. 그러다가 길게 한숨을 내쉬더니 어깨를 으쓱이며 고개를 절레절레 젓는다. 저건 뭘 뜻하는 거얏, 저 녀석!!

"카레에엔!! 너, 거기 서!"

"……."

화났다! 나 열받았다고! 내가 벌떡 일어서서 주먹을 머리 위로 올린 채 마구 흔들자 카렌 녀석이 갑자기 등을 보이며 돌아섰다.

"거기 안 서, 너!"

"베에~"

내가 망할 꼬맹이를 향해 뛰어가자 카렌 녀석이 혀를 내밀면서 나를 놀리더니 잽싸게 도망치기 시작했다. 오늘 내가 저 녀석의 비뚤어진 성격을 뜯어고치지 않으면 내 이름을 갈겠어!! 크아아아악!!

내 '평범'한 일과에 할 일이 하나 더 추가되었다. 부모님이 지어주신 이름을 바꾸지 않기 위해서 난 눈 뜨면 카렌 녀석을 찾아다녔다. 오늘도 모습을 드러낸 녀석을 쫓다쫓다 지쳐서 파김치가 된 몰골로 침대에 누웠다. 망할 놈의 꼬맹이, 정말 발 하나는 더럽게 빠르다. 거기다 어찌나 잘 숨는지 모퉁이만 돌면 놓쳐 버리고 내가 씩씩거리면서 돌아서면 보란 듯이 나타나서 날 놀리고 도망친다. 내가 성격이 좋았으니 망정이지 다른 성격 더러운 귀족한테 저딴 짓을 했다간 당장에 목이 잘렸을 거야. 암암.

이젠 시녀들도, 그 아래 있는 하녀들도 내가 카렌 녀석을 쫓아다니는 걸 멀거니 보고만 있다. 처음엔 체통이니 예의니 따지던 에레니아 시녀장마저 두 손 들어버렸으니 할 말 다 했지. 특별히 할 일도 없기에 오전, 오후로 운동하고 사이사이 카렌 녀석을 쫓아다니다 보니 시간 하나는 기가 막히게 잘 간다. '오늘은 기필코 붙잡고 말리라' 하고 쫓아다니다 보면 어느새 하루가 훌쩍 지나가 버린다. 그렇게 정신없이 시간을 보내다 보니 바로 내일이 내 결혼식 날이다. 으음…….

"도망가 버릴까?"

막상 결혼식 날이 코앞으로 다가오니 기분이 좀 뭐랄까, 불안과 초초, 그리고 걱정과 고민이 섞여서 내 머리 속을 휘저어놓는 듯한 느낌이랄까? 그동안 오직 카렌 녀석을 잡는 데만 온 정신을 쏟느라 깨닫지 못했는데 내일이면 결혼한다는 사실이 내 가슴을 무겁게 짓눌렀다. 이제야 걱정이 고개를 치켜들다니 나도 꽤나 태평하다. 쩝! 에이~ 씻고 점심이나 먹자. 내일 일은 내일 생각하자고.

내가 별궁 안으로 들어오자 죠안이 내게 다가와서 말을 걸었다.

"마마, 본궁에서 사람이 왔는데 지금 마마를 찾는 손님이 오셨다고 합니다. 어떻게 할까요?"

"응? 나? 여기 아는 사람도 없는데 누구지?"

"부를까요, 마마?"

"그래, 가서 불러와 봐. 누굴까? 에린! 손님 맞을 준비하고 목욕물 떠다놔."

땀에 젖은 셔츠를 대충 벗어서 집어 던진 나는 2층으로 올라가면서 소리쳤다. 그런데 누굴까? 댄 녀석은 아닐 테고 나를 아는 자라면 본국에 있는 귀족들 정도일 텐데? 흐음…….

간단하게 땀만 닦아내고 아래층으로 내려오니 의외의 사람들이 기다리고 있었다.

"어머, 유리아? 페이핀? 와아~ 와줘서 고마워요."

"아닙니다, 마마. 연락을 드리려고 했는데 수도까지 오는 데 시간이 걸려서 이렇게 불쑥 찾아오게 되었네요. 실례된 건 아닌가요?"

"전혀요. 반가워요. 후훗."

난 웃으면서 두 여인의 옆에 앉았다. 내가 자리에 앉자 페이핀은 품속에서 작은 종이를 꺼냈다. 슬쩍 보니 왕실 문장이 찍혀 있는 편지였다.

"설마 초대장을 보내주실 줄은 생각도 못했습니다, 마마. 정말… 감사드립니다."

초, 초대장? 결혼식 초대장? 난 그런 거 보낸 적 없는데? 시킨 적도 없고. 내가 잘 모르겠다는 표정을 짓자 페이핀이 덧붙여서 말을 계속했다.

"워렌 자작님이 보내주셨더라고요. 평민인 저에게까지 말이죠. 평생 왕궁 안은 들어올 수 없을 줄 알았는데 감동했어요."

"얘, 페이핀."

"왜? 너야 귀족이니까 한두 번쯤은 올 수 있을지 모르겠지만 난 아니라고."

저 유리아는 전혀 변한 게 없군. 뭐, 그것도 나름대로 재미있긴 하지만. 댄 녀석, 그때 우리들을 주시하고 있었나 보군. 이렇게 신경 쓴 걸 보면 말이야. 그런데 나를 도우려는 목적이었을까? 아니면 작업이라도 들어가려는 목적이었을까? 내 생각으로는 후자일 것 같은데……. 하여간 둘은 서로 옥신각신하면서 떠들다가 내 눈치를 살피더니 탁자 아래서 꽤 커다란 상자를 꺼내 들더니 테이블 위에 올려놓았다.

"이건?"

"선물이에요, 마마. 이렇게 손수 초대해 주셨는데 빈손으로 올 수는 없잖아요."

오옷? 선물? 선물이라면 나야 좋지. 이런 건 보는 앞에서 열어보는 게 예의겠지? 우훗~ 뭘까?

끼이익!

"…와아아아!! 대단해!!"

"마음에 드세요?"

"응!"

상자 안에는 둘둘 말린 비단이 차곡차곡 쌓여 있었다. 흰색, 검은색, 붉은색, 분홍색! 대충 보기에도 열 단은 넘어 보이는 비단이 쌓여 있었던 것이다.

"굉장해! 이거 정말 비단이네? 그것도 아리츠반 산! 아! 고마워요!"

나도 모르가 반말이 튀어나왔네? 으흐흐! 그래도 좋다. 이 부드러운 촉감에 반짝반짝 하는 광택. 질기고 물에 잘 안 젖기로 유명한 아리츠반 산 비단이라니. 같은 무게의 금보다 비싸다는 비단을 이렇게 많이 가져오다니……. 역시 페이핀과 유리아는 보통이 아니었구나. 이 정도면 드레스 전체를 비단으로 만들어도 되겠다.

"정말 고마워요. 이렇게 귀한 걸 받아도 되는지 몰라. 아아아……!"

"에이~ 마마 정도 되시는 분이면 그렇게 귀한 것도 아닐 텐데요 뭘. 오히려 별 볼일 없는 물건을 가져와서 눈 버리시면 어쩌나 걱정했는걸요."

"페이핀! 말 좀 가리시 해! 지… 미마."

"아! 괜찮아요, 괜찮아! 우리 사이에 뭘 그런 걸 가지고 그래요? 귀찮은 예절은 무도회장에서나 쓰라고 하죠 뭐. 후훗."
"역시 마마는 화끈하시다니까. 안 그래, 유리아?"
"……."
 유리아도 잔소리하기를 포기한 듯하다. 지금 내 기분은 하늘을 날아갈 듯이 좋으니까 조금쯤 무례하다 해도 너그러이 넘어갈 수 있다고. 우훗~ 왕실 디자이너를 불러다가 비단 드레스를 다섯 벌, 아니, 열 벌쯤 만들어오라고 할까? 아냐. 그래도 몇 개는 남겨둬야겠지? 혹시 모르니까. 아아! 행복해.
"저… 그럼 저희는 이만 가볼게요, 마마. 결혼식 때문에 바쁘실 텐데 저희 때문에 너무 시간을 빼앗기시면 안 되잖아요."
"아뇨, 괜찮아요. 좀 더 놀다 가도 돼요."
"말씀만으로도 감사합니다, 마마. 하지만 다른 손님들도 만나보셔야 할 테니 저희는 이만 가보겠습니다. 그럼 내일 식장에서 뵙겠습니다."
 만나볼 손님도 없단 말이야. 난 한가하다니까. 하지만 이런 내 속사정을 모르는지 페이핀과 유리아는 슬그머니 자리에서 일어섰다. 부드러운 비단의 촉감을 즐기며 매우 기분이 좋아진 나는 나답지 않게 별관 정문까지 둘을 배웅했다. 멀어져 가는 두 여인에게 손을 흔들며 전송한 나는 콧노래까지 흥얼거리면서 거실로 돌아왔다.
"후훗! 비단 드레스가 다섯 벌! 우히히히!"
 지나가던 하녀가 날 보면서 이상하다는 듯이 고개를 갸우뚱거렸지만 오늘은 기분이 좋으니까 그냥 넘어가 준다. 우히히! 나도 단 두 벌뿐인—그것도 한 벌은 어머니께 물려받은 거다—비단 드레스를 무려 다섯 벌이나 만들 수 있다! 후훗! 웬만한 귀족들은 손수건 정도나 가지고 다니는 비단으로 드레스를 만들어 입고 연회장에 나가면 내 주가는 그야

말로 하늘로 치솟을 거야. 모두의 시선을 단번에 붙잡을 수 있는 최고의 옷! 내 미모와 화려한 장신구까지 합해진다면 이 나라에서 나를 따를 여자는 없을걸? 우후후후!

 순수한 황금 5kg과 맞먹는 가격의 비싼 비단을 생각하며 콧노래를 부르던 나는 서우드 가와 아렌시아 가를 꼭 기억해야겠다고 다짐했다. 남부의 조그만 영지를 다스리는 서우드 가는 왕국의 남쪽에 위치한 지리적 이점 덕분에 남부의 다른 국가들과 활발한 교역을 행하고 있다. 거기다 넓은 초지는 농지로 개척하기에는 부적합하지만 소, 말 등을 키우는 방목에는 꽤나 좋은 이점을 제공한다. 그리고 아렌시아 가. 평민 출신인 이 가문은 비단 거래의 독점을 이뤄내서 웬만한 중소 영지보다 많은 수입을 올리는 곳이다. 역시 프로센 후작의 연회장에 올 만한 이유가 있었던 거야. 영지에 비해서 많은 수입, 거기다 질 좋은 소와 말, 유제품과 옷감 등 생활에 필요한 물건들만 취급하는 남부 영지는 그래서 부유했다. 하긴 그러니 비단 같은 사치품도 다루는 거겠지만 말이야.

 "룰루~"
 콧노래를 부르며 거실로 돌아와 보니 상자가 열려 있다. 어라? 아까 나갈 때 열어놓고 나갔었나?
 "이상하네?"
 다른 시녀들이 내 허락도 없이 멋대로 만질 리는 없고. 이디… 하나, 둘, 셋, 넷……? 모자라네? 열아홉? 스무 개 아니었나? 어라? 잠깐, 잠깐. 네 가지 색이고 각각 다섯 개씩이었으니까… 검은색 하나가 비잖아? 다른 색들은 모두 다섯 개씩인데 검은색만 네 개라니? 어떻게 된 거지?

"설마… 도둑?"

에이~ 설마. 여기가 어딘데. 왕성 안의 별궁에 있는 내 거실까지 침입해서 내 비단을 훔쳐 갈 만큼 간 큰 도둑이 있을 리가… 있겠군.

"카아아아레에에엔!!"

가암히! 가암히!! 잡히기만 해봐라! 엉덩이에 불나도록 두들겨 주마!!

정말 눈에서 불이 난다는 게 어떤 건지 내 눈으로 똑똑히 봤다. 거울 속에 비친 내 모습은 딱 지옥에서 갓 건져 올린 악마의 모습 그 자체였다. 핏발 선 눈에 일그러진 표정! 내가 지나갈 때마다 겁을 먹고 좌우로 흩어지는 시녀나 하녀들의 행동이 이해가 갈 정도였다. 그렇다고 감히 내 물건을 제멋대로 훔쳐 간 건방진 꼬맹이를 용서할 수는 없지. 그런데 이 망할 것을 어디서 찾지?

"……."

생각해 보니 카렌 녀석이 숨으려고 마음먹으면 절대 못 찾는다. 머리카락 하나 안 보이도록 잘도 숨어서 매번 헛걸음만 했었잖아. 으으윽! 할 수 없지. 우선 다른 사람들도 모조리 불러다가 여럿이서 찾아봐야지. 설마 제까짓 게 수십 명이 몰려다니면서 찾는데도 안 보일려고. 나는 우선 시녀들부터 찾아보기로 하고 발걸음을 돌려 내 시녀들이 쓰는 시녀들 방으로 향했다.

1층에 있는 시녀 방은 하녀들이 쓰는 커다란 방 하나와 시녀들이 사용하는 개인 방들로 나누어져 있었는데 복도를 걸어가면서 하나씩 열었지만 아무도 없었다. 역시 내일이 결혼식이라 그런지 모두 바쁜가 보군. 이래서야……. 쯧. 안 되면 경비병들이라도 불러야겠군. 그런 생각을 하면서 하나하나 방문을 열어젖히던 나는 하녀들이 쓰는 커다란 방 안에서 걸음을 멈췄다. 안에서 두런두런하는 사람 목소리가 들려왔기 때문이다. 조심스럽게 발걸음을 죽이고 문에 귀를 대자 질리도록 들은 소녀들의 목소리가 들려왔다.

"정말 이거 잘라도 돼?"

"응."

"정말 정말 이걸로 치마 만들어도 되는 거야?"

"응."

"정말 정말 정말로?"

"응."

"정말 정말 정말 정말 정말?"

쾅!

짜증나서 더 못 들어주겠다. 나는 문을 힘차게 발로 찬 다음 뜨거운 콧김을 마구 내뿜으면서 방 안으로 뛰어들어 갔다.

"아앗? 마마?"

당연히 방 안에는 카렌과 에린이 있었다. 저 망할 계집애는 왜 여기 있는 거얏? 다른 시녀들은 모두 일하러 갔는지 코빼기도 안 비치는데. 그건 그렇고, 에린의 손에 들린 검은 천은 역시 사라졌던 그 비단이다.

"에리인! 감히 니가 내 물건에 손을 대? 정말 죽고 싶은 게로구나!"

"네엣? 네?"

"그. 전. 에. 카렌 너! 이리 와! 이번에야말로 진짜 눈물나게 두들겨 패줄 테다!"

굼뜬 데다가 바보 같은 에린이야 언제든지 때려줄 수 있으니까 난 우선 잡기 힘든 카렌부터 두들기자는 생각으로 카렌을 향해 뛰어갔다. 그러자 꼬맹이 주제에 몸만 잽싼 카렌은 슬쩍 뒤로 물러서는 걸로 내 두 손을 피하더니 반쯤 열린 창문을 향해 뛰어갔다. 저것이!!

"야! 너, 거기 안 서?!"

설 리가 없지. 내가 말해 놓고도 왠지 한심하다. 그렇다고 추격을 포기할 수는 없는 법! 내가 방을 가로질러 카렌이 있는 창가 쪽으로 뛰어가자 카렌은 반쯤 열린 창문을 활짝 열더니 폴짝 뛰어서 창턱 위에 올라선 뒤 나를 빤히 바라보고 있다가는 내 두 손이 닿을락말락할 때쯤 얄밉게도 폴짝 뛰어서 창문 너머로 도망쳐 버렸다.

"아아악!! 열받아!! 저 망할 계집애!!"

쿵쿵쿵!!

분통이 터져서 발을 마구 굴러봤지만 이미 도망쳐 버린 녀석이 그런다고 잡힐 리는 없고 속 터지는 내 마음을 달래줄 그 무엇도 없기에 나는 그저 발만 동동 구르면서 화를 삭여야 했다. 아니지. 있다, 내 마음을 달래줄 그 무엇(?)이.

"에리인……!"

"네, 넷? 마마!"

아직 상황 파악이 안 되는지 내 비단을 품에 꼭 껴안고 있던 에린은 내가 부르자 화들짝 놀라면서 눈을 동그랗게 떴다. 그렇게 모른다는 표정을 지어봐야 소용없다고!

"감히 니가 카렌을 시켜서 내 물건에 손을 대? 그것도 오늘 받은 선물을 겁도 없이 슬쩍해 와? 오늘 네 배를 갈라서 간이 얼마나 커졌나 한번 이 두 눈으로 똑똑히 봐주마!"

"에에엣? 아, 아니에요, 마마! 오해예요!"

"시끄럿!"

따닥!

소리 좋고! 에린 녀석이 '킹' 하고 울상을 지으면서 두 손으로 머리를 감싸 쥐었다. 이마가 비었잖아! 바보!
　따악!
　"잘못했습니다, 마마!"
　"오호~ 이제야 네 잘못을 아는구나! 더 맞아!"
　꿩 대신 닭이라고 카렌 대신 만만한 에린이다! 우하하!
　칠싹!
　그렇게 에린의 이마가 새빨개질 때까지 때려주고 있을 때 갑자기 내 어깨에 작은 돌멩이가 날아와서 부딪쳤다.
　"응?"
　고개를 돌려 보니 창가에 카렌 녀석이 손을 들고 서 있는 게 아닌가? 이마를 문지르는 에린을 놔주고 카렌을 향해 몸을 돌리니 이 녀석이 에린을 가리키면서 말했다.
　"잘못없어."
　그리고 자기를 가리키면서 말한다.
　"잘못했어."
　"……."
　깐깐하고 신경질적인 로세니아의 예절 선생을 열댓쯤 붙여놓고 지옥 훈련을 시켜주고 싶은 생각이 새록새록 든다.
　"후우~"
　저 모습을 보니 화낼 기력도 사라져 버리는군. 난 카렌에게 오라고 손짓하면서 얻어맞으면서도 비단을 꼭 쥐고 있는 에린에게 비단을 내놓으라고 명령했다. 곧 이어 비단은 본 주인의 손으로 돌아왔고 난 그것을 내게 다가온 카렌에게 내밀었다.

"받아."

"……."

"받으라고. 주인이 부하에게 이 정도도 못 주겠냐? 그냥 달라고 하면 한 개쯤은 줄 수도 있다고 뭐. 에린이랑 카렌은 내 부하니까. 알았어?"

"…응."

"하지만 앞으론 내 허락없이 내 물건에 손대지 마. 알았지?"

"응."

"좋아! 에린!"

"네? 마마?"

"맞은 데 아파? 불만있어?"

"아니요! 전혀 안 아파요, 마마!"

"그럼 눈가에 고인 눈물이나 닦아. 그리고 저걸로 카렌이랑 니 옷 한 벌씩 만들어서 입어. 비싼 거니까 잘 숨겨두라고. 누가 훔쳐 갈지도 모르니까."

"네!"

"가서 옷이나 만들어. 난 카렌이랑 이야기 좀 할 거니까 방해하지 말고. 알았지?"

"네, 마마."

슬그머니 물러서는 카렌의 어깨를 한 손으로 꽉 움켜쥔 나는 검은색 비단을 품에 안고 재단 도구가 들어 있는 바구니를 들고 나가는 에린에게 손을 흔들어주었다. 나가면서 에린이 '정말 부드럽다. 양털일까, 목화일까?'라고 말했을 때는 분노로 피가 역류하는 줄 알았지만……. 젠장! 옷감의 질도 모르는 녀석에게 저 비싼 비단을 주다니 나도 미쳤지. 하지만…….

"카렌! 니 죄를 알겠지?"

"…용서해 줬잖아."

"그래, 이번 일은 눈감아 주지! 하.지.만. 그동안 나에게 무례하게 군 것과 감히 내가 부르는 데도 무시하고 도망간 것! 또 감히 이 몸에게 혀를 내민 것! 그것도 모자라 내가 못 찾게 숨어다닌 점 등등 목을 열 번 베도 모자라!"

"…치사해."

"마음대로 떠들어 봐! 하지만… 그전에 네 엉덩이나 걱정하지 그래?"

나는 버둥대는 카렌 녀석의 목덜미를 쥐고 번쩍 들어 올린 뒤 침대 위에 걸터앉았다. 그리고 카렌을 무릎 위에 엎어놓은 뒤 오른손을 들어 올려 있는 힘껏 두들겼다.

철썩!

"꺄악!"

"잘못했어, 안 했어? 응?"

철썩! 철썩! 철썩!

우아! 스트레스 풀린다!

철썩!

"끼악! 싫어! 놔줘! 아파! 싫어!"

철썩! 철썩! 철썩!

두들기고 또 두들겼다. 팔다리를 흔들며 반항하던 카렌 녀석도 나중엔 엉엉 울면서 쭉 뻗어버렸고 나도 때리느라 지쳐서 늘어져 버렸다. 침대에 얼굴을 파묻고 엉엉 울던 카렌 녀석은 울기도 지쳤는지 이젠 히끅기리면서 침대보를 꽉 쥐고 있었다. 손을 멈춘 나는 울고 있는 카렌의 머리를 살며시 쓰다듬어 주었다. 내 손이 닿자 카렌의 몸이 움찔거리며 작게 떨렸지만 내 손을 피하지는 않았다. 난 작게 떨고 있는 카렌의 몸을 들어 올려 품에 안았다. 내가 품에 안자 작게 바둥거리며 몸부림치던 카렌도 안은 채 한 손으로 머리를 쓰다듬어 주자 곧 잠잠해졌다.

"쉬이~ 그래, 착하지?"

"……."

옷소매로 눈물 콧물이 범벅된 카렌의 얼굴을 닦아주고 등을 두드려주며 웃으니 카렌도 따라서 씨익 웃는다. 카렌의 웃는 모습을 보고 있으니 또 골려주고 싶다. 우웃! 이러면 안 되는데. 안 되지, 안 돼. 힘들게 달래놨는데 말이야. 난 다시 카렌을 안아주었다. 그리고 카렌의 귀에 따뜻한 목소리로 속삭였다.

"또 까불면 열 배로 맞을 줄 알아."

"…크윽!"

그러자 카렌 녀석이 은혜도 모르고 내 가슴을 팍 하고 밀었다. 내 눈 앞에 나타난 카렌의 모습은 절로 웃음이 나올 정도로 일그러져 있었다. 눈물이 글썽글썽한 데다가 입가는 괴상하게 일그러져 있고 한쪽 볼은 작게 경련이 일고 있다. 카렌은 내 품에서 빠져나가려고 바둥댔지만 나는 두 팔로 강하게 붙잡은 뒤 카렌의 볼에 키스까지 해주며 완벽하게 마무리를 지은 다음 내려놓았다. 아아~ 그동안 쌓였던 분노가 한 순간에 눈 녹듯이 사르르 녹아내리는구나. 기분 최고야!

"미워! 미워미워미워!! 우아아앙!! 에린 언니!!"

카렌 녀석, 에린을 부르짖으며 창문을 뛰어넘어 달려나가 버렸다.

"참나, 멀쩡한 문 놔두고 왜 창문을 뛰어넘는 거야, 예의없게시리? 후음~ 한바탕 놀았더니 피곤하네. 잠이나 좀 더 잘까?"

난 작게 하품하면서 우아한 걸음으로 방문을 나섰다. 훗! 여기서 대장은 바로 나라고!

잠이 들었다 눈을 뜨니 캄캄한 어둠 속이었다. 이런, 잠깐 낮잠 잔다는 게 반나절을 자버렸다. 그리고 보니 오늘이구나.
"하아……!"
침대 위에서 몸을 일으킨 나는 천천히 창가로 걸어갔다. 널찍한 창문을 훨짝 열어젖히자 싸늘한 밤 공기가 온몸으로 느껴진다. 시원하군. 동쪽 하늘이 푸른색인 걸 보니 조금 있으면 해가 뜨겠는걸? 어떡한다? 지금 침대로 돌아가 봐야 다시 잠이 올 것 같지는 않고 몇 시간 뒤면 웨딩드레스를 입고 결혼식에 참석할 새신부가 바지 차림으로 정원을 뛰어다니기도 좀 그렇잖아? 가끔 잠 안 올 때 마시는 와인을 마실 수도 없고 정말 나란 애는 할 일이 없구나. 남들은 이것저것 바쁘게 뛰어다니고 열심히 공부하며 살아가는데 매일같이 허송세월만 보내고……. 아무런 목적 없이 빈둥대는 백수 같은 삶이로군. 아니, 목적이야 있지만 그게 너무 막막하다.
"땀이라도 뺄까?"
이런저런 잡생각을 해봐야 아무 소용 없지. 이럴 땐 몸을 움직이는 게 근심거리를 털어내는 데 좋을 테니 한번 해볼까나?
아직 모두들 잠들어 있는 시각. 잠옷을 벗어 던진 나는 몸에 쫙 달라붙는 셔츠와 바지를 입고 발소리를 죽인 채 1층으로 내려왔다. 역시 아래층에도 아무도 없다. 평소보다 한두 시간 정도 일찍 일어나서 그런지 나를 가로막는 사람도 없고. 좋아, 우선 가볍게 정원 주변을 다섯 바퀴만 돌아볼까!

으……"

"쿨럭! 컥! 우에에엑!"

가볍게 뛰어보자는 생각은 상쾌한 새벽 공기와 함께 어디론가 날아가 버렸다. 조금만 더 조금만 더 하면서 뛰다 보니 어느새 서른 바퀴를 넘어섰는데 서른네 바퀴째에서 그만 나는 발을 삐끗해서 그대로 큰 소리를 내면서 바닥에 쓰러지고 말았다. 심장은 쾅쾅거리면서 마구 요동치고 있었고 입에서는 연신 헛구역질이 밀려 나왔다. 먹은 것도 없어서 나오는 거라곤 노란 위액뿐이었는데 쓰디쓴 물이 입가로 줄줄 흘러나와 땀과 눈물로 범벅이 된 내 얼굴을 아주 엉망으로 만들었다.

"허억! 허억!"

정원 안의 작은 잔디밭에 대 자로 드러누운 나는 숨을 고르면서 하늘을 올려다보았다. 올려다본 하늘은 조금씩 밝아지고 있다고는 해도 아직도 어두컴컴했다. 그러나 그것도 잠시겠지. 조금 더 시간이 지나면 새빨간 태양이 떠오를 테니까. 세상의 어둠을 걷어내고 뜨거운 열기로 지상을 달구는 태양이 뜨면 내 마음속에 묻혀 있는 나약함도 사라질까?

…솔직히 겁이 난다. 무서워. 잘 알지도 못하는 남자에게 내 평생을 맡겨도 좋은 걸까? 어차피 내 출생이 그러니 잘돼봐야 정략결혼으로 모르는 남자에게 시집갈 운명이라는 건 알고 있지만 그래도 무섭기는 마찬가지다. 공포일까? 이런 감정을 뭐라고 설명해야 할지 모르겠다. 심란하고 겁이 난다. 죄다 던져 버리고 어디론가 도망가 버리고 싶다. 하지만 나에겐 선택권 따윈 애초에 없었지. 후후훗……

"큭큭큭……"

이 빌어먹을 운명에게 악을 써대면서 발악해 보고 싶다. 전혀 소용

없다는 걸 알고 있지만, 그런 짓을 했다간 주변에서 미쳤다고 손가락질을 당하겠지만 그래도 한 번쯤 미친 듯이 악을 써대면서 망할 놈의 세상에게 엿먹으라고 소리쳐 주고 싶다. 아아! 난 미쳐 가나 봐.

흘러내리는 눈물을 소매로 닦은 채 눈을 감고 있으니 싸늘한 미풍이 몸을 스치고 지나갔다. 뜨겁게 달아올랐던 내 몸을 식혀주는 작은 바람. 고마워해야겠지? 하아아! 이대로 영원히 잠들고 싶다.

"왕녀 마마! 마마! 어디 계세요, 마마?"

잠도 못 자게 하는군. 쳇!

"여기야, 여기!"

일어나기도 귀찮아. 난 손을 들어서 흔들어주었다. 내 목소리를 들었는지 나를 찾는 외침은 금세 뚝 끊겼다. 그리고 잠시 지나자 한 손에 램프를 든 에레니아 시녀장이 정원 구석의 나무 덤불을 넘어서더니 내가 누워 있는 잔디 위로 뛰어왔다.

"아아아! 이게 뭐예요, 마마? 몸이 엉망이잖아요. 자자, 일어나세요. 바닥이 차가워서 감기 걸릴지도 몰라요, 마마."

"으응……."

난 순순히 시녀장이 내미는 손을 잡고 일어섰다. 내가 일어서자 에레니아 시녀장은 등에 풀물이 들었네 머리가 엉망이네 하면서 조잘조잘 떠들어댔지만 내 귀까지 도달하진 못했다. 내 귀는 좋은 소리만 듣거든. 훗! 땀 냄새가 심하게 났다. 하긴 옷이 땀으로 푹 절었는데 향기로운 냄새가 난다면 그게 이상하겠지.

"어서 가서 씻으셔야겠어요! 이러다가 감기 걸리면 오늘같이 경사스러운 날이 엉망되잖아요. 자, 어서!"

"으응."

난 시녀장이 잡아끄는 대로 순순히 따라가 줬다. 내가 운동하는 걸 못마땅해하던 에레니아 시녀장은 기회를 잡았다는 듯이 나를 끌고 가면서 계속 잔소리를 늘어놓았는데 왠지 싫지는 않았다. 뭐랄까, 그래도 이렇게 나에게 신경 써주는 사람이 있다는 게 기쁘다고나 할까? 아마도 너무 뛰어서 머리가 어떻게 됐나 보다. 잔소리가 기쁘다니 말이야. 혼자서 한참을 떠들며 별관 안으로 나를 끌고 가던 시녀장이 갑자기 멈춰 서더니 나를 빤히 바라보았다.

"…왜 그래?"

"아, 아니요, 마마. 오늘따라 왠지… 조용하신 것 같아서요."

"아아, 그냥. 그냥 그래. 어서 가. 나도 씻고 싶어. 몸이 끈적끈적한 느낌이 싫어."

"아, 예."

안으로 들어와 보니 하녀들이 분주하게 돌아다니고 있었고 내 시녀들도 벌써부터 일어나서 여러 가지 것들—주로 옷가지류였다—을 들고 뛰어다니고 있었다. 전쟁터로군. 하긴 오늘이 바로 결전의 그날(?)이니 딱히 틀린 말도 아니지.

에레니아 시녀장은 내 손을 놓치면 날 잃어버리기라도 할 것처럼 내 손을 꼭 잡은 채 날 욕탕까지 끌고 왔다. 옷을 벗어 던지고 뜨거운 물이 가득 들어 있는 탕 속으로 몸을 밀어넣자 뜨거운 느낌이 화악 하고 올라왔다가 싸한 시원함이 전신으로 퍼져 나갔다.

"하아아아……!"

온몸이 노곤해지는 게 피로가 싹 풀리는 느낌. 대신 졸음이 마구 밀려와서 문제지만……. 나는 꾸벅꾸벅 졸다가 억지로 눈을 비비고 정신을 차린 뒤 내 목욕용품을 챙기고 있는 에레니아 시녀장을 바라보았다.

내게 등을 보인 채 쭈그리고 앉아서 향수며 장미 꽃잎이며 이런저런 것들을 챙기는 시녀장의 뒷모습은 이상한 말이지만 있지도 않은 언니를 생각나게 했다. 내게 언니가 있다면 저런 느낌이랄까?

"에레니아 시녀장."

"네, 마마. 뭐 시키실 일이라도 있나요? 차가운 주스를 가져다 드릴까요?"

"아니. 그것보다 뭐 묻고 싶은 게 있어."

"말씀 듣겠습니다, 마마."

"시녀장은 결혼했지?"

"예, 예전에요."

"으음… 결혼식 날… 어땠어?"

"어땠냐… 라……. 글쎄요. 저도 잘 기억나지 않네요. 호호호!"

"흐음……."

"그냥… 프로포즈를 받았을 때는 날아갈 것처럼 기뻤죠. 그러다가 하루하루 결혼식 날이 다가올수록 가슴속에서 불안감이 커져 가는데… 막상 결혼식 날이 되니까 아무 생각도 안 나더군요. 정신을 차려보니까 이미 식은 다 끝나 있었고 신혼방 안에 제 남편과 단둘이 앉아 있었어요. 저… 불안하신가요, 마마?"

"으음… 조금."

"괜찮아요. 떨리고 불안한 건 당연한 거니까요. 가끔은 신부가 기절할 때도 있다고 하는 걸요. 우리 마마께서는 튼튼하시니 그럴 리야 없겠지만요. 호호호!"

저거 내가 운동한다고 비꼬는 거 맞지? 응? 으득!

"…남편은 어떻게 된 거야? 한 번도 못 본 것 같은데."

"전사했어요. 후후."
"그랬구나."
"살아서 돌아온다고 약속해 놓고……. 전투에 져서 후퇴하는 본진을 엄호하다가 화살에 맞아 죽었다고 해요. 바보 같은 사람."
"미안해."
"아니에요. 벌써 10년도 더 된 일인 걸요. 그보다 이제 탕에서 나오시는 게 어떠세요? 더 있다간 뼛속까지 흐물흐물해질 겁니다."
"에에에~ 더 있고 싶은데. 편하단 말야."
"자자, 투정은 그만 부리시고 어서 나오세요. 오늘은 정말 바쁘답니다. 지금부터 준비해도 늦는다고요. 우선 전신 마사지를 받으신 다음 열두 명의 화장사들에게 단장을 받으시고 드레스도 몇 벌 입어보셔야 하고요. 잘 하시겠지만 걷는 연습도 좀 하셔야 하고요. 또……."
"그만! 듣기만 해도 질리네. 알아어. 알았다고. 나가면 될 거 아냐!"
어떻게 하면 저렇게 생글거리면서 저런 끔찍한 말들을 줄줄 읊어댈 수 있는 거야? 정말 질린다니까. 투덜대면서 탕에서 나온 나는 타올을 몸에 두르고 욕탕 안에 있는 작은 침대 위에 엎드렸다. 그사이에 시녀장은 내 몸에 뿌려줄 향수를 일곱 개나 들고 왔는데 저거 향 배합이 조금이라도 틀리면 향수 냄새가 없어질 때까지 씻어야 한다. 제발 한 번에 끝낼 수 있기를…….

끄아아아악!! 미친다!!
쨍그랑!!
"까아악!!"
"마, 마마! 고정하세요!"

"마마! 마마!"

"너어! 너어!! 이 빌어먹을 녀석!"

아아악!! 미치겠다! 저 망할 놈의 화장사 녀석! 이게 벌써 몇 번째야 아?! 내가 집어 던진 손거울이 신전 벽에 부딪쳐 산산이 부서졌다. 진짜 돌아버릴 것 같아! 난 엎드린 채 고개를 푹 숙이고 빌고 있는 화장사 자식을 콱콱 밟아서 작살을 내놓을까 하고 진짜 진지하게 고민했다. 무려 열일곱 번째다. 으아아아! 망할! 저러고도 왕실에서 일하는 전문 화장사라고 할 수 있는 거야?!

"주, 죽을죄를 지었습니다, 마마! 한 번만⋯ 한 번만 용서를⋯⋯."

"크으으으!!"

"마마! 화내시면 안 됩니다!"

"부채를 가져와! 부채를! 어서!"

주위가 소란스럽다. 당연한 거겠지. 내 시녀들은 내 옷깃을 느슨하게 풀어주고 땀을 뻘뻘 흘려가면서 부채질을 해댔다. 한두 번도 아니고 말이야 무려 열일곱 번이나 화장을 틀려? 그것도 손이 떨려서라고? 좋아, 그렇다면⋯⋯?

"너!"

"예엣! 마마!"

난 화장사를 가리키면서 소리쳤다. 고개를 땅에 처박으면서 연신 용서를 구하던 그자는 그제야 고개를 쳐들면서 대답했다. 그런 그를 난 거만한 자세로 내려다보면서 낮은 목소리로 말했다.

"한 번만 더 기회를 주지. 이번에도 실수한다면 그 쓸모없는 두 손을 정원의 거름으로 쓸 테야. 알아들었어?"

"⋯예, 마마."

"좋아, 다시 해. 의자 가져와."

난 손바닥만한 작은 의자에 앉은 뒤 진정하기 위해서 작게 심호흡을 했다. 화낸다고 내 얼굴에 그려진 낙서가 원 상태가 되는 것도 아니고 말이야. 에휴~ 짜증이 물씬 피어오르는구나. 풍성하게 보이기 위해서 넣은 세 겹의 철제 링은 안 그래도 거추장스럽고 무거운 웨딩드레스를 더욱더 무겁고 불편하게 만들며 거기다 앉거나 눕지도 못하게 했다. 또한 신고 있는 반짝거리는 가죽 구두는 굽이 너무 높아서 제대로 걷기도 힘들었고 양 팔목과 목에 걸고 있는 장신구들은 그 무게 하나하나가 거의 살인적이다. 거기다 머리에 쓴 면사포 위로 은관을 올려서 고개도 마음대로 못 흔든다. 잘못했다간 은관이 떨어지니까. 그리고 무엇보다 나를 짜증나게 하는 건 숨도 못 쉴 정도로 꽉 조여놓은 코르셋이었다. 평소엔 이런 거 안 한단 말이야! 으… 짜증나 미치겠다! 결혼식이 이렇게 귀찮고 거추장스러운 건지 알았으면 예전에 도망쳐 버렸을 거야! 망할!

다행히 화장사의 손을 자를 일은 없었다. 협박이 먹혔는지 아니면 성공하지 않으면 죽음뿐이라는 걸 몸소 깨달았는지 조금의 실수도 없이 한 번에 끝마쳤으니까. 역시 인간이란 겁 좀 주고 공포 분위기를 조성해야 능률이 올라간다니까. 홍! 아~ 짜증나. 어깨도 뻣뻣하고 다리도 저린다. 엉덩이도 못 걸칠 만큼 작고 둥근 의자에 앉아 있으려니 온몸의 뼈가 욱신거리는 거 같아. 으……!

"와아! 정말 아름다우세요, 마마!"

"그럼 니가 해볼래?"

"예에? 제가 어떻게 감히……."

남의 속도 모르는 에린 녀석이 우물쭈물거리면서 대답한다. 에린아, 에린아, 넌 어쩜 그렇게 분위기 파악을 못하냐? 다른 시녀들처럼 입이라도 다물고 있으면 미움이라도 안 받지. 쯧. 난 에린이 들고 있는 둥근 원형 거울—손거울을 작살냈기 때문에 방 안의 거울은 이것뿐이다—을 받아 들어서 얼굴을 꼼꼼히 살폈다. 흠, 괜찮군. 그간 운동하느라 조금 탔던 살색은 새하얀 분을 가득 뿌려서 눈처럼 하얗게 보였고 입술은 갓 피어난 장미 꽃잎을 붙인 것처럼 은은한 붉은색을 내비쳤다. 하긴 이 정도 돈과 시간을 썼는데 안 예뻐 보이면 그게 돼지지 인간이겠어? 니가 그럭저럭 만족해하고 있을 때 갑자기 대기실 문이 벌컥 열렸다. 어라? 댄? 저놈이 왜 여기 있는 거야?

"왕녀 마마, 시간이 되었습니다. 준비되셨나요?"

"응. 그런데 댄이 왜 여기 있어?"

"예? 이야기 못 들으셨습니까? 오늘 식장까지의 에스코트를 제가 맡았습니다. 마마께서는 여기에 아시는 분이 없으니까요."

"그래? 알았어."

그런 거군. 원래 신부를 식장까지 에스코트하는 건 아버님이나 친가의 친척 분들이 맡는 건데. 하긴 우리 로세니아의 국왕 폐하께서 별 볼 일 없는 딸의 결혼식에 참석할 리는 없겠지. 당연한 건가? 훗!

내가 있는 이 신전은 정의의 신 비젠을 모시는 대신전이다. 왜 지금 같은 시기에 이곳을 식장으로 정했냐고 댄에게 물었더니 단지 수도 내에서 가장 커다란 신전이라서 그렇단다. 하여간 허영심과 명예욕에 찌든 귀족들이란……. 남보다 잘나 보이기 위해서는 물불 안 가리고 뛰어드는 그 모습은 고기 한 덩이를 먹기 위해 함정 속으로 뛰어드는 승냥이 떼나 다름없다. 불행한 사실은 그 승냥이 떼 안에 나도 포함된다는 거지만 어쩌겠어, 시키면 시키는 대로 해야지? 댄의 손을 잡고 우아하게—물론 내 뒤로 세 명의 시녀들이 낑낑대면서 좇아오고 있지만 난 우아하고 맵시나게 걸었다. 내가 고생하는 게 아니거든—복도를 지나다 보니 복도의 기둥 사이로 닐크와 아르케네스가 서 있는 게 보였다. 둘 다 허리까지 내려오는 체인 메일에 왕실 문장이 그려진 겉옷을 입고 있었는데 투구까지 눌러써서 못 알아볼 뻔했지만 아르케네스의 그 커다랗고 우악스러운 몸매는 수십 미터 밖에서도 알아볼 수 있다. 그만큼 특이하거든. 내가 어색한 몸짓으로 긴 할버드를 들고 있는 두 사람 앞에 멈춰 서니 닐크와 아르케네스가 고개를 슬그머니 돌려 버렸다.

"뭐 하는 거야, 두 사람?"

"…경비 서고 있는데요?"

"둘 다 내 수행원인데 왜 여기서 이러고 있는 거야? 누가 시켰어?"

"아닙니다. 그냥… 마마의 곁에 붙어 있기 위해서 자진해서 하고 있는 겁니다."

"…정말?"

"예."

뺀질거리기로는 댄 녀석과 맞먹는 닐크가 일반 병사—물론 왕실 근위대라는 병사치고는 꽤나 높은 직위지만—같이 전혀 눈에 띄지 않는 일을 자진해서 맡는다? 차라리 아르케네스가 호색가라고 말하는 게 더 신빙성있게 느껴진다.

"그래? 그럼 수고하라고. 가자, 댄."

"예, 마마."

난 두 사내들을 내버려 두고 길을 재촉했다. 지나가며 힐끗 보니 둘 다 침울한 표정이었다. 닐크 등에게서 떨어져서 꽤 멀리까지 왔을 때 난 옆에서 걷고 있는 댄에게 슬쩍 물었다.

"복수한 거야?"
 "…예? 설마요. 왕녀 마마께서는 제가 그렇게 속이 좁아 보입니까? 이거 섭섭합니다."
 "흐응……."
 뭐, 그렇다면 그런 거겠지. 역시 얼마 전에 두 사람에게 배신당한 충격이 컸나 보군. 안됐다, 둘 다. 오늘같이 놀기 좋은 날 저렇게 벽이나 쳐다보고 있어야 하다니 말이야. 하여간 이 댄 녀석도 은근히 수완이 좋다니까. 아무리 임시라도 출신 성분이 불분명한 닐크와 아르케네스를 근위대에 집어넣다니 말이야. 흠… 저 앞에 평소엔 예배당으로 쓰인다는 커다란 홀의 문이 보였다.

 끼이이이익!
 두꺼운 나무 문은 육중한 소리를 내면서 천천히 열렸다. 그리고 그 안으로 거의 백 명은 되어 보이는 귀족들이 좌우로 서 있는 게 보였고 저 앞의 높은 제단에는 국왕 폐하와 다른 왕족들이 죽 늘어서서 내 쪽을 쳐다보고 있었다.
 "오오오……!"
 "아넬리안 폰 로세니아 왕녀 마마께서 드시옵니다!"
 문 앞에 서 있는 목청 좋은 시종이 커다란 홀이 쩌렁쩌렁 울리도록 큰 소리로 나의 입장을 알렸다. 그렇지 않아도 내게 쏟아지던 시선이 이제는 뚫어져라 쳐다보는 상황이 되었고 연회나 파티 등으로 시선이 집중되는 데는 꽤나 이골이 난 나도 약간 당황할 정도로 홀 안은 정적 그 자체였다. 그때 홀 끝에서 역시나 아무리 뜯어봐도 평범한 중년 아저씨의 얼굴을 한 국왕 폐하께서 '허허허' 하고 웃으면서 내 쪽으로 걸어왔다.
"오오오! 왕녀! 잘 왔네, 잘 왔어. 그래, 워렌 자작, 뒤는 내가 맡지."
"국왕 폐하……!"
"예, 폐하. 소신은 이만 물러나겠습니다."
댄이 내 손을 국왕 폐하에게 넘겨주었다. 난 국왕 폐하의 손을 붙잡고 홀의 끝에 있는 제단을 향해 한 걸음 한 걸음 조심스럽게 나아갔다. 벽 끝까지 뻗어 있는 파이프 오르간이 웅장한 음을 내기 시작하자 성가대의 고운 미성이 홀 안에 울려 퍼진다. 몽환적이고 환상적인 분위기가 홀 안을 가득 메웠다. 바닥에 깔린 붉은 양탄자를 밟으면서 앞으로 나아갈 때마다 주변에 서 있는 귀족들의 감탄사가 들려온다. 에레니아 시녀장은 정신이 하나도 없었다는데 난 강심장인가 보다.
죽어도 끝나지 않을 것 같은 양탄자 길이 끝나자 어느새인가 난 제단 끝에 서 있었다. 내 옆에는 이제부터 내 남편이 될 로이드 왕자가 한껏 꽃단장을 한 모습으로 서 있었다.
"허허허, 이것 참, 언제까지 어린애일 것 같은 로이드 녀석도 이제 어른이 다 되었군."
"폐하, 식을 시작하겠습니다."
"오, 그래. 미안하네, 하이 프리스트 멘델슨 경. 그럼."
국왕 폐하는 내 손을 로이드 왕자의 손에 쥐어준 뒤 '허허허' 하고 웃으면서 제단 옆에 있는 국왕의 의자에 앉았다. 그리고 내 결혼식이 시작되었다.
성가대의 낮고 긴 저음이 배경으로 깔리면서 하이 프리스트의 축가가 시작되었다. 파이프 오르간의 장중한 배경음이 성가대의 목소리와 어우러지면서 낮고 깊은 소리를 내었기에 홀 안은 엄숙한 분위기로 가득 찼다. 하이 프리스트는 잘 알아듣지도 못하는 고대어로 축가를 계속 읊었고 나는 면사포를 썼다는 이점을 이용해 조금씩 졸았다.

아함! 할 수 없다고. 저 알아먹지도 못하는 축가를 벌써 20분째 읊어 대는 데는 도저히 참을 수가 없었단 말이야. 슬쩍 로이드 왕자를 곁눈질로 보니 그도 지루한 표정이 역력했다. 언제 끝나는 거야, 이거?

역시나 절대로 끝날 것 같지 않던 축가가 갑자기 뚝 끊겼다. 축가를 마친 하이 프리스트는 로이드 왕자의 미리에 성수 몇 방울을 뿌린 뒤 내게도 같은 동작을 반복했다. 그리고는 나와 로이드 왕자가 맞잡고 있는 손에 비젠의 성물—십자가 모양 안에 둥근 원이 들어가 있다—이 걸려 있는 목걸이 끈을 단단히 감았다. 그리고는 우리의 손을 두 손으로 맞잡은 하이 프리스트는 웃는 얼굴로 나와 왕자를 한번 쓱 본 뒤에 로이드 왕자에게 물었다.

"신랑은 지금 굳게 묶여 있는 두 사람의 손처럼 신부를 평생 사랑할 것을 맹세합니까?"

"맹세합니다."

"신부는 그대의 손을 굳건히 붙잡고 있는 신랑을 평생 사랑할 것을 맹세합니까?"

"예, 맹세합니다."

"본 신도는 이처럼 고귀한 두 남녀가 한몸이 되는 자리에 서게 되어서 정말로 영광이라고 생각합니다. 이제 두 분은 정식으로 부부가 되었음을 빛과 정의의 신 비젠님의 이름으로 엄숙히 선포합니다!"

"와아아아!!"

짝짝짝!

등 뒤에서 박수 소리가 정말 귀가 떨어져 나갈 것처럼 들려온다. 아아! 이제 정말 결혼한 거구나.

"자, 이제……."

쾅장창!!

하이 프리스트가 뭐라고 말하려 할 때 갑자기 머리 위에서 유리 깨지는 소리가 들리면서 색유리 조각들이 구석에 앉아 있던 귀족들을 덮쳤다.

"꺄아아악!!"

"아아악!"

뭐, 뭐야, 이게?! 고개를 들어 위를 올려다보니 긴 밧줄이 천장에서 줄줄이 떨어져 내리면서 검은 옷을 입은 녀석들이 줄을 타고 내려오는 게 아닌가?

"폐하! 경비병! 경비병!"

"꺄아아아!!"

남자 귀족들 중 몇 명이 국왕 폐하와 마틴 삼왕자를 데리고 나가는 게 보였다. 일왕자인 브래드릭 왕자는 부인인 엘린님을 품에 안고 검을 뽑아 들고 고함을 쳐대고 있었지만 공포에 질린 귀족들은 제멋대로 자리를 박차고 일어나 홀의 중앙문을 향해 뛰어나가고 있었다. 수십 명이 먼저 나가기 위해서 북적대는 모습은 차라리 희극 같았다. 유리에 긁혔는지 피를 흘리던 여자 귀족 하나가 그대로 뒤로 쓰러지면서 기절해 버렸다. 이게 내 결혼식이야? 뭐야, 이게?!

"왕녀 마마! 위험합니다!"

응? 누구? 댄? 뒤를 돌아보니 댄 녀석이 귀족들 틈바구니에서 벗어나 내 쪽으로 오려고 버둥대고 있었지만 서로 밀고 밀리며 밖으로 나가려는 귀족들 틈바구니에 빠져서 허우적대고 있었다. 이런……

"죽어라! 비젠의 개!"

"아악!"

언제 내려왔는지 내 앞에 검은 옷을 입은 녀석이 숏 소드를 들고 내게 손가락질을 하면서 달려왔다. 어쩌지? 어쩌지? 이럴 땐 어쩌지?

"꺄악!"

내 옆에 있던—물론 아직도 손이 묶여 있어서 당연히 옆에 있는 거겠지만—로이드 왕자가 내 허리를 붙잡고 옆으로 굴렀다. 덕분에 나까지 같이 굴렀지만 그 덕에 검은 옷의 괴한이 휘두른 검은 피할 수 있었다.

쾅!

얼마나 힘이 좋은지 그리 길지 않은 검으로 단상을 절반이나 잘라 버린다. 저게 인간이야? 아니, 이런 생각할 때가 아니지. 어서 일어나서…….

"크흐흐흐! 둘 다 한칼에 꿰어주지."

망할! 나와 로이드 왕자가 몸을 추스리기도 전에 단상에서 숏 소드를 뽑아 든 그자는 검을 거꾸로 쥔 뒤 우리들 앞에서 멈춰 섰다. 그리고는 숏 소드를 겨누면서 씨익 웃었다. 아아! 왜 맨날 나만!!

죽을 때 죽더라도 눈을 감으면 안 돼! 젠장! 턱이 덜덜 떨리는데? 차라리 눈이라도 감으면 덜 무서울까?

"크크크! 눈빛은 좋군. 하지만 과연 검에 꿰인 꼬치 신세가 되어서도 그런 눈빛을 할 수 있을까?"

"이 빌어먹을 새끼야! 너같이 말 많은 악당 놈은 언제나 뒤통수 맞고 죽는다는 거 몰라? 죽는 건 네 쪽이라고!"

"푸하하하! 정말 배짱 좋은 계집이구나! 하지만……!"

놈이 검을 높이 치켜든다. 이제 정말 끝이구나. 어엇! 구를 때 머리를 부딪쳐 기절한 줄 알았던 로이드 왕자가 갑자기 날 꽉 껴안으면서 내 몸을 가렸다. 바보 같은! 저놈의 검 정도면 우리 둘 다 그대로 꿰일 텐데……. 그런데 허공에서 그 자식의 머리 위로 새까만 물체가 뚝 하고 떨어져 내렸다.

"어엇?"

숏 소드를 치켜들던 놈의 양 어깨 위에 조그만한 몸이 올라서더니 갑작스러운 충격에 그자가 비틀거리자 등 뒤로 덤블링을 하면서 뛰어내렸다. 순간 놈은 어떻게 된 일인지 목에서 붉은 피를 뿜어내면서 천천히 뒤로 쓰러졌다. 사내의 몸에서 뛰어내려 붉은색 양탄자 위로 내려선 상대는 온몸에 피를 뒤집어쓴 몰골을 하고 있는 카렌이었다. 아……!

"크헉… 크르륵……!"

나와 로이드 왕자를 습격하려던 그자는 입에서 피거품을 뿜어대면서 부들부들 떨다가 축 늘어졌다. 거봐! 말 많은 악당은 늘 당하는 법이라니까. 하지만 이런 상황에서 담담할 수 있는 내가 이상해. 그때 성 가대에 뛰어들어 마구 학살극을 벌이던 다른 자가 카렌을 향해 뛰어오는 게 보였다.

"카렌! 뒤!"

내 외침을 들은 카렌은 즉시 몸을 돌리면서 품속에서 단검을 꺼내 던졌다. 바람을 가르며 날아간 단검 중 하나가 달려오던 사내의 오른쪽 눈을 꿰뚫었다.

"크아악!"

달려오던 사내는 그대로 목을 뒤로 꺾으면서 뒤로 넘어졌다. 쿵 하는 소리가 비명 소리와 함께 들려왔다. 저 자세로 떨어졌으니 운이 좋아도 사망이겠군. 역한 피 냄새 때문에 머리가 조금 어지럽고 구토가 일어났지만 그래도 참을 만했다. 하아! 이거 현실 맞아? 꼭 꿈을 꾸고 있는 것 같아. 하지만 축 늘어져 있는 로이드 왕자의 따뜻한 손이 이것이 모두 현실임을 인지시켜 줬다. 결혼식도, 습격자들도 모두 말이야.

카렌이 다른 자들을 차단해 준 덕분에 시간을 번 나는 우선 로이드 왕자와 내 손을 묶고 있는 목걸이 줄을 풀기 위해서 노력했다. 바닥이 피범벅이 된 데다가 내 손에도 끈적거리는 핏방울이 가득 묻었고 또 손이 떨려서 잘 풀리지는 않았지만 계속 시도하다 보니 간신히 손의 자유를 되찾을 수 있었다. 그런데 이 잠자는 신전 속의 왕자를 업고 나가야 하는 거야? 나는 연약한 소녀란 말이야! 그사이에 카렌이 또 다른 습격자의 목을 갈랐다. 잘한다, 카렌! 내 결혼식을 망쳐 버린 자식들! 다 죽여 버려!

그때 갑자기 로이드 왕자가 벌떡 몸을 일으켰다. 깜짝이야! 놀란 나는 엉덩방아를 찧으며 주저앉았는데 숨을 거칠게 몰아쉬며 상체를 일으킨 로이드 왕자는 주변을 돌아보다가 나를 발견하고는 내 양 어깨를 붙잡고 소리쳤다.

"괜찮아? 다친 데 없어? 응?"

"괘, 괜찮아요. 그보다… 어깨 좀……."

"아, 응. 미안."

놀래라. 저 무표정한 왕자가 당황하는 모습은 여기 와서 처음 보는구나. 그래도 걱정해 주다니 조금은 다시 봐야겠는걸? 내게서 떨어진 로이드 왕자는 정복 상의를 벗어서 집어 던지며 소리쳤다.

"네놈들! 감히 왕족에게 검을 들이대다니! 이 빌어먹을 자식들아! 네 녀석들의 일가 친척은 물론이고 네놈들이 알고 있는 모든 인간들을 교수형에 처해 버리겠다!"

…박수 쳐야 하나? '와아! 감동했어요. 그럼 저희는 이만 물러갈게요. 죄송합니다' 라고 대답하고 돌아가 주길 바라야 하나? 으휴~ 그래도 사내답다고 해줘야겠지?

"왕자는 제압해! 다치게 하지 마라!"

어이어이! 그럼 난 죽인다는 거야? 너무하잖아! 나도 왕족이라고! 아앗! 이런 생각을 하고 있을 상황이 아니다. 카렌에게는 네 명의 사내들이 달라붙어서 협공을 가하고 있었고 악을 써가며 용감하게—혹은 무모하게—달려나간 로이드 왕자는 두 명의 습격자들에게 단번에 제압당해 버렸다. 그리고 '죽어라' 라는 진부한 단어를 외치며 나를 향해 달려오는 사내가 내 눈에 들어왔다.

"왜!"

난 소리치며 몸을 벌떡 일으켰다.

"맨날!"

상대의 검이 나를 향해 길게 찔러 들어온다. 이럴 땐 먼저 상대의 왼쪽으로 피하라고 했었지?

"나만! 왜 나만!"

양손으로 숏 소드의 손잡이를 잡고 찔러 들어오는 상대의 왼쪽으로 돌아선 나는 왼손으로 그자의 팔목을 붙잡고 반대쪽 팔꿈치로 그자의 면상을 후려갈겼다.

퍼억!

달려오는 속도에다 내가 친 속도까지 고스란히 받은 그자는 비명을 지르며 휘청거렸다. 어쭈? 안 쓰러져?

"나한테만 불행이 찾아오는 거야!"

악을 써대면서 상대의 품으로 뛰어든 나는 강하게 지면을 차면서 왼

주먹으로 그자의 턱을 올려쳤다.

뻑!

둔탁한 소리가 나면서 나에게 달려들었던 그자는 공중으로 약간 떴다가 머리부터 떨어졌다.

쿠웅!

"망할… 이란 말이야! 제길!"

주먹이 부서온다. 손등 사이로 새하얀 뼈가 보이는군. 으윽!

한 놈을 쓰러뜨리고 나니까 로이드 왕자를 붙잡은 놈들이 나를 향해 뛰어왔다. 거기다 하이 프리스트의 등에 검을 꽂아 넣은 다른 자들도 나에게 관심을 돌리기 시작했다. 우에엑! 지금의 나로서는 한 놈도 벅차다고! 세 명의 습격자들이 나를 반원형으로 감싸고 공격 기회를 노렸다.

"거기까지다!"

"모두 무기를 버리고 항복하라!"

이제야 입구 쪽에서 로얄 가드들과 근위대 병사들이 우르르 몰려들어 왔다. 늦었잖아! 나와 대치하고 있던 적들이 당황한 듯 병사들과 나를 번갈아 바라보며 주춤거리자 그때를 놓치지 않은 카렌이 자신을 포위하고 있던 습격자 중 한 명의 다리에 긴 검상을 내준 뒤 내 쪽으로 뛰어왔다. 그러자 내 앞에 서 있던 자들 중 한 명이 괴성을 지르면서 내게 달려들었는데 막 내가 몸을 웅크리며 반격하려 할 때 저쪽에 있는 병사들 사이에서 커다란 할버드가 웅웅거리는 소리를 내면서 내 코앞을 스치고 지나가 신전의 벽에 깊숙이 박혔다.

쿠웅!

먼지가 우수수 떨어지는 가운데 바닥에서도 자욱한 흙먼지가 피어올랐다.

"아앗! 죄송합니다, 마마! 다음번엔 잘 맞출 수 있어요!"

으득! 누구를? 나를? 난 내 코앞으로 휙 하고 지나간 할버드의 푸른 날을 똑똑히 봤다고! 죽었어, 닐크! 두고 보자!

그래도 다행히 홀은 수십 명의 병사들이 뛰어다녀도 될 정도로 넓었고 중무장한 병사들은 금세 침입자들을 포위했다. 그러자 적들 중 대장으로 보이는 자가 길게 휘파람을 불고는 크게 소리쳤다.

"후퇴한다! 신의 힘은 끝이 없나니 지금 여기서 발현되리라! Dust Devil!"

그자가 기도문과 같은 짧은 단어를 외치자 갑자기 사방에서 미풍이 불기 시작하면서 바닥에서 작은 소용돌이가 일었다. 조그맣던 먼지구름은 금세 사방으로 퍼져 나가면서 점차 커지기 시작했는데 30초도 되기 전에 내 머리 위까지 뿌연 먼지구름이 피어올랐다. 그리고 당연하겠지만 먼지구름이 가라앉은 뒤에는 아무것도 없었다. 시체조차도……

바닥은 피와 먼지 등으로 완전히 엉망이 되어 있었고 내 결혼식에 참석했던 비젠의 프리스트 중 살아남은 사람은 없었다. 거기다 성가대원들도 절반 이상이 죽었으며 귀족들도 상당수 다쳤다. 그중 상처가 심한 이들이 꽤 되어서 귀족들 중에서도 사망자가 나올 것 같다는 이야기가 들려왔다. 그렇게 내 결혼식은 피와 시체로 포장된 채 끝을 맺었다.

Chapter 7

정의의 이름

밧줄에 묶인 채 끌려온 사내는 포로임에도 조금의 비굴함도 비치지 않았다. 그는 가슴을 쭉 펴고 당당한 목소리로 황비 마마에게 소리쳤다.
"내가 곧 법이고 정의다! 나를 따르는 자 인세에 다시없는 영화를 누릴 것이고 나에게 반하는 자는 죽음만이 있을 뿐이다!"
"그래서? 너나 죽어!"

―제2대 황실 서기관이자 궁중 역사학자인
후렌 경이 집필한 '황실 비사' 중.
―신의 권능을 두려워하지 않는 황비 마마의 모습 중.
―주: 어둠과 음모를 관장하는 브리츠의 대신관도
붉은 피를 흘리는 인간이었다.

정의의 이름

─대륙력 995년 이른 가을. 크레센트 왕국 수도 크론발.

하루가 지나갔다. 전날의 습격 덕분에 결혼식 후에 열리게 되어 있던 무도회와 연회는 뒤로 미뤄졌고 국왕 폐하께서는 경사스러운 날을 방해한 브리츠의 신도들을 모조리 쳐 죽이겠다고 길길이 날뛰었다. 덕분에 왕성 주변의 경비는 몇 배로 늘어났고 도시 안에도 치안병의 숫자가 눈에 띄게 늘어났다고 한다. 하지만 내가 예상했던 특정 종교에 대한 탄압은 일어나지 않았다. 소식을 가지고 온 댄의 말에 따르면 내 결혼식 날 일어난 불상사에 대해서 브리츠 측에서 상당량의 금화로 보상했고 부상당한 귀족들도 그쪽의 프리스트들이 파견되어 대부분 치료되었다고 한다. 결국 피해를 본 것은 비젠 신전뿐이구나. 주례를 맡았던 하이 프리스트와 다른 프리스트들이 죽었고 대신전 안에서 일어난 불상사 덕분에 신전을 찾는 신도의 발길이 뚝 끊겼단다.

난 왼손을 몇 번 쥐었다 폈다 하면서 손을 움직여 보았다. 전날 때릴 때 뼈를 잘못 쳤는지 손등의 살점이 떨어져 나가고 손가락이 퉁퉁 부어올라서 결국 다른 신천의 프리스트를 불러와야 했다. 그 프리스트의 말에 따르면 손가락 뼈에 금이 갔단다. 그래도 다행히 주문 몇 번에 완치되긴 했지만 손끝이 조금 마비되는 느낌이 든다. 훗! 이 정도면 다행이지 뭐. 일반 평민들은 엄청난 액수의 치료비를 못 내서 연금술사나 약초상을 찾는 판이니까 말이야.

"마마, 차를 가져올까요?"

"응?"

고개를 돌려 돌아보니 에린 녀석이 내 눈치를 살피면서 공손하게 서 있었다. 저 녀석도 여기 오고 나서는 그럭저럭 시녀티가 나는구나. 난 손을 들어서 에린을 오라고 불렀다.

"시키실 일이라도……."

주저주저하면서 내게 다가온 에린은 조심스럽게 물었다. 누가 때리기라도 한대? 왜 겁먹는 거야? 하여간 소심해 가지고는……. 난 다가온 에린의 머리에 손을 올린 뒤 쓰다듬어 주었다.

"이제야 시녀티가 나는구나. 그래, 가서 진하게 한잔 타 와."

"네, 마마."

입이 귀밑까지 찢어지겠군. 하아~ 에린 녀석은 헤헤거리며 차를 가지러 뛰어갔다. 난 기다리는 동안 창틀에 팔을 괸 채 밖을 내다보았다.

당연하다면 당연하겠지만 지금 내가 있는 곳은 로이드 왕자가 쓰는 왕자궁 안이다. 원래 에레니아 시녀장 등의 다른 시녀들을 데리고 들어오려고 했는데 이것저것 조건이 걸리고 사상과 가계를 확인해야 한다는 강경한 시종장의 반발에 결국 내가 물러서고 말았다. 덕분에 난 내 짐과 로세니아부터 같이한 에린 녀석만 데리고 왕자궁으로 들어왔다. 심지어 닐크와 아르케네스마저도 궁에서 쫓겨났다. 말로는 카라덴 요새에서 기사 훈련을 받는다지만 내 부하들을 마치 제것인 양 멋대로 처리해 버린 것이다. 결혼식부터 엉망이었고 왕자궁으로 오면서 내 측근들은 에린만이 나를 따라왔다. 거기다 내 짐들 중 오래된 옷가지들은 아예 금속 상자에 넣어진 채 한구석에 처박혀 버렸다. 뭐, 옷장이 없다나? 나참. 로이드 왕자의 시중을 들어주는 엔딜 시종장은 내가 그와 결혼한 게 마음에 들지 않는지 적대적인―물론 행동은 예의 바르다. 하지만 난 불신과 경멸의 눈빛을 몰라볼 정도로 둔하지 않다―시선으로 날 보았고 그 상관에 그 부하라고 왕자궁의 시종과 시녀들도 역시 날 못마땅해하는 표정들이었다. 물론 내가 명령하면 잘 듣기는 하지만 그뿐이다. 에레니아 시녀장과 내 시녀들처럼 나에 대한 배려가 조금도 느껴지지 않는다. 그저 의무라서 행하는 듯한 느낌이 팍팍 드니 어디 마음에 들 리가 있나?

"후우……."

더욱 날 처량하게 만드는 건 이런 왕자궁의 분위기를 로이드 왕자는 그 특유의 무심함으로 넘어가 버린다는 것이었다. 그래도 어제 일 덕분에 조금은 남자답다고 생각해서 좋게 봐주려고 했는데 그 빌어먹은 남편 분께서는 어디어 처박혀 있는지 어제부터 코빼기도 안 비친다. 덕분에 밤에도 혼자 잤다고. 신혼 첫날부터 이러니 앞으로 볼 만하겠다. 빌어먹을!

이런 상황인데나가 궁 안은 멸신진쟁 덕분에 완전 전쟁터 분위기였다. 나서기 좋아하는 마틴 왕자를 주축으로 벌써부터 토벌대가 편성되니 마니 하고 있었고 그나마 나에게 호의적인 국왕 폐하도 신전 간의 전쟁 때문에 정신이 없는지 한번 불러주지도 않는다. 빌어먹을 로이드 왕자는 어디 도서관에라도 처박혀 있겠지. 그런데 이 에린 녀석은 왜 안 오는 거야? 좀 잘한다고 칭찬해 줬더니 그새 헬렐레하면서 놀고 있는 거야? 차 한잔 마시려다가 말라죽겠다. 난 자리에서 일어났다. 왕자의 침실—지금은 신혼실이겠지?—을 나와서 복도를 얼마간 걷다 보니 눈에 익은 상대가 복도 끝에서 로이드 왕자의 시종장과 실랑이를 벌이고 있었다.

"아, 정말! 나예요, 나! 대니어스 드 워렌 자작! 우리가 한두 번 얼굴 본 사이도 아니잖아요! 그런데 왜……?"

"신혼이십니다. 이렇게 주인도 없는 궁을 찾아오시는 건 예의가 아닙니다."

"참나! 답답하게 왜 그러시는 거예요? 네? 제가 로이드 전하를 따라다닌 게 몇 년째인지 잘 알지 않습니까? 행여나 제가 왕자 전하의 이름에 누가 되는 짓을 할 놈으로 보입니까? 네?"

"…안 되는 건 안 되는 겁니다. 차후에 다시 오십시오."

"크으……!"

댄 녀석, 머리를 벅벅 긁으면서 신경질을 부린다. 하지만 그러거나 말거나 엔딜 시종장은 마치 벽처럼 떡하니 가로막고 서서 비켜줄 생각이 없는 듯했다.

"제가 로이드 전하를 위해서 일해온 게 10년이 넘습니다! 정말 제게 이럴 수 있는 겁니까? 네?"

"전 16년을 모셨습니다. 그동안 단 한 번도 예의에 어긋나는 짓은 해본 적이 없습니다. 그리고 앞으로도 그럴 것입니다. 그러니 물러가십시오."

 호오! 댄 녀석이 말발로 밀릴 때도 다 있네? 바람둥이의 필수 요건 중 하나가 여성을 설득하는 화술인데, 훗! 댄 녀석도 이제 다됐나 보군. 그건 그렇고, 좀 도와줄까? 저 시종장은 나도 마음에 안 드니까 말이야. 난 한참 떠들고 있는—물론 사정하고 애원하며 고함치고 난리를 부리는 건 댄뿐이다. 엔딜 시종장은 마치 벽처럼 버티고 서 있을 뿐이었다—둘 사이로 걸어갔다.

 따각따각!

 난 구두 굽 소리를 크게 내면서 다가갔다. 그러자 역시 두 남자가 나를 돌아봤는데 내가 막 댄에게 손을 흔들면서 뭐라고 말하려고 할 때 엔딜 시종장이 나와 댄 사이를 가로막고는 나를 보면서 말했다.

 "필요한 것이라도 있습니까? 말씀해 주시면 방으로 가져다 드리겠습니다."

 "…정원."

 "……."

 "큭! 하하하! 역시 마마십니다!"

 댄 녀석이 큰 소리로 웃자 시종장이 그를 째려본다. 그리고는 몇 번 헛기침을 한 시종장은 나를 노려보며—그렇게 느꼈다—말했다.

 "바로 손님을 돌려보내겠습니다. 그러니 우선 방으로 돌아가시는……."

 "이봐, 그거 알아?"

 "…무엇을 말입니까, 마마?"

 "나, 어제 여기 들어온 뒤로 방에서 나온 게 지금이 처음이야. 내가 금고 속에 들어가는 보석이라도 되는 것 같아?"

"……."

"아니면 보여줘서는 안 되는 치부라도 되나? 응?"

"그런 게… 아닙니다, 마마. 신혼이신 분이 벌써부터 다른 남자를 만나시는 건……."

"왜? 내가 바람이라도 피울까 봐? 그런 거라면 걱정 마. 댄 정도는 눈에 차지도 않으니까 말이야."

"하오나… 마마……."

슬슬 짜증이 나기 시작하는걸? 거기다 시종장 뒤에 있는 댄 녀석이 두 손으로 입을 막고 끅끅거리며 웃음을 참는 걸 보니 괜스레 기분이 나빠진다.

"그만! 됐으니까 그만 해. 그보다 엔딜 시종장, 이 궁에서 일한 지 얼마나 되었지?"

"…20년이 좀 넘습니다, 마마. 그런데 그건 왜?"

"그래? 오랫동안 고생했군. 그럼 가서 짐이나 싸둬."

"…예?"

"그동안 수고했으니까 이제 집에 가서 푹 쉬라고. 내 말 못 알아들었어? 혹시 공용어 몰라?"

"…갑자기 그게 무슨……?"

"난 측근과 불청객도 구분 못하는 무능한 시종장은 필요없어. 그러니 여기서 나가라는 소리야. 알겠어?"

싸아아 하는 소리가 들리는 듯하다. 시종장의 얼굴이 새하얗게 변했다가 다시 푸른빛으로 물든 뒤 그 다음 불타오르는 것처럼 시뻘게졌다.

"이, 이게 무슨? 아무리 왕녀 마마라 하시더라도… 헛! 죄, 죄송합니다, 마마."

"흠, 엔딜 시종장, 내가 누구지?"

"크레센트 왕국 정통 후계자이신 로이드 이왕자 전하의 비이십니다. 무례를 용서해 주십시오."

"그래, 당신 말대로 난 어제부로 타국에서 쫓겨온 비운의 왕녀가 아니라 왕실 정통 후계자의 부인이라고. 앞으로는 날 왕자비라고 부르라고. 물론 만날 일이 있다면 말이겠지만."

"하오나… 전 지난 16년간 왕자 전하를 보필하였습니다. 그런 저를……"

"10년이나 16년이나 상관없지 않나? 안 그래, 댄?"

"네? 쿡! 시, 실례……."

아주 숨이 넘어가는군, 저 녀석. 뭐가 좋다고 말이야.

"로이드 전하께는 내가 말할 테니까 짐이나 싸둬."

"로이드 전하가 이 사실을 아시게 되면 가만히 계시지 않을 겁니다!"

엔딜 시종장이 목에 핏줄을 세우면서 악을 썼다. 훗! 인간이란 역시 나이가 많든 적든 얼굴 가죽을 한 꺼풀 벗겨놓으면 이렇게 어린애처럼 떼를 쓴다니. 목소리만 크면 다 되는 줄 아는 걸까?

"그래? 자신할 수 있어? 내가 전하에게 시종장을 새로 뽑겠다고 말했을 때 과연 그대가 아는 로이드 전하가 이를 말려줄까? 나보다 오랫동안 전하를 모셨으니 잘 알겠지? 어디 대답해 봐."

"…크으."

"이제 자신의 처지를 이해했나 보지? 그럼 가봐. 주변 정리 하려면 바쁠 테니까."

"실례… 하겠습니다, 미미."

시종장은 어깨를 축 늘어뜨린 채 나와 댄 사이를 지나쳐 걸어갔다.

초라한 뒷모습을 보고 있으니 조금은 연민의 감정이 드는군. 아직 내게도 인간성이라는 게 남아 있나 보다.

"이야~ 대단하십니다, 마마. 정말 박수라도 쳐 드리고 싶은 걸요?"

"시끄러워, 댄. 그보다 무슨 일로 온 거지? 괜히 나쁜 소문 나면 나만 피해본다고."

"에이~ 마마께서도 말씀하셨지 않습니까? 전 취향이 아니라면서요?"

"그래, 댄처럼 느끼하고 뺀질거리는 남자는 싫어. 역시 남자라면……. 뭐 해?"

댄 녀석이 바닥에 쭈그리고 앉아서 벽을 긁고 있다. 그것도 울상을 지어 보이면서. 애냐?!

"너무하십니다, 마마! 흑흑! 전 최선을 다하여 마마를 보필하였는데 돌아오는 보상이 겨우 이런 것뿐이라니… 상처받았습니다. 흑흑!"

"…밟아줄까?"

내가 두 손으로 치맛자락을 잡아 올리고 한 발을 들어 올려 댄 녀석의 등짝을 후려갈기려 하자 녀석은 벌떡 일어나더니 두 손을 마구 흔들어대면서 말했다.

"아니요! 이제 멀쩡해졌습니다!"

"그래, 다행이군. 이제 본론이나 말해 봐."

"내일 중단되었던 연회와 축제가 재개된다고 합니다. 역시 결혼식에서 불미스러운 일이 있었다고 그냥 넘어가기엔 왕실의 체면이 문제가 될 테니까요. 내일 저녁부터 삼 일간 연회에 참석하셔야 할 것입니다."

"흠… 그것뿐이야?"

"아니요. 더 있습니다. 브리츠 측에서 마마를 포기했다고 정식으로 통보해 왔습니다. 앞으로 신전 간의 싸움에 휘말릴 일은 없을 것입니다."

"그래? 그거 아쉬운걸?"

"예? 저기… 혹시……?"

댄 녀석이 꽤나 놀란 표정으로 날 보면서 말을 더듬었다. 역시 머리가 좋은 놈이라 그런지 그저 슬쩍 속마음을 비춘 걸로도 다 알아채는군.

"그래, 맞아. 하지만 지금은 아니야. 걱정 마."

"하나 마마, 브리츠 신전의 힘은 만만히 볼 만한 것이 아닙니다. 그들의 휘하에 있는 무력 집단만 해도 웬만한 대영지와 맞먹을 정도이고 자금력과 조직력 또한 비교 대상을 찾기 힘들 정도입니다. 아무래도 위험은 피하시는 것이……."

"그래서? 지금 나보고 꼬리 말고 피하라고? 댄도 봤지? 어제 결혼식이 어떻게 되었는지 말이야. 웃기지 말라고 해. 멋대로 일을 벌여놓고 이제 와서 미안하다고 사과만 하면 다야? 응? 여자에게 결혼식은 일생에 단 한 번뿐인 중요한 행사라고."

"그, 그래도 조금 이성적으로 생각해 보심이……."

"지금도 충분히 이성적이야. 걱정하지 마. 하여튼 그렇게 알고 앞으로 계획 세울 때 참고해 둬. 알았지?"

"예, 그렇게 하겠습니다."

댄은 조금 찜찜한 표정을 지어 보였지만 포기가 빠른 건지 순순히 대답했다. 브리즈 놈들, 실혼식 예물로 피와 시제를 보내줬으니 난 놈들을 그들이 믿는 신에게 손수 돌려보내 줘야 예의 아니겠어? 흥! 그나저나 이 에린 녀석! 찻잎 따러 마란타 섬이라도 간 거야? 이 멍충이 녀석!

"댄, 여기 자주 와봤다고 했지? 홍찻물 끓일 수 있는 곳이 어딘지 알아?"

"예? 아, 아마 각 방마다 다 있긴 할 겁니다. 하지만 평소에는 불씨를 안 넣어둔다고 하더군요. 아마도 식당 옆에 있는 주방에 가야 있지 않을까요? 그런데 그건 갑자기 왜 물으십니까?"

"에린에게 차 한잔 가져오라고 시켰는데 멍청한 녀석이 아직도 안 오잖아. 내가 직접 가봐야겠어."

"그런 건 그냥 다른 시녀 시키시죠."

"아니, 왠지 기분이 이상해. 그리고 여기 시녀들도 마음에 안 들어." 난 간단히 대답하고 댄에게 앞장서라고 명령했다.

왕자궁의 주방으로 가려면 식당을 통과해서 가는 게 가장 빠르다고 댄이 말했다. 하지만 식사 시간이 아니라서 그런지 로이드 왕자가 쓰는 식당의 문은 잠겨 있었다. 덕분에 나와 댄은 궁을 반 바퀴나 돌아간 뒤에야 주방에 도착할 수 있었다.

얼레? 문이 반쯤 열려 있네? 역시 여기 있나 보군. 멍청한 에린 녀석이 아니면 누가 주방문을 열어놓고 다니겠어? 난 앞에 서 있는 댄을 제치고 반쯤 열린 문을 활짝 열어젖히고 안으로 들어갔다.

퀴퀴하고 음식 썩은 내가 나는 꽤 커다란 주방은 텅 비어 있었다. 이상하네? 아무도 없는데 누가 문을 열어둔 거지? 설마 여기도 암살자나 도둑 같은 녀석이 들어온 건가? 그런 것치고는 너무 조용한데 말이야. 이상한 기분이 들었다. 좀 더 안쪽으로 들어가 보니 내가 들어온 문 반대 편에 있는 다른 나무 문 뒤에서 깔깔거리는 웃음소리와 두런두런하는 소리가 들려왔다. 저기 있나 보군.

주방을 가로질러 걸어간 뒤 나무 문을 밀자 끼이익 하는 소리와 함께 문이 쉽게 열렸다. 문 밖은 우물가로 이어진 작은 공터였는데 거기엔 에린 녀석과 이 궁에서 일하는 시녀들 대여섯 명이 모여 있었다. 에린은 우물가에 앉아서 산더미같이 쌓여 있는 설거짓거리를 씻고 있었고 다른 시녀들은 그런 에린 주위에 둘러앉아서 자기들끼리 깔깔거리며 웃고 있었다.

"야야, 그래서 언제 다 할래? 오늘 내로 다 할 수 있겠어? 응? 손을 더 빨리 움직이라고!"

"그래그래, 정말 둔해 빠졌구나. 너, 아직도 안 잘린 게 신기하다."

에린 녀석을 둘러싸고 있던 시녀들 중 하나가 반쯤 먹던 사과를 집어 던졌다.

탁!

날아간 사과가 에린 녀석의 머리를 맞춘 뒤 바닥으로 떨어지자 그 꼴을 보던 시녀들은 또 자기네들끼리 깔깔거리면서 웃어댔다. 속에서 분노가 끓어오른다. 정말 짜증나는구나. 난 눈꼬리를 치켜 올리며 에린 등이 있는 우물가로 걸어갔다.

"얘는 구박해도 대꾸도 못하네? 바본가 봐. 킥킥."

"아앗!"

시녀 중 하나가 자기들 쪽으로 걸어오는 날 보고 깜짝 놀라면서 벌떡 일어섰다. 눈치 하나는 끝내주게 좋은 시녀들이라 그런지 다른 시녀들도 금방 날 알아보고는 모두 일어서면서 공손히 머리를 숙인다. 그러면서 에린 녀석을 슬쩍 가리는 걸로 봐서 자기들이 뭔 짓을 하고 있는 건지는 아나 보군. 난 고개 숙인 채 우물가에 모여 있는 시녀들 앞까지 걸어간 다음 말했다.

"비켜."

"저……."

내 앞을 가로막고 있던 시녀 중 하나가 내게 무언가 말을 하려고 입을 열었다. 하지만 난 받아줄 기분이 아니란 말이야. 손을 뻗어 말을 하려던 시녀를 가리키자 그 시녀는 아무 말도 못하고 눈만 동그랗게 뜬다.

"말했다, 비키라고. 내가 말대답하라고 허락한 적 있었나?"

내가 그 시녀를 노려보면서 말하자 시녀들은 당황하면서 좌우로 비켜섰다. 그들 사이로 나타난 모습은 구질구질한 모습으로 쪼그리고 앉은 채 나를 올려다보고 있는 에린의 꼴사나운 몰골이었다. 정말 짜증난다. 이런 멍청한 것! 내가 에린 녀석 앞에 서자 그 애는 주저주저하면서 어정쩡하게 일어서더니 고개를 숙이며 기어들어 가는 목소리로 말했다.

"마마, 이건… 저… 처음 들어오면 다 하는 거라고 해서… 그래서……."

"내가 뭘 시켰는지는 기억하고 있어?"

"예, 마마. 빨리 끝내고 곧 가려고… 악!"

짜악!

에린 녀석의 고개가 옆으로 홱 하고 돌아갔다. 아우~ 손바닥이야. 화끈화끈하네.

"에린! 네 직위를 말해 봐. 여기서 넌 뭘 해야 되지?"

"저, 전 아넬리안 왕녀 마마의 전속 시녀로… 아악!"

난 에린 녀석의 뺨을 있는 힘껏 때렸다.

짜악!

"죄, 죄송합니다. 왕자비 마마의 전속 시녀입니다."

"그래? 알고 있다니 다행이군. 가자!"

"네, 마마."

난 붉어진 뺨을 매만지면서 당장이라도 울 듯한 얼굴을 하고 있는 에린을 외면하고 등을 돌렸다. 저렇게 불쌍해 보이는 표정을 지으니까 안아서 달래주고 싶어지잖아. 쳇! 역시 난 착한 것과는 인연이 없나 보다. 내가 막 에린을 데리고 우물가를 지나 방금 전에 지나쳤던 문으로 가려고 할 때였다.

"저… 마마, 아직 일이 안 끝났는데요?"

'이 빌어먹을 에린 자식' 이라고 고개를 돌렸는데 에린 녀석이 아니었다. 그렇다고 시녀도 아니다. 내가 고개를 돌리자 다른 시녀들이 입고 있는 흰색의 시녀복이 아닌 갈색 하녀복을 입고 있는 여자 하나가 나를 빤히 올려다보고 있는 게 아닌가?

"…뭐?"

"그게… 아직 일이 안 끝났다고 했습니다."

"그래서?"

"예? 다, 당연히 여기서 일은 마치고 가게 해주셔야……."

하아? 정말 머리에 꽃이라도 한 아름 꽂고 왕실 안을 뛰어다니면서 '하하, 호호' 거리며 웃고 싶어진다. 이젠 시녀도 아닌 하녀까지 나한테 까부는구나. 정말 빌어먹도록 짜증이 난다. 난 한 손으로 이마를 짚고 고개를 절레절레 저었다. 이 무식하도록 용감한 계집을 어떻게 처리할까 고민하던 나는 그냥 편하게 하자는 생각으로 주먹을 쥐었다.

정의의 이름 157

그리고 건방진 하녀의 면상을 향해 힘껏 휘둘렀다.

퍼억!

"꺄아악!"

"거참, 시끄럽네! 입 닥쳐!"

"콜록! 콜록!"

난 쓰러진 계집의 어깨를 발로 밀어서 데굴데굴 굴린 뒤 가슴패기에 내 발을 올려놓고 세게 밟으면서 고통스러운 표정을 지으며 입가에 피를 흘리고 있는 하녀를 향해 말했다.

"봐주니까 아주 머리끝까지 기어오르는구나! 여기는 위아래도 없는 건가? 엉? 하녀 주제에 내 명령을 무시하고 내 시녀에게 허드렛일을 시켜? 거기, 누가 한번 말해 보지 그래? 전속 시녀가 뭔지 말이야! 응?"

그런데 요즘 너무 폭력적이 되는 건 아닌지 몰라. 내 발 아래 깔려 있는 하녀가 '끄으' 하고 고통스러운 비명을 내뱉었지만 난 가볍게 무시했다. 내 시선을 받은 다른 시녀들은 슬그머니 고개를 숙이거나 옆으로 돌려서 내 시선을 피했다. 하지만 그렇다고 대답을 안 할 수는 없었기에 시녀들 중 가장 나이가 들어 보이는—그래도 20대 중반 정도일 것이다—시녀가 내 물음에 답했다.

"전속 시녀는 한 분의 주인님만을 위해서 일하는 시녀입니다."

"알긴 아는군. 그래, 너희들이 바보라고 놀린 이 아이는 내 시녀다. 이 왕자궁에서 일하는 너희 같은 평범한 시녀가 아닌 바로 내 전속 시녀라고. 에린은 나를 위해서만 일하는 아이야. 알아듣겠어? 나를 위해서 이 애가 일할 때 에린이 너희들에게 명령하면 그게 가능하든 불가능하든 상관없이 무조건 들어야 하는 게 너희들 입장이야."

이래서 정말 짜증난다니까. 에린 이 바보 녀석은—진짜 바보 맞다. 저 시녀들이 말한 것 중 이건 맞군―나를, 아니지, 이젠 나와 로이드 왕자를 모시면서 다른 시녀들을 부리는 입장이란 말이야. 그것이 내 전속 시녀라는 것이다. 앞으로 나이가 들고 경험을 쌓으면 다른 일반 시녀들을 지휘하는 시녀장이 될 녀석이 이렇게 멍청하니 몸이 고생하는 거지. 쯧.

"그리고 말이 나와서 하는 말인데 저 설거짓감들, 너희들이 해. 직접 말이야. 너희들보다 직급이 높은 에린도 했는데 이제 와서 못한다는 말은 안 하겠지? 그리고 가서 의자 가져와. 내가 친히 지켜봐 주지. 에린은 가서 차 내와. 워렌 자작 것까지 같이."

"네, 마마."

난 말을 마치면서 밟고 있던 하녀를 옆으로 차버린 뒤 우물가에서 멀찍이 떨어진 곳에 자리를 잡았다. 곧 이어 시녀들이 식당에서 테이블과 의자를 들고 나오자 난 먼지가 안 날릴 만한 곳에 자리를 잡고 앉았다. 댄 녀석이 내 맞은편에 앉자 에린 녀석이 찻잔을 들고 내 쪽으로 다가왔다.

"차를 내왔습니다, 마마."

"그래."

에린 녀석은 떨리는 손으로 나와 댄 앞에 차를 따랐다. 그리고는 우리가 있는 테이블에서 물러났는데 어디로 가야 할지 모르겠다는 표정이다. 실제로 우물가 주변을 기웃거리면서 어쩔 줄 몰라 했으니 진짜로 한심하다. 거기다 양팔을 걷어붙이고 산처럼 쌓인 설거짓거리를 씻고 있는 시녀들에게 가서 '도와드릴까요?' 라고 묻는 고난이도의 비꼬기를 한다. 당연히 아까 에린처럼 우물가에 쭈그리고 앉아서 설거지를 하고 있던 시녀들은 인상을 쓰면서 조심스럽게 묻는 에린을 외면해 버렸다. 저 녀석의 멍청함은 도저히 치유할 수 없는 불치병일까? 그래도 차 끓이는 솜씨는 좋으니 내가 내쫓는 일은 아마도 없을 것 같다. 청소하고 시중드는 시녀들이야 널리고 깔렸지만 차를 잘 끓이는 로세니아 출신—둘 중 어느 쪽 비중이 더 높은지는 나도 잘 모르겠다—시녀는 저 녀석뿐이니까. 차를 한 모금 마신 나는 설거지를 하고 있는 시녀들을 바라보면서 댄에게 말을 걸었다.

"댄."

"예, 마마. 말씀하십시오."

"여기 왕자궁에 있는 시녀들, 전부 갈아치워."

"예? 하지만 그러면 반발이 클 것입니다. 거기다 이렇게 갑자기 말씀하시면 사람 구하기도 힘듭니다."

"하라면 해. 이런 분위기라면 내가 미쳐서 발광하든지 아니면 미쳐서 맘에 안 드는 녀석들을 검으로 찌르고 다니든지 둘 중 하나니까."

"둘 다 별 차이는 없을 것 같습니다만… 뭐… 그러도록 하겠습니다. 한데… 요즘 여기 분위기가 좀 이상하군요."

"나 때문이야."

"무슨……?"

"댄은 머리가 좋은데 몰랐어? 나 때문이잖아. 산도적의 나라 로세니아 출신 계집, 그 때문에 이 꼴인 거지."

"그럴 리가 있겠습니까? 아마도 다른 이유가……."

다른 이유라……. 그런 게 있다면 좀 들어보고 싶다. 아아! 에레니아 시녀장과 다른 시녀들이 그리워. 어서 빨리 돌아와야 할 텐데 말이야. 제린이나 제시 등은 외국의 귀한 손님들—예를 들면 결혼하기 전의 나 같은—을 많이 접대해 봤기 때문에 나에 대해서 별다른 적대감이나 경멸

감 같은 건 찾아볼 수 없었다. 한데 여기 시종장이나 시녀들은 나에게 노골적으로 적대감을 드러낸다. 숨기려 하지도 않는다. 그들이 나를 대하는 태도는 얼마 뒤면 사라질 예의없는 불청객 취급 이상은 아닌 것 같았다. 아니, 분명하다. 이들은 나를 외국에서 쫓겨난 주제에 남의 집 안방을 차지한 건방진 여자쯤으로 취급하고 있다. 마치 비천한 출신의 첩을 대하는 태도다. 남들에게 알려지면 비웃음을 당할까 봐 자기들끼리 쉬쉬하고 꼭꼭 숨겨놓는 태도 하며 나에게 무례하게 구는 것 하며 다시 생각해 봐도 귀찮을 정도로 증거는 많다. 하지만 나는 정실로 들어온 거라고. 그리고 피고용인들이 핍박한다고 손수건이나 깨물면서 닭 똥 같은 눈물을 흘리며 신세 한탄을 하는 소심한 여자들과는 다르단 말이다.

"이유는 무슨 이유, 크레센트의 귀족집 딸이 아니니까 그런 거지. 하여간 로이드 전하의 무심함 때문에 여기서 일하는 녀석들 간이 배 밖으로 나온 거라니까."

"그건… 그렇습니다만… 확실히 로이드 전하께서는 이런 일에는 별 관심이 없으신 분이라 고용인들이 알아서 하도록 놔두시는 편입니다. 하지만 역시 한 번에 시녀들을 모두 바꾸는 건 다시 생각해 보시는 게……."

"왜 사람이 없을까 봐? 그런 거라면 지방 귀족들에게 공문이라도 보내라고. 여기 이왕자궁에 시녀가 부족하니 이 자리를 원하는 귀족이 있다면 딸을 보내라고 말이야. 그리고 뽑을 때 될 수 있으면 에린 녀석과 동갑이거나 어린 아이로 뽑아. 저 멍청한 녀석에겐 그쪽이 더 나을 것 같아."

"하지만 그래서는 하녀들과의 나이 차가 너무 심해집니다. 그리고 갑자기 시녀들을 내보낼 만한 명분도 없습니다, 마마."

"에레니아 시녀장 등이 있잖아. 그들이 중간에서 조율하면 돼. 그리고 이유라면 만들면 그만이잖아. 반항을 했다든가 반역을 일으키려 했다든가, 아니면 도둑질을 했다든가 말이야. 또… 내 험담을 하고 다닌다는 것도 넣을까?"

"그건 좀… 역시 힘들겠습니다, 마마."

"그래? 그렇다면 할 수 없지."

"이해해 주시니 다행입니다."

댄 녀석, 안심하는 표정이군. 하지만 난 포기한 게 아니라고. 단지 다른 방법을 찾은 것뿐이야. 난 주변을 둘러보다가 큰 소리로 외쳤다.

"카렌! 카렌! 거기 있지? 나와! 이 근처에 있는 거 아니까 빨리 나와!"

내가 갑자기 소리를 지르자 우물에서 일하고 있던 시녀들이─에린 녀석은 결국 다른 시녀들과 같이 설거지하는 데 동참하고 있다. 그래도 깨끗한 물만 퍼 올리는 그나마 쉬운(?) 일을 하고 있으니 다행인가?─나를 힐끔거리며 바라본다. 하긴 아무도 없는 데다 대고 소리를 질러대니 이상해 보였겠지? 하나 내 예상은 들어맞았다. 나와 댄이 있는 테이블에서 얼마 떨어지지 않은 담쟁이 덩쿨이 작게 흔들리더니 붉은 머리의 카렌이 그 속에서 툭 튀어나왔으니까. 난 손짓으로 카렌을 불렀다. 그리고는 내게 다가온 카렌에게 손을 내밀면서 말했다.

"어제랑 오늘 많이 돌아다녔지? 어디, 전리품 좀 압수하자. 전부 꺼내. 하나라도 빼돌리면 오늘 저녁밥 안 줄 거야."

"…칫!"

카렌 녀석은 혀를 차면서 불만스러운 표정을 지었지만 순순히 내 말에 따랐다. 곧 이어 테이블 위에는 빵 자르는 나이프 세 개와 고기 써는 나이프 네 개, 그리고 커다란 사각 식칼, 뾰족한 식칼 등 주방용품들이 우르르 쏟아져 나왔다. 이 녀석, 저 조그만 몸에 어떻게 이렇게 많은 칼들을 숨기고 다니는 걸까?

"봤지? 댄이 내 부탁을 들어줄 수 없다면 난 다른 방법을 찾아야지 뭐. 지금같이 어수선한 시기에 여기 시녀 몇 명이 정체 불명의 암살자에게 목숨을 잃는다 해도 그리 이상할 건 없을 테니까 말이야. 안 그래?"

"…최대한 노력하겠습니다, 마마."

카렌이 꺼내놓은 무기(?)를 바라보던 댄은 심각한 어조로 대답했다. 하긴 내 성격을 웬만큼 파악한 댄이니 진짜 죽인다면 죽여 버린다는 걸 알고 있을 것이다. 그러니 댄도 시녀들이 의문의 암살로 죽어 나가는 일을 무마시키기 위해서 뛰어다니는 것보다는 지금 있는 시녀들을 내쫓고 새로운 시녀들을 받는 쪽이 더 쉽고 빠를 것이라는 걸 파악한 것이다.

"댄도 손해 볼 건 없잖아. 안 그래? 로이드 전하의 파벌에 들어올 귀족들을 끌어 모을 핑계도 되고 말이야. 지방 귀족들은 정계에서 별 도움이 안 되긴 하지만 그래도 숫자가 모이면 그것도 무시 못하지 않겠어? 안 그래?"

"맞습니다, 마마. 제가 생각이 짧았습니다."

"그래, 댄은 밖에서 힘쓰라고. 난 안에서 시녀들을 내 사람으로 만들 테니까 말이야. 옛말에도 자식 이기는 부모 없다고 하잖아? 새로 들어올 아이들을 잘 데리고 있으면 최소한 그 가문은 좋든 싫든 우리를 지지해야 할 거야. 덤으로 나도 저 짜증나는 것들을 내치고 말 잘 듣는 시녀들을 얻게 되는 거고."

"알겠습니다."

"좋아, 그럼 난 먼저 방으로 돌아갈게. 가서 에린 녀석이나 잘 다독거려 줘. 자주 혼내기는 했지만 이번처럼 심하게 때린 적은 처음이니까. 저 녀석, 속으로 겁에 질려 있을 거야. 툭하면 로세니아로 돌려보낸다고 협박했거든. 후훗!"

"하하하!"

"그럼 수고."

난 자리에서 일어나려는 댄을 제지한 뒤 먼저 일어섰다. 아아! 날씨 한번 참 맑군. 이제 가을이 오나 보다. 아직도 낮에는 좀 덥긴 하지만 며칠만 더 지나면 완연한 가을 날씨가 될 것 같다. 아, 맞다!

"댄!"

"네, 마마."

"에린한테 수작 부리면 죽인다. 농담 아니야. 알지?"

"여부가 있겠습니까? 귀에 못이 박히도록 들었는걸요."

"알면 됐어. 기억해 둬. 카렌 녀석은 눈에 잘 안 띈다는 사실을 말이야. 그럼 진짜 간다."

그렇게 마무리를 지은 나는 쓴웃음을 짓고 있는 댄 녀석을 지나서 내 방으로 향했다.

저녁 식사를 마치고 느긋하게 소파에 앉아서 책을 읽고 있으니 카렌 녀석이 쪼르르 달려와서는 엔딜 시종장이 짐을 싸 들고 로이드 왕자를 찾아 도서관으로 갔다는 소식을 들고 왔다. 덤으로 내가 결혼한 바로 다음날부터 왕자의 부하인 워렌 자작과 불륜 행각을 벌이고 있다는 소문도 함께 말이다. 훗! 역시라고나 할까? 긍지 높은 크레센트의 시종과 시녀들은 비천한 로세니아의 왕족 따윈 상대하기 싫다는 건가? 사람 잘못 봤다고. 난 이 나라로 올 때부터 소심함과는 담을 쌓았으니까 말이야.

"에린, 가서 와인이나 한 병 가져와. 독한 걸로."

"예. 예?"

"술 가져오라고. 잠도 안 올 것 같으니 한잔 마시고 뻗어버릴래."

"하지만 마마, 전하께서 언제 오실지 모르는데……."

"흥! 그럴 리가 있겠어? 아주 책 귀신이 되기로 작정한 사람이 말이야. 카렌 녀석 말로는 도서관 근처에 방 하나 잡아놓고 산다더군. 그러니 내 신혼 생활 걱정은 그만두고 시키는 일이나 해."

"네에."

에린 녀석, 그래도 맞은 데 대한 앙심은 안 품었나 보네? 뭐, 아무리 나라 해도 사람 마음속까지 들여다볼 수는 없으니 확신하지는 못하겠지만 그래도 댄에게 달래주라고 한 게 효과가 있었나 보다. 잠시 뒤 에린이 바스토뉴 980년산 레드 와인을 들고 들어왔다. 잔과 함께 치즈 조각을 내려놓은 에린은 낑낑거리면서 코르크 마개를 땄다. 퐁 하는 작은 소리와 함께 싸한 와인 향이 병에서 흘러나와 방 안에 고이기 시작했다. 냄새만 맡아도 취하는 건가? 훗!

쪼르르르.

"……."

방 안을 비추고 있는 수십 개의 촛불이 내 손에 들린 와인을 비추는 것 같았다. 마치 루비를 녹여서 액체로 만든 것 같은 와인은 내가 잔의 목을 잡고 작게 흔들 때마다 출렁이면서 어서 마셔 달라고 재촉했다. 좋아, 마셔주지 뭐! 까짓거, 못할 건 또 뭐람?

"…크으!"

정의의 이름 165

쓰다. 그것도 엄청나게 쓰다. 우에에~ 거기다 독하긴 왜 이렇게 독한 거야? 마치 불덩어리를 삼킨 것 같잖아! 에이씨! 닐크의 말처럼 술은 기분 좋을 때 마셔야 제맛이 난다는 말이 맞나? 예전에 마셨을 때는 세상이 뱅글뱅글 돌면서 기분이 굉장히 좋아졌었는데 지금은 마치 약초를 으깬 즙을 마시는 것 같잖아! 에이, 젠장!

"에린, 한 잔 더!"

"네? 네."

잔이 채워지기 무섭게 단숨에 마셔 버렸다. 그리고 다시 빈 잔을 내려놓으며 소리쳤다.

"한 잔 더!"

"저… 마마."

"어서 따라!"

"네."

다시 와인 잔에 피와 같이 붉은 액체가 가득 따라진다. 그것을 노려보던 나는 이전에 배운 와인 마시는 법까지 모조리 잊어버린 듯 단번에 입 안으로 털어 넣었다. 그렇게 난 와인 한 병을 앉은 자리에서 모조리 마셔 버렸다.

세상이 몽롱해진다. 그래, 바로 이런 기분이야. 주위의 사물이 흐릿해졌다 다시 또렷해진다. 그리고 기분이 좋다. 매우 좋다. 아주 좋아!

"마마, 취하신 것 같은데……."

누구? 에린? 오~ 에린이군. 이쁜 녀석 같으니라고. 히힛!

"에리인……."

"네, 마마."

대답하는 에린에게 손짓했다. 가까이 다가온 에린. 근데 이 녀석이 오늘따라 왜 이렇게 이뻐 보이냐? 난 앉은 채로 내 곁에 선 에린의 목을 양손으로 끌어안았다. 그리고는 손으로 머리를 쓰다듬어 주면서 말했다.

"에구, 이쁜 것! 그래그래, 역시 너뿐이야. 그치?"

"네에……."

에린 녀석의 등을 토닥여 주면서—내가 뭔 짓을 하는 건지는 나도 모르겠다. 의미 불명, 이유 없음이다—닌 녀석을 달래주었다. 아까 그랬던 것 같다.

"불쌍한 것, 주인 잘못 만나서 이 먼 타향까지 귀양살이 왔구나. 불쌍한 녀석."

"저, 전 괜찮습니다, 마마."

"아니야. 불쌍해. 넌 불쌍해. 그렇지? 불쌍하지? 응?"

"네에……."

쳇! 왜 울상이냐? 이제야 자기 처지를 알았나 보지? 하긴 에린이나 나나 다 똑같은 처지인걸. 눈을 동그랗게 뜨고 있는 에린의 볼을 양손으로 감쌌다. 음, 따뜻해. 그런데 눈동자를 데굴데굴 굴리고 있는 에린 녀석을 보고 있으니 양 볼을 쭉 늘이면 재미있을 것 같은…….

"즈어, 마아, 보리……."

"아… 아아?"

잠깐 딴생각을 했더니 에린 녀석의 말랑말랑한 볼 살이 좌우로 쭉 늘어나 있네? 어라? 이젠 생각이 곧바로 행동으로 이어지는 건가? 쿡쿡! 근데 이 녀석, 눈물 글썽글썽한 모습이 너무 우습다.

"풋, 푸하하하하!"

"히엥……."

정의의 이름 167

푸흐흡! 너, 너무 웃겨! 에린 녀석! 표정이 진짜 웃겨 죽겠다. 아이고, 배야! 푸히히힛! 마구 웃어 젖혔다. 배가 당길 정도로 웃다가 그만 나도 모르게 의자에서 떨어졌다. 쿠당! 아야야!

"마마, 괜찮으신가요?"

"…아야아! 픕! 푸하하하! 너! 푸흐흡! 어, 얼굴, 저리 치워! 킥킥킥! 너무 웃겨!"

"네에……."

에린 녀석, 뾰로통한 표정으로 고개를 돌리면서 슬그머니 물러섰다. 그런데…….

"파하하하하!!"

그렇게 토라진 얼굴을 하고 있는 에린도 웃겼다. 저 녀석, 광대 해도 되겠어.

내가 배를 잡고 바닥을 굴러다니며 웃고 있을 때 갑자기 등 뒤에서 남자 목소리가 들려왔다.

"지금 뭐 하는 건가?"

"에에?"

누구야, 이 시간에? 거기다 남자라니? 여긴 내 방이고 올 사람이 없는데? 난 웃음을 멈추고 비틀거리며—에린이 부축해 주었다—일어섰다. 하도 웃어대느라 눈가에 고인 눈물을 훔치고 방문 앞을 바라보니 내 남편이자 자랑스러운 크레센트의 이왕자이자 로이드 전하께서 서 있는 게 아닌가?

"호오~ 귀하신 전하께서 여긴 웬일이신가요?"

"…술 마신 건가?"

"네에~ 외롭고 쓸쓸한 밤인지라 조금 마셨죠. 아주 조오~금."

"내일 이야기하지."
"기다려!"
꽝! 콰상창!
치즈가 놓인 은 접시가 허공을 날아가 문가에 부딪치면서 큰 소리를 냈다. 덤으로 그 위에 놓였던 먹기 좋게 잘린 치즈 조각들도 허공으로 날아올랐고. 철퍽!
"푸하하하하하! 어, 얼굴에… 얼굴에… 까하하하하!!"
내가 던진 접시에서 튀어나온 치즈 조각들 몇 개가 로이드 왕자의 얼굴과 머리 위에 떨어져 철썩 달라붙었다. 그런데 그 모습이 너무 웃긴다. 푸하하하!
"후우~ 우선… 좀 앉지."
"아하하하! 헤엑! 풉!"
"마마, 이리로. 마마! 마마! 정신 좀 차리세요! 네?"
"시끄러워! 난 말짱해! 볼래?"
"아아! 알았으니까 앉기나 해."
내가 막 와인 병을 머리 위에 올려놓고 똑바로 걸으려고 하는데 로이드 왕자가 그런 나를 말리면서 자리에 털썩 주저앉았다. 에이, 뭐야? 이러면 내가 멀쩡하다는 걸 증명할 기분이 안 나잖아. 에린이 가져온 수건으로 치즈 조각을 닦아내는 로이드 왕자를 노려보던 나는 '흥' 하고 콧방귀를 뀌면서 맞은편 의자에 앉았다.
"여긴 웬일이죠? 생전 찾아오지도 않던 분이 말이에요."
"…그 말, 비꼬는 것처럼 들리는군."
"비꼬는 기예요! 바보예요? 맨날 책만 피디 보니 머리기 굳었니 보죠?"

"정숙한 숙녀가 쓸 만한 말은 아닌 것 같은데 말조심하지 그래?"
"흥! 남편으로서의 의무도 다하지 않는 사람에게 듣고 싶지 않네요, 그런 말."
"……."
"왜요? 내가 못할 말이라도 했나요? 세상에 신혼 첫날부터 부인을 내팽개치고 책에 파묻혀 사는 남자는 대륙을 통틀어 오직 당신뿐일 거예요! 알아요?"
"…미안."

그래, 미안하겠지. 미안하지 않으면 그게 인간이야? 얼레? 방금 내 귀에 뭔 소리가 들린 거지? 설마 잘못 들은 거겠지. 저 무뚝뚝함에 치여 죽을 인간이 미안하다는 말을 할 리가 없어! 내 이름을 걸고 맹세한다!

"사실… 난 여자 대하는 법을 잘 몰라."
"어련하실까. 그나마 다행이군요. 내 애도 아닌 아이를 기를 일은 앞으로 없겠군요. 그 말은 죽을 때까지 꼭 좀 지켜주시죠? 네?"
"…이봐."
"책에 여자 꼬시는 법은 안 나와 있나 보죠? 혹시 또 모르니 한번 찾아서 연구해 보세요. 시간은 넘치도록 많을 테니까."
"……."
"에린, 손님 가신단다! 배웅해 드려라! 그리고 난 잘 거니까 아무도 들이지 마!"

난 그렇게 소리친 뒤 벌떡 일어섰다. 우엣! 넘어질 뻔했잖아. 왜 다리가 휘청거리는 거야? 거기다 바닥은 지진난 것처럼 왜 흔들리고 그래! 우이씨!

"아넬리안!"

쾅!

등 뒤에서 테이블을 내려치는 소리가 들려왔다. 고개를 돌려보니 화가 난 얼굴의 로이드 왕자가 나를 노려보고 있었다.

"당신……."

"가서 당신의 귀염둥이랑 노시죠, 남색가씨!"

누구는 성깔없는 줄 알아? 난 보란 듯이 내 침실로 들어간 뒤 쾅 소리 나게 문을 닫았다. 그리고 그걸로 모자라서 방문을 몇 번 발로 쾅쾅 차준 뒤 서너 명은 굴러도 충분할 만큼 넓은 침대 위로 풀썩 쓰러졌다. 그리고 잠들어 버렸다.

그때는 몰랐었다. 설마 내 남편이 남색가로 소문이 날 줄은 말이야. 난 그저 부인은 쳐다도 보지 않고 시종 하나랑 도서관에서 사는 로이드 왕자를 모욕 준 것뿐인데. 남 험담하기 좋아하는 호사가들이 남색가 황제라고 소문낼 줄은 나도 몰랐었다고. 거기다 기정사실이 되어버리다니……. 난 잘못없어. 하나도. 아마…….

자고 일어나서 나를 맞이한 건 끔찍한 두통이었다. 으아아아! 머리가 울려! 거기다 지끈지끈. 속도 울렁거리고……. 끄으! 미치겠다!

"마마, 괜찮으세요?"

"전혀. 조금도 안 괜찮아! 속 쓰려. 머리 아파 죽겠어."

"여기 꿀물 타왔습니다, 마마."

오오! 에린, 가끔은 쓸 만하구나. 이게 다 에레니아 시녀장에게 위탁 교육을 맡긴 덕분이야. 다음에 시녀장 오면 아주 날 잡아서 확실히 교육시키라고 해야지. 그렇게 속으로 생각하면서 난 에린이 건네주는 꿀

물을 단번에 들이켰다. 입 안이 얼얼할 정도로 좀 단 편이었지만 그래도 부글부글 끓어오르던 속이 단번에 진정되었다.

"하아! 좀 살겠네. 근데 에린, 나, 언제 여기서 잔 거지? 침실로 들어온 기억이 없는데……."

"저… 기억 안 나세요?"

"뭘?"

"어젯밤……."

어젯밤? 뭐? 그야 기분이 울적해서 와인을 왕창 마셨고 그리고… 그리고… 히에에엑!!

"에, 에린."

"네, 마마."

"어제… 내가 로이드 전하에게 폭언 퍼부은 거… 꿈이지? 응? 그렇지?"

"……."

에린은 작게 고개를 저었다. 오! 하늘이시여! 정녕 왜 제게 이런 시련만 안겨주시는 겁니까? 가끔은 좋은 일도 좀 내려주시는 게 어때요? 인간적으로 이건 너무하잖아!

"하… 하하… 짐 싸놔야겠네. 에린, 우리 드디어 집에 갈 수 있겠다. 그치?"

"저……."

"결혼 이틀 만에 이혼당하고 외가로 쫓겨나다니 너무 바보 같아. 휴우~"

술이 원수다. 응? 이 말, 아르케네스가 떡이 되도록 취한 닐크에게 하던 말인데 설마 내가 쓰게 될 줄이야. 그런데 내 방에 못 보던 상자와 가방들이 널려 있는걸?

"에린, 벌써 짐 싸놓은 거야?"

"예?"

"저것들 뭐야?"

내가 가방을 가리키면서 묻자 에린 녀석이 내 눈치를 살피면서 조심스럽게 대답했다.

"어제… 전하께서……."

"뭐? 답답하게 하지 말고 빨리 말해 봐."

"그게… 오늘부터 남편의 의무를 다하신다면서… 짐을 모두 옮겨놓으셨습니다."

"응? 뭔 소리야?"

"오늘부터 같이 사신다고……. 잠자리도 같이……."

어버버버……! 말도 안 돼! 어제 그런 폭언을 퍼부어댔는데 어떻게!! 부끄러워서 얼굴도 못 보겠다아! 이건 고문이야!

"…농담?"

"……."

난 진지하게 에린의 옷깃을 잡고 초롱초롱한 눈망울로 물었지만 에린 녀석은 입을 꼭 다문 채 고개를 저었다. 빌어먹을 하늘, 그렇게 내가 싫은 거냐?!

"그 녀석 들어오면 내가 나간다! 에린, 짐 싸! 낭상 여기서 나갈 테야!"

"어디로 가시게요, 마마?"

어디로? …갈 데가 없다. 망할! 난 에린의 옷깃을 잡은 자세 그대로 주저앉고 말았다. 운명이란 참 가혹한 것이군. 으흑……!

그나마 다행히도 저녁때 열리는 연회 때까지 로이드 왕자는 나타나지 않았다. 대충 들은 말로는 잠만 왕자궁에서 자고 도서관에서 책을 파는 건 평소처럼 똑같이 한단다. 뭐야? 결국 그게 그거 아닌가? 뭐, 밤에는 얼굴을 볼 수 있다니 이걸 다행으로 알아야 할지 아니면 불행이라고 해야 할지 모르겠지만 하여간 조금은 발전한 것 같다. 그 무뚝뚝한 왕자가 사과도 하고—이건 아직도 꿈인 것 같다. 아니면 취해서 환청을 들었을 수도—거기다 내 말대로 의무를 다한다고 거처도 옮기다니……. 그나마 이 점이 조금은 위안이 되어주었다. 하지만 여전히 왕자의 태도는 무뚝뚝했고 주변의 시종과 시녀들은 뒤에서 내 험담을 하고 다녔다. 쯧, 하나씩 바꿔 나가야지 뭐. 한번에 무리하게 바꾸려 하면 반발도 클 테니까 말이야.

 연회에 참석하기 위해 준비하는 데만 하루를 꼬박 다 썼다. 별궁에 있을 땐 시녀장 이하 시녀들이 죄다 알아서 준비해 줬는데 여기서는 일일이 모두 시키고 지켜봐야만 해서 시간이 오래 걸렸다. 덤으로 짜증도 굉장히 늘어났는데 내 미간에 주름살을 잡히게 하는 것 중 압권은 시간이 다돼가는데도 나타나지 않는 로이드 왕자였다. 이번 연회는 다른 때와는 다른 중요한 거라고! 우리들의 결혼식을 기념하는 연회란 말이야! 그런데 주인공이 안 오다니! 하여간 좋은 점수를 줄래도 줄 수가 없다니까!

 "에린, 따라와!"

 "네? 어디를……?"

 "화장실! 나 혼자서 이 드레스를 들고 일을 보란 말이야?"

 짜증나게 이 바보는 왜 또 상황 파악을 못하는 거야! 에이씨! 수많은

레이스와 겹겹이 들어간 속치마 덕분에 짜증은 날이 갈수록 늘어만 간다. 이러다 정말 화병으로 죽겠네.

내가 에린과 함께 화장실을 다녀오는 동안 로이드 왕자가 도착했다. 어디서 뭘 하다 왔는지 머리에는 먼지가 한가득 묻어 있었고 옷에서는 곰팡내가 확 나는 데도 불구하고 그는 시종들에게 자기 몸을 맡긴 채 손에 책을 들고 읽고 있었다. 그때 내 앞으로 예식용 정복을 든 시녀가 지나갔다.

"잠깐."

"예, 마마."

"그거 줘봐."

내가 정복을 가리키며 말하자 그 시녀는 당황한 표정으로 어쩔 줄 몰라 하다가 내게 옷을 빼앗겼다.

"뭐야, 이게?"

흰색 정복에는 주름이 자글자글하게 잡혀 있었고 거기다 회색 먼지도 묻어 있어서 가까이서 보면 지저분해 보였다. 거기다 옷에서 먼지 냄새가 나는 걸로 봐서 옷장에 걸어놨던 걸 그냥 들고 온 게 분명했다. 이런 것들에게 내 옷을 맡기지 않은 게 다행이군. 정말 다행이야.

"이걸 입고 연회에 나가라고 가져온 거야? 응?"

"저기……."

"의상 담당 누구야? 나와!"

내가 빽 하고 소리를 지르자 나보다 대여섯 살은 많아 보이는 시녀가 손을 들면서 내 앞으로 나왔다. 난 그 시녀를 노려보면서 물었다.

"이떻게 된 거야?"

"그게… 시간이 촉박해서……."

"그래? 촉박? 지금 그게 말이 된다고 하는 소리야?"

옷 하나 다림질하는 데 한 일주일쯤 걸리나 보지? 정말 이렇게 엉망인 곳은 내가 살다 살다 처음 본다.

"펴, 평소 전하께서 아무 말씀 없으셔서… 꺅!"

내 손에 들려 있던 정복이 주저리주저리 변명만 늘어놓고 있는 시녀에게 날아가 부딪친 뒤 그 시녀와 함께 바닥을 굴렀다. 저래서는 못 입고 나가겠군. 훗! 난 엉덩방아를 찧으며 주저앉은 시녀를 내려다보면서 말했다.

"너! 당장 짐 싸서 여기서 나가!"

"제, 제가 왜?"

"근무 태만! 여긴 너같이 적당히 일하려는 시녀 따윈 필요없어! 내가 돌아올 때까지 짐 싸서 나가! 꼴도 보기 싫으니까!"

내 외침에 그 시녀는 넋이 나간 표정으로 멍하니 날 올려다보다가 저쪽에서 속옷 차림으로 서 있는 로이드 왕자를 바라보았다. 안주인보다는 바깥주인이라 이건가? 하지만 내 앞에 주저앉아 있는 시녀의 기대가 얼마나 허망한 것인가를 난 잘 알고 있다. 왜냐고? 로이드 왕자의 성격상 이런 일에 끼어들 리가 없으니까. 내 예상대로 우리 쪽을 힐끔거리며 보고 있던 로이드 왕자가 시녀의 시선에 무심한 표정으로 고개를 돌린 채 다시 책을 읽기 시작하자 이것을 무언의 긍정으로 받아들인 나와 시녀는 명백하게 희비가 엇갈렸다. 훗! 승리! 난 고개를 떨구는 시녀를 외면한 채 다른 시녀들에게 소리쳤다.

"당장 가서 왕자 전하께서 입으실 정복을 내와라! 연회에 늦지 않게 수단과 방법을 가리지 말고 찾아와! 못하겠다면 모두 짐 싸두는 게 좋을 거야!"

내 말에 시종과 시녀들이 모두 부산스럽게 뛰어다니기 시작했다. 아마도 고된 노동에 혹사당하고 있을 하녀와 하인들을 닦달하고 다른 궁전으로 뛰어가 치수에 맞는 옷을 찾기 위해서 발악을 할 것이다. 후후! 왕궁에서 일하는 자들이라면 이 정도쯤은 해야 하지 않겠어?

시종들의 필사적인 노력은 멀리 왕성 밖의 귀족가까지 몽땅 뒤지고 다녔다. 그 덕분에 연회가 시작하기 전에 우리는 궁을 나서서 지금 이렇게 한가하게 복도를 걸으면서 한담을 나눌 수 있게 되었다. 한담이라고 해봐야 나와 왕자가 한마디씩 툭 던지고 한마디로 대답하는 썰렁한 문답뿐이었지만 다행히 로이드 왕자는 어제 내가 저지른 무례에 대해서는 아무 말도 하지 않았다. 술김에 저지른 일이라고는 하지만 그래도 일국의 왕자에게 퍼부은 폭언치고는 조금 심한 말이라서—조금이 아닐지도—약간 걱정했었는데 마음이 넓은 건지 아니면 관심이 없는 건지 아무런 반응도 없다. 뭐, 나야 좋지만 말이야. 내가 복도를 걸으면서 왕자를 힐끔거리니까 그쪽에서도 내 시선을 느꼈는지 갑자기 멈춰 서더니 날 빤히 바라본다.

"내 얼굴에 뭐라도 묻었나?"

"아, 아니요, 전하."

"그런데 왜 자꾸 힐끔거리는 거지?"

"으음… 그게……."

"하긴 나도 미남이라고 하니 끌리는 건 당연하겠지만."

"예에?"

뭐, 뭐냐, 저 밑두는……?

"…표정을 보니 내가 또 말실수했나 보군. 잊어버리도록."

저 거만한 태도 하고는. 거기다 자의식 과잉이라니 내 앞날이 걱정되기 시작한다. 로이드 왕자는 자기 할 말만 다 하더니 다시 복도를 걷기 시작했다. 그런데 나보다 약간 앞서가던 왕자가 '책에선 자신감 넘치는 남자가 인기있다던데…' 하고 중얼거리는 걸 들었다. 이봐이봐, 그건 자신감이 아니라 자만심이라고. 저 사람, 뭔 책을 본 거야? 뒤따라가면서 내가 의심의 눈길을 보내자 다시 왕자가 갑자기 멈춰 서더니 뱅글 돌아서 나를 바라보면서 묻는다.

"로세니아 여자들은 다 당신 같은가?"

"하아?"

"그쪽 여자들은 다들 당신같이 대가 세고 자기 주장하길 좋아하냐고 물은 거야."

"…크레센트의 남자들은 다들 왕자 전하처럼 무뚝뚝하고 배려심이 없으신가 보죠?"

이거 시비 거는 거 맞겠지? 그렇다면 사양할 필요는 없지. 난 나를 바라보는 로이드 왕자를 똑바로 노려보면서 답변했다. 내 대답을 들은 왕자는 잠시 골똘히 생각하는 듯하더니 고개를 몇 번 끄덕이면서 말했다.

"그렇군. 알겠어."

뭘 알겠다는 거야?! 수긍하지 마! 그러니까 내가 더 이상하잖아!

"개성이라는 것이군. 그런 거였어. 알았어. 고마워."

"에에?"

"그런데 승마 좋아하나?"

"네에?"

"아니, 아무것도 아니야."

뭐야, 저 태도는? 진짜 사람 무시하는 거야 뭐야. 내가 발끈하며 화를 내든 말든 왕자는 혼자서 몸을 돌린 채 뚜벅뚜벅 걸어가 버린다. 하아, 마음 넓은 내가 참자. 그래, 내가 참아야지 누가 참겠어. 내가 씨근거리면서 왕자의 뒤를 따라서 걷고 있을 때 앞서가던 로이드 왕자가 옆구리에 끼고 있던 책을 들어 올리더니 '하나도 안 맞잖아' 라고 중얼거리면서 복도 옆의 정원으로 휙 하고 던져 버렸다. 하여간 성격 하고는……. 쯧.

"에린."

"네, 마마."

작은 목소리로 에린을 부르자 곧바로 뒤에서 속삭이듯 작은 목소리가 답변해 왔다. 내가 턱짓으로 책이 떨어진 곳을 가리키자 요즘엔 그래도 눈치가 조금 생긴 에린 녀석은 쪼르르 달려가 풀숲에 떨어진 책을 들고 내게 돌아왔다. 이미 로이드 왕자는 저만치 걸어가 있었고 덕분에 에린 녀석이 책을 들고 오는 건 못 봤나 보다. 난 에린이 들고 온 책을 받아 들었다.

"…풋!"

웃음이 나온다. 저 무뚝뚝한 왕자가 이런 책을 보다니……. 연애학 총론—남녀의 성공적인 사랑 공식—이게 책 제목이었다. 의외인걸? 저 돌덩어리 같은 왕자가 말이야. 훗! 나보다 한 살이나 어린 왕자의 뒷모습이 조금은 귀여워 보였다.

"안 올 건가?"

"네, 가요!"

저만치 떨어진 왕자의 재촉에 난 걸음을 빨리 히면서 에린에게 책을 챙겨놓으라고 말해 두었다. 나중에 읽어봐야지.

로이드 왕자와 내가 안내된 곳은 연회가 열리고 있는 중앙 홀의 정문을 지나 나오는 왕족의 대기실이었다. 안으로 들어가자 여전히 평범한 빵 가게 아저씨 같은 국왕 폐하와 마틴 삼왕자, 아니, 이젠 왕세자인 마틴 왕자가 앉아 있었다. 우리가 안으로 들어가자 국왕 폐하가 껄껄 웃으면서 일어섰다.

"허허허! 그래, 아넬리안, 잠자리는 편안했나?"

"예, 폐하. 신경 써주셔서 영광이옵니다."

"뭘 그런 걸 가지고……. 허허허, 이젠 우리 아넬리안도 왕실의 한 가족이니 당연한 것이지. 그리고… 결혼식 때 있었던 불미스러운 일은 걱정 말게. 내가 다시는 이런 일이 일어나지 않도록 할 테니까 말이야."

"그 건은 제게 맡기셨지 않습니까, 아바마마."

마틴 왕세자가 중간에 끼어들었다. 국왕 폐하의 말을 가로막은 마틴 왕세자는 벌떡 일어나 내게 다가오더니 내 두 손을 꼭 잡으면서 다짐하듯 말했다.

"왕세자의 이름을 걸고 다시는 이런 일이 일어나지 않도록 할 것을 맹세합니다, 아넬리안. 이젠 걱정 안 해도 됩니다.."

"녀석, 형수님이라고 불러라. 네 형의 부인이 아니냐?"

"에에, 형수님."

"네에……."

대답을 하긴 했는데 이거 부끄러워서……. 거기다 내 손은 왜 이렇게 꽉 쥐고 있는 거야? 어색한 미소를 짓던 나는 손을 빼려고 했지만 어찌나 꽉 잡았는지 손이 빠지지가 않는다. 으……. 내가 어쩔 줄 몰라

하고 있을 때 갑자기 로이드 왕자가 우리들 사이에 쑥 끼어들더니 마틴 왕세자의 팔목을 잡고는 예의 억양없는 목소리로 말했다.
"이 손, 언제까지 잡고 있을 거야?"
"허허허, 녀석, 벌써부터 부인을 챙기는 게냐? 녀석 하곤……."
"쳇! 내가 형수님에게 수작 부릴 녀석 같아? 너무하잖아."
"그런 말은 이 손이나 놓고 나서 하는 게 어때?"
잘하면 싸움 일어나겠네. 왕자 간의 싸움이라……. 왕권도 아니고 여자 하나 때문에 싸운다면 그거 볼 만하겠는데? 하여간 크레센트로 온 뒤로는 인기 폭발이라니까. 평생 받을 관심이 단 몇 개월 만에 다 몰려오는 느낌이야. 아쉬운 듯한 표정을 지으며 떨어져 나가는 마틴 왕세자의 시선을 온몸으로 가린 로이드 왕자는 흥 하고 콧방귀를 뀌면서 고개를 돌렸다. 이거 가족한테도 이런 태도라니 불성실한 둘째군. 뭐, 나이에 맞지 않게 느끼하고 어른스러운 척하는 마틴 왕세자보다는 약간 낫지만. 마틴 왕세자에겐 미안하지만 아무래도 난 로이드 왕자 쪽이 더 나은 것 같다. 성격이 빤히 보여서 더 편하거든.
삐친 표정으로 입을 내밀고 있는 로이드 왕자와 쪼잔하다고 툴툴대는 마틴 왕세자, 그리고 형제 싸움을 강 건너 불구경 하듯 바라만 보면서 허허 웃고 있는 국왕 폐하. 이 세 남자 사이에 낀 나는 어색한 웃음을 지으면서 이 불편한 자리가 빨리 끝나기를 속으로 빌었다. 다행히 내 정성이 하늘에 닿았는지 그때 마침 시종이 들어와 연회 시작을 알려 국왕 폐하와 마틴 왕세자가 먼저 홀로 이어지는 문으로 향했다. 나도 자리에서 일어나 홀로 나가려고 하는데 로이드 왕자가 내 앞을 가로막더니 퉁명스런 말투로 한마디 툭 내뱉었다.
"손."

고개를 돌린 채 내게 내민 왕자의 오른손을 빤히 바라보던 난 잠시 지난 뒤에야 이유를 알아채고 그의 손을 잡아주면서 씨익 웃었다. 역시 나 같은 미녀에겐 이런 대접이 당연한 법이지. 암. 이거 나도 로이드 왕자를 닮아가는 건가?

로이드 왕자와 함께 손을 잡고 홀로 향하는 문으로 다가가니 안에서 국왕 폐하와 마틴 왕세자가 입장한다는 우렁찬 목소리가 들려왔다. 오늘도 고생하는군, 저 시종. 우리가 문 앞에 서자 근 3m는 될 법한 커다란 나무 문이 작은 소음을 내면서 열렸다. 그리고 우리의 앞으로 홀의 절반 정도 되는 공간이 나타났다. 백 명은 될 법한 귀족들과 다른 귀족들이 서 있는 곳보다 30㎝정도 높은 단 위에 국왕 폐하가 웃고 있는 게 보였다. 아아! 공식적인 사교계 데뷔는 오늘이겠군. 저 안에 있는 귀족들 중 만만한 이는 하나도 없겠지? 참 많기도 하다. 저 많은 얼굴들을 일일이 다 기억해야 한다니 벌써부터 한숨이 나오는군.

"갈까?"

"네, 전하."

로이드 왕자는 내 대답을 듣고는 내 손을 보란 듯이 들어 올리면서 앞으로 걸어나갔다. 좀 웃으면 그래도 잘생겨 보일 텐데 말이야. 너무 인상을 안 쓰니까 꼭 인형 같잖아?

"로이드 이왕자 전하와 왕자비이신 아넬리안 마마께서 드시옵니다!!"

우리가 커다란 연회용 홀로 나서자 옆에서 시종이 큰 소리로 외쳤다. 덕분에 홀 안의 모든 시선이 나와 왕자에게 집중되었다. 이렇게 남들의 시선을 받는 기분, 나쁘지는 않다. 우리가 국왕 폐하의 옆에 서자

잔잔한 미소를 지으면서 우리가 들어서는 것을 바라보고 있던 폐하께서 '허허허' 하고 웃으면서 모두에게 들으라는 듯 큰 소리로 외쳤다.
"비록 약간의 불미스러운 일이 있었지만 우리 로이드가 결혼했는데 어찌 연회가 빠질 수 있겠소? 모두 마음껏 연회를 즐기도록 하고 우리 로이드와 아넬리안을 마음껏 축하해 주시오!"
"와아아아!!"
짝짝짝!
홀 안이 떠나가도록 커다란 함성과 함께 우렁찬 박수 소리가 사방에서 울려 퍼졌다. 그렇게 뜨거운 환영을 받으면서 나와 왕자가 단상 앞으로 나가서 살짝 고개를 숙이자 이에 더욱더 뜨겁게 환영해 주었다. 물론 저들 중 몇 명이나 나와 왕자에게 진심으로 축하를 보내는 것인지는 확실하지 않지만 하여튼 그렇게 환영식이 끝나자마자 귀족들이 삼삼오오 모여서 저마다의 관심사를 이야기하기 시작했다. 국왕 폐하도 유력 귀족들이 달려들어서 선점해 벌써 저만치 떨어진 채 여러 귀족들에게 둘러싸였다. 그 점은 마틴 왕세자도 마찬가지였다. 아니, 왠지 국왕 폐하보다 더한 것 같다. 좀 다른 점이라면 귀족들뿐만 아니라 각 가문의 여식들도 우르르 몰려와서 둘러싸였다는 게 다르지만……. 역시 저게 기혼 남성과 미혼 남성의 차이점이군. 연회장 한구석에서는 부채로 얼굴을 가린 채 나를 쏘아보는 여자들도 몇 명 있었다. 아마도 왕족의 부인이 될 기회를 놓쳐 버린 비운의 귀족 아가씨들이겠지? 흥! 제까짓 것들이 노려보면 어쩔 건데? 이미 난 한자리 꿰차고 앉았다 이거야. 이거야말로 기득권자의 여유가 아니겠어? 후훗!
역시 연회장이나 무도회장을 나가 보면 그 사람의 사교성을 알 수 있다는 말이 딱 맞는다. 연회가 시작되었는데도 로이드 왕자의 주변에는 지나가는 귀족 하나 없다. 에휴! 한숨이 나오는군 정말. 어떻게 이렇게 인기 만점(?)인 로이드 왕자를 황제로 만든다는 건지 댄 녀석, 보기보다 생각이 모자란 게 아닐까? 거기다 로이드 전하께서는 아주 익숙하게 품속에서 손바닥만한 작은 종이 몇 장을 꺼내더니 읽기 시작한다. 누가 책벌레 아니랄까 봐. 내 남편이지만 좀 한심하다. 이런 사교장에 나와서 혼자 놀다니 기본 예절부터 다시 가르쳐야 하는 건가?

　신혼부부인지라 로이드 왕자의 옆에서 잠시도 떠나지 못하는 나도 벽 한 켠에 서서 자기들끼리 제각각 웃고 떠들며 노는 귀족들을 보고만 있어야 했다. 이렇게 보고만 있으니 지루하다. 평소의 나라면 당장 저 안으로 뛰어들어서 다른 귀족들과 어울리며 웃고 떠들어댔을 텐데 말이야. 한데 지금 이렇게 있는 것과 마음에도 없는 말을 하고 가식적으로 웃으면서 사람들을 대하는 것 중 어느 쪽이 더 좋은지 솔직히 나도 잘 모르겠다. 이쪽이 더 편하긴 한데 이건 완전히 무시당하는 수준이라고. 그래도 왕자와 왕자비인데 말이야. 역시 가식적이라 해도 사람들 사이에서 어울리는 게 내겐 더 익숙하고 편할 것 같다. 지루해진 내가 입을 가리고 작게 하품을 하고 있는데 로이드 왕자의 옆에서 굵직한 중년 사내의 목소리가 들려왔다.

　"실례하겠습니다, 전하. 괜찮겠습니까?"

　"아아……!"

　옆을 쳐다보니 이전에 나와 로이드 전하를 초대했었던 검은 머리가 인상적이던 프로센 후작이었다. 내가 가볍게 목례를 하면서 아는 체를 하자 그쪽에서도 나에게 살짝 목례를 해왔다.

　"두 분이 주인공인 연회인데 여기는 너무 어둡군요, 전하."

　"…내가 이런 걸 싫어한다는 것 잘 알지 않나?"

"하나 그렇다 해도 오늘은 전하의 결혼식을 기념하는 연회입니다. 이런 날 정도는 다른 분들과 잠시라도 어울리는 것이 어떠십니까?"

"귀찮아."

"전하."

프로센 후작이 끈질기게 물고 늘어지자 갑자기 로이드 왕자는 손에 들고 있던 종이 쪽지를 꽉 구기면서 인상을 썼다.

"도대체 자네나 댄이나 왜 자꾸 날 못살게 구는 거지? 난 애초에……!"

"전하, 목이 마르지 않으신가요? 전 음료수가 좀 마시고 싶은데… 같이 가시겠어요?"

"…그러지."

다행히 내가 중간에 왕자의 말을 자른 덕분에 그의 목소리가 홀 안에 쩌렁쩌렁 울려 퍼지는 불상사는 막았다. 에휴! 하여간 자기 위치를 자각 못하는 저런 인간이 제일 짜증난다니까. 내가 왜 어린애 뒤치다꺼리까지 해줘야 하는 거야 정말……. 신경질적인 표정을 지은 로이드 왕자는 들고 있던 종잇조각을 수십 개의 와인 잔이 놓인 은 쟁반을 조금도 흘리지 않은 채 걸어가는 묘기에 가까운 행위를 보여주고 있는 시종에게 내팽개치듯 던져 버린 뒤 씩씩거리며 뒤도 안 돌아보고 테이블이 놓인 홀의 가장자리로 먼저 걸어가 버렸다.

"호의 감사드립니다, 마마."

"아니요. 당연히 해야 할 일을 했을 뿐인 걸요."

"정말 아름다우신 미모만큼이나 현명하신 분이시군요. 전하께서 큰 복을 얻으신 것 같습니다."

"말씀만이라도 감사하군요. 전하께서 기다리시겠네요. 가실까요?"

"예, 마마."

나와 후작은 서로 웃는 얼굴로 로이드 왕자가 사라진 쪽으로 걸어갔다. 이거 대상이 틀린 거 아니야? 원래 내 옆에는 로이드 왕자가 있어야 하는데……. 뭐, 될 대로 되라지. 더 이상 엉망일 수도 없으니까.

나와 프로센 후작이 로이드 왕자에게 다가가 보니 의외로 왕자는 몇몇 귀족들 사이에 끼어서 대화를 나누고 있었다. 대화라고 해봐야 다른 여러 귀족들이 떠들어대고 로이드 왕자는 가끔 '응', '아니' 라고 말할 뿐이지만 저게 어딘가? 정말 대단한 발전이다. 이전에 들은 로이드 왕자였으면 당장에 주변을 물려 버리고 음습하고 외진 구석으로 기어들어 갔을 게 뻔하다. 그런데 슬쩍 왕자 주변을 둘러보니 이전에 후작의 연회에 참석했던 귀족들이었다. 역시 이 프로센 후작, 보는 대로 수완이 좋군. 이런 왕실 연회에 참석한 귀족이라면 일반 귀족들과는 급수가 다를 텐데 저만큼 숫자를 모으다니 댄 녀석이 대단한 인물이라고 말한 이유가 있었구나. 앗! 나도 질 수야 없지!
"후작 각하, 저도 이만 실례하겠습니다."
"예, 마마. 전하를… 잘 부탁드립니다."
"물론이에요. 제 남편 되시는 분인 걸요. 후훗."
난 슬쩍 물러나는 프로센 후작을 뒤로한 채 로이드 왕자 곁으로 품위있게 걸어갔다. 그러고 보니 프로센 후작도 대귀족이었지? 이런 큰 왕실 연회는 그리 많지 않은 편이니 그도 바쁘겠군. 나도 이제부터 바빠지겠지만 말이야.

그 뒤로 난 무뚝뚝한 데다가 성의마저 없어 보이는 로이드 왕자를 대신해서 다른 귀족들을 접대하느라 시간 가는 줄 모르고 뛰어다녔다. 여기는 프로센 후작이 열어준 연회장이 아니었기에 별의별 귀족들이다 들락거렸고 또 그들 중 만만히 볼 만한 인물도 없어서 더 피곤했다.

또 노골적으로 날 적대시하는—귀족가 여식들이 대부분이었지만 가끔은 로세니아 출신이라는 게 마음에 안 드는지 나를 곱지 않은 눈으로 보는 귀족들도 있었다—귀족들도 있어서 대하기가 상당히 힘들었다. 귀족 특유의 완곡한 표현들은 정말 짜증나거든. '호호호, 외국까지 나와서 귀한 자리에까지 힘 안 들이고 오르시다니 정말 운이 좋으시네요' 라든가 '벌써부터 많은 소문들을 달고 다니시니 앞으로 마마의 성함을 많이 듣겠습니다' 라든지 하는 말을 들을 때마다 속에서 울컥하는 느낌이 튀어오른다. 젠장! 댄 녀석과 내가 불륜을 저지르고 있다는 소문이 벌써 퍼진 거야? 정말 입도 싸네. 생각 같아서는 이런 짜증나는 말을 하는 녀석들의 면상을 깨끗하게 스트레이트로 날려 버리고 싶지만 그럴 수도 없고……. 내가 이런 면박을 듣고 있으면 뒤에서 도와줄 왕자 녀석은 언제 다른 귀족들과 어울렸냐는 듯이 다시금 구석자리에 숨어들어 음침한 표정으로 품속에서 몇 장의 종잇조각을 꺼내서 읽고 있었다. 이젠 익숙해진다고 정말. 나야 원래 운이라고는 눈곱만큼도 없는 여자니 할 수 없지. 휴~

"저… 마마, 아넬리안 마마."

응? 누구지? 조금 지친 얼굴로 고개를 들어 소리가 난 쪽을 바라보니 전혀 의외의 인물이 서 있었다.

"와앗! 유리아 양? 반가워요. 정말 반가워요."

"예에, 이렇게 화, 환영해 주시니 정말 감사드려요."

셔우드 남작가의 여식인 유리아 폰 셔우드 양이었다. 역시 이 진청색 머리카락의 아가씨는 그 특이한 머리 색 덕분에 근방 눈에 띄는구 그런데 왜 지금까지 못 본 거지? 아무리 이 홀에 사람이 많다 해도 웬만한 얼굴들은 다 본 것 같은데…….

"그런데 페이핀 양은 안 온 거예요?"

"네, 초대장을 못 받아서요. 페이핀도 결혼 축하드린다고 전해 달라고 했어요."

"아아, 정말 고마워요. 하마터면 친구 한 명 없이 쓸쓸한 연회를 맞이할 뻔했네요. 와줘서 정말 기뻐요."

난 유리아의 귓가에 입을 대고 속삭이듯 말했다. 내 말에 기분이 좋았는지 유리아가 살짝 웃어 나 역시 키득거리면서 웃었다. 다행이다, 정말. 여기 와서 친구라고는 한 명도 못 사귀었었는데 그래도 이 정도면 누가 봐도 친구라고 생각될 거야. 그리고 실제로 조금 쓸쓸했었는데 기분이 좋아졌다.

"저… 저같이 미천한 자를 환대해 주시니 정말 몸 둘 바를 모르겠네요, 마마."

"아니, 아니에요. 저도 친구를 사귀기엔 조금 특별한 사정이 있잖아요. 얼마나 반가운지 모를 거예요. 후훗."

처음엔 그저 다른 귀족들과 친분을 만들기 위해서 이용한 여자였는데 솔직히 몇 번 만나서 이야기하다 보니까 어느새 정이 들었나 보다. 사실 부하는 좀 있지만 친구라 부를 이는 없었으니까. 나 역시 로이드 왕자랑 다를 게 없는 건가? 이런 생각을 하니 우울해지는군. 그때 우리들 사이로 정장을 차려입은 젊은 사내가 다가왔다.

"여기 있었군, 유리아. 아! 실례했습니다, 아넬리안 마마."

"…경은?"

"저… 저의… 약혼자예요, 마마."

"아! 그 유리아 양을 집요하게 쫓아다닌다는?"

"하… 하하!"

멋쩍게 웃기는……. 그런데 이 남자, 그리 커 보이지는 않는데 덩치가 좋다. 온몸이 근육질일 것 같은데? 마치 아르케네스를 약간 줄여놓은 것 같군. 그런 것치고는 정복이 잘 어울리지만 말이야. 음… 미남이라고는 할 수 없지만 호남아 정도라면 그럭저럭 수긍해 줄 만한 외모군.

"경은 성함이 어떻게 되는지요?"

"제가 실례했군요. 용서하십시오, 마마. 전 에리히 폰 디크센 준남작이라고 합니다. 유리아 양의 영지 바로 옆에 있는 조그마한 영지를 다스리고 있습니다."

"아아! 그래서 유리아 양을 쫓아다닌 거군요?"

"예, 제가 죽자고 쫓아다녔습니다. 한… 10년쯤 된 것 같군요."

"…실례지만 나이가……?"

"스물둘입니다."

대단하군. 열두 살부터 아홉 살짜리 여자애를 쫓아다녔다는 말인가? 그걸 당당히 말할 수 있다니 정말 대단하다. 자신감이 흘러넘쳐 쏟아지겠군 그래. 어떻게 10년이나 참고 쫓아다닐 수 있는지 박수라도 쳐주고 싶다. 내가 감탄하고 있을 때 에리히 남작이 슬며시 나와 유리아 사이에 끼어들면서 내게 정중한 목소리로 양해를 구했다.

"셔우드 남작님께 인사를 가야 돼서… 실례해도 되겠습니까, 마마?"

"물론이에요. 눈치없이 굴다가 나중에 유리아 양에게 구박받고 싶지 않거든요. 호호."

"마마……."

"그럼 죄송하지만 먼저 실례하겠습니다."

"네, 유리아 양. 다음에 봐요. 나중에 궁으로 한번 초대할게요. 꼭이에요."

난 사라지는 두 남녀에게 살짝 손을 흔들어주면서 말했다. 둘이 가고 나니 심심해지는군. 난 연회장 구석으로 물러나서 홀 안을 둘러보았다. 이렇게 멀찍이 떨어져서 보니 확연하게 홀 안의 분위기가 눈에 들어온다. 한쪽에서는 장교들로 보이는 이들이 큰 소리로 웃으면서 떠들고 있었고 저쪽에서는 국왕 폐하와 대신들로 보이는 늙은 귀족들이 정치에 대해서 토론하고 있는 듯 보였다. 거기다 마틴 왕세자파 귀족들은 자기들끼리 모여서 무언가를 열심히 이야기하고 있는 게 보인다. 그리고 프로센 후작을 위시한 일단의 귀족들이 로이드 왕자가 빠졌음에도 불구하고 굳건한 자세로 버티고 서서 역시 홀의 한자리를 차지하고 있다. 확실히 대단하긴 대단하군. 저 프로센 후작 말이야. 로이드 왕자는 아무것도 않고 있는데도 불구하고 벌써 자기 세력을 다지고 있어. 저런 유능한 귀족이 사욕을 위해 움직이면 피곤한데……. 하긴 귀족 중에 그 누군들 사욕을 위해 뛰지 않는 귀족이 있을까마는 뭐, 도가 지나치지만 않으면 되겠지. 하아! 바람이라도 좀 쐴까?

벽에 반쯤 기댄 채 무언가를 열심히 읽고 있는 로이드 왕자는 전혀 움직일 분위기가 아니었다. 그리고 바람 쐬러 나가는 데까지 다른 이들을 붙이고 다닐 생각도 없고. 이런 생각을 하면서 내가 막 홀을 벗어나 정원으로 통하는 문으로 나가려고 발을 떼는데 홀의 정문이 쾅 하는 소리를 내면서 벌컥 열렸다. 그리고는 하프 플레이트 메일을 입은 기사들 몇 명이 뛰어들어 왔는데 그 사이로 브래드릭 일왕자가 한껏 인상을 쓰면서 기사들 사이를 헤치고 앞으로 나왔다. 단번에 홀 안의 모든 귀족들의 시선이 일왕자에게 향했다.

"무슨 일인가, 일왕자? 연회에 참석하려는 복장으로는 그리 좋은 점수를 주기 힘들군."

"폐하!"

홀 안을 두리번거리던 브래드릭 일왕자는 국왕 폐하를 발견하자 좌우로 갈라지는 귀족들 사이를 거의 뛰다시피 질주하여 달려간 뒤 국왕 폐하의 앞에 한쪽 무릎을 꿇고 주저앉았다.

"허허, 이것 참, 도대체 무슨 일이길래……?"

"급보입니다! 무례를 용서해 주십시오, 폐하!"

"말해 보게."

"북부 국경 수비대로부터 조금 전에 전령이 당도했습니다. 내용은 어제 케센의 사왕자가 브리츠의 신도에게 암살당했다는 소식입니다!"

"뭐야? 그게 사실인가?"

"사실 확인은 아직 되지 않았으나 케센의 수도에 큰 소란이 일어났고 또 대규모 군사 행동이 목격되었다는 보고가 들어왔습니다."

"……."

홀 안의 분위기가 착 가라앉았다. 그 브리츠의 미친놈들, 드디어 큰 사고 한 건 쳤군. 망할 놈들. 생각만 해도 이가 갈린다. 브래드릭 일왕자의 보고를 듣고 있던 국왕 폐하는 턱수염을 몇 번 쓰다듬더니 번쩍 눈을 뜨면서 명령을 내리기 시작했다.

"브래드릭 일왕자! 그대는 곧바로 중앙군 사령부로 향하게! 지금부터 준 전시 상황임을 각 부대에 알리고 언제라도 출정할 수 있는 준비를 갖추도록!"

"옛! 폐하!"

"그리고 마틴 왕세자! 지금 당장 알려진 브리츠의 신도들을 모조리 잡아들이게. 반항하면… 죽여도 좋네! 외무 대신!"

"예, 폐하!"

"그대 역시 지금 당장 케센으로 달려가 보게! 정확한 사정을 알아오는 것은 물론 최대한 시간을 끌 것을 명하네. 국무 대신! 당장 각 지방 영지로 파발을 보내 언제라도 물자와 병력을 지원할 수 있는 준비를 마치라고 공문을 보내게! 또… 아, 맞군!"

국왕 폐하는 홀 안의 귀족들을 쓰윽 둘러보면서 살짝 미소를 지었다. 저렇게 보니 옆집 빵 가게 아저씨 같지는 않군. 역시 왕은 왕인가? 내가 이런 생각을 하고 있을 때 국왕 폐하가 홀 안의 귀족들을 향해 미소를 지으며 말했다.

"이거 즐거운 연회에 자꾸 안 좋은 일들이 일어나는군. 모두들 이해해 줄 것이라 믿소. 앞으로 연회는 삼 일 동안 계속될 예정이니 그동안 이 궁 안에 머물면서 마음껏 즐겨주길 부탁하겠소!"

구금이군. 3일이라는 시한부 조건이 붙은 구금. 이 안에는 타국의 사신들도 있을 테니 말이야. 역시 국왕이야. 그래, 저 정도 추진력과 행동력은 있어야 왕이라고 할 수 있지. 난 고개를 끄덕이며 수긍했다. 어차피 난 이 왕성 안에서 살고 있으니 전혀 상관 없다고. 어디 밖으로 나갈 것도 아니고 말이야. 훗.

당연한 거겠지만 로이드 왕자는 아무런 직위도 명령도 받지 못했다. 하아~ 왕족이면 당연히 받아야 할 지휘권까지도……. 이 불성실한 남편이 평소에 얼마나 인정받지 못하는지 확연히 알 수 있는 대목이었다. 으… 속이 쓰리군. 그래, 바람이나 쐬자. 이 끓어오르는 속을 찬 밤 공기라도 맞아가면서 식혀야지. 난 국왕 폐하와 함께 귀족들 중 1/3이 빠져나가 꽤나 술렁이는 홀을 벗어나 정원으로 나왔다.

홀에서 바로 나오는 넓은 정원은 이미 만원이었다. 뭐가 그리 좋다고 저렇게 쌍쌍이 끼고 앉아서 웃고 떠들어대는지 원. 절로 눈살이 찌푸려지는구나. 나무 아래, 벤치 아래, 잔디 위 어디 할 것 없이 젊은 귀족 남녀가 쌍쌍이 앉아 있었다. 연회라면 언제나 있는 일이긴 하지만 이렇게 보니 또 기분 나빠지는군. 로이드 왕자도 좀 보고……. 아니, 내가 무슨 생각을 하는 거람? 바랄 걸 바라야지. 진정 좀 하려고 나왔다가 더 열만 받은 나는 다른 귀족들의 시선이 닿지 않는 으슥한 곳으로 향했다. 그렇다고 정원 안쪽으로 들어갔다간 다른 이들에게 큰 실례가 될 테니—방도 많은데 말이야—왕성의 높다란 벽을 따라서 걷다 보니 어느새 혼자가 되었다. 평소라면 경비병들과 순찰병들이 득시글거릴 곳이지만 지금은 홀에서 연회를 벌이고 있기 때문에 이 근방의 병사들은 죄다 귀마개라도 하고 멀찌감치 떨어져 있을 게 분명했다.

"하아……!"

절로 한숨이 나오는구나. 로세니아에서나 크레센트에서나 난 언제나 혼자인 건가? 이거 결혼을 해도 마찬가지라니……. 은근히 기대했었는데 역시 꿈과 현실은 차이가 큰가 보다. 이게 웬 궁상이람. 참나, 나답지 않아. 정말로.

돌길 옆에 있는 화단의 정원석 위에 걸터앉은 채—정원석을 드레스로 덮어버렸다. 이렇게 안 하면 앉지도 못한다—밤하늘을 올려다보니 어느새 둥근 보름달이 둥실 떠올라 은은한 빛을 발하고 있었다. 고개를 약간 돌려 보니 길고 긴 은하수의 반짝이는 강이 눈에 들어왔다. 저 별은 나의 별, 저 별도 내 별, 저것도, 저것도……. 좀 많은가? 후훗. 뭐 어때? 별 가지는 데 돈 드는 것도 아니고 말이야. 내가 두 손으로 턱을 괴고 서른네 번째 별의 소유권을 주장하고 있을 때 갑자기 머리 위에서 소곤대는 소리가 들려왔다. 누가 남의 신성한 영토 소유(?)를 방해하는 거야? 난 작게 인상을 쓰면서 올려다보니 2층의 테라스에서 남자 하나와 여자 하나가—물론 귀족일 게 뻔하다—서로 껴안은 채 하늘을 올려다보면서 니 별이니 내 별이니 하고 있다. 크으! 당장 뛰어올라 가서 저 망할 녀석들의 면상을 뭉개 버리고 싶어지는구나. 안 된다, 아넬리안. 품위를 지켜야지, 품위를.

"아앗!"

위에서 작은 비명 소리가 들려왔다. 슬쩍 올려다보니 2층에 있는 남녀가 나를 발견한 모양이다. 난 씨익 웃으면서 손을 흔들어주면서 다른 손으로 내 귀를 가리킨 뒤 두 손으로 입을 막는 시늉을 했다. 쿠히히히! 그리고 새끼손가락을 들어서 맹세한다고 다짐하는 시늉까지 해주었다. 그러자 위층의 두 남녀가 허둥대면서 안으로 들어가 버린다. 누구 앞에서 연애질이야 정말? 쯧! 얼굴 기억해 뒀다가 나중에 소문내야지.

성공적으로 커플 하나를 쫓아버린 나는 약간 기분이 좋아져서 다시 별을 바라보면서 있지도 않은 상대에게 소유권 주장을 시작하려 했다. 그런데 내가 온 방향에서 또 두런두런하는 소리와 함께 다른 남녀가 다가오는 게 아닌가? 이거이거, 왕성이 무슨 연애하라고 있는 덴가? 신성한 왕성 안에서 이게 뭔 짓들이람? 또 방해해야지. 후훗.

그런 생각으로 난 테라스 아래의 어둠 속으로 몸을 숨겼다. 덕분에 드레스 자락이 조금 지저분해지긴 했지만—덤으로 화단 위로 뛰어들었기 때문에 백합인지 장미인지 하는 꽃의 줄기를 여러 개 분질러 먹었다—다행히 그들 눈을 피해서 숨을 수 있었다. 내가 지켜보는 줄도 모르고 두 남녀는 방금 전까지 내가 있던 곳으로 천천히 걸어오고 있었다. 그런데 여자 쪽이 반항하는 듯 몇 발짝 걷다가 괜히 발을 뺀다. 남자가 당기면 슬쩍 달려들어 가슴에 안기면서 또 몇 발짝 걸으면 고개를 도리질하면서 물러서고……. 장난하나? 확 안길 거면 안기고 말 거면 말라고! 지금 뛰쳐나가서 한마디 해줄까? 아니야. 조금 더 기다렸다가……?

우~ 발 저려라. 이러다 내가 먼저 쓰러지겠네. 저 인간들, 10분이 다 되도록 실랑이만 벌이고 있나. 걸어온 길음 수는 겨우 수십 걸음. 거북이도 저 커플보다는 빠르겠네. 기다리다 지친 나는 조심스러운 걸음으로 정원석 뒤로 슬그머니 돌아가서 고개를 빼꼼히 내밀고 두 남녀를 바라보았다. 어어어엇!! 으에에엑!! 저건… 대… 댄? 그리고 사… 상대는 에리이이인!!

"캑!"

우웁! 나도 모르게 품위없는 비명이 튀어나오고 말았다. 난 황급히 고개를 숙이고 숨었다. 내 비명 소리를 들었는지 댄 녀석이 주변을 두리번거렸기 때문이다. 저 망할 것들이 왜 여길 온 거지? 설마… 아니겠지? 설마…….

궁금증을 참지 못한 난 다시 고개를 슬그머니 들어서 저만치 떨어져 있는 댄과 에린을 바라보았다. 에린 녀석, 목에 스카프를 두르고 귀부인이나 쓰는 모자를 쓰고 있어서 못 알아봤는데 가까이서 보니까 그 맹한 얼굴이 확실하다. 으으으! 언제 저렇게 가까워… 으아아앗! 대, 댄 녀석이 에린의 목덜미를 잡고 어, 얼굴을… 꺄아앗! 몰라! 앗! 닿았다! 얼굴이 닿았어! 오오오~ 숨도 안 쉬나? 길게도 하네. 댄 녀석의 손이 에린의 등을 쓰다듬는 게 보이나. 서디나 에린도 댄에게 찰싹 붙어서 나한테까지 들릴 정도로 신음 소리를 낸다. 우우우우! 그만 떨어져!

정의의 이름 195

떨어져라! 휘이~ 휘이~

내 집요한 기도가 통했는지 댄과 에린의 찰싹 달라붙었던 몸이 떨어졌다. 하지만 에린 녀석, 손으로 두 볼을 감싸 쥐고 폴짝폴짝 뛰면서 '꺄아~ 몰라, 몰라' 라고 소리치며 몸을 배배 꼬는 걸 보고 있으니 더욱더 열이 난다. 크으! 주인은 이 음습하고 지저분한 곳에서 손수건만 잘근잘근 씹고 있는데 나의 시녀인 에린 녀석은 연애질이라니! 용서할 수 없다! 내 당장… 어? 얼레? 내가 막 뛰쳐나가려고 몸을 일으키는데 댄 녀석이 에린의 팔을 붙잡더니 정원 쪽으로 달려가 버렸다. 으아앗! 빌어먹을! 놓쳤다! 저 미로와 같은 정원 안으로 들어갔으니 이제 찾기는 글렀잖아! 쳇! 하지만 그렇다고 포기할 수야 없지!

"카렌! 나와!"

조용……. 어, 어라? 설마……?

"카렌! 거기 있지? 카렌! 안 나올래? 카렌아! 정말 없… 힉!"

"……."

노, 놀래라! 심장이 멈추는 줄 알았네. 카렌 녀석의 머리가 갑자기 내 눈앞에 나타난 것이다. 그것도 거꾸로. 이 망할 꼬맹이 녀석은 2층 테라스에서 줄을 타고 내려와 나를 놀래켰던 것이다. 이 녀석이나 저 녀석이나…….

"…가, 가서 에린 감시해. 알겠지? 사고 치면 둘 다 혼내켜 줄 테니까 알아서 해."

"…응."

시꺼먼 바지와 셔츠를 입은 카렌 녀석은 소리없이 바닥으로 뛰어내리더니 타고 내려온 줄을 몇 번 흔들어서 2층에 묶인 매듭을 풀더니 밧줄을 둘둘 감으면서 에린과 댄이 사라진 쪽으로 터벅터벅 걸어갔다.

그런데 카렌이 무슨 사고인지 알까? 조금 걱정되네?

 만약, 정말로 만약이지만 진짜로 사고 치면 댄과 에린 녀석, 결혼시켜 버려야지. 후후후! 나이 차가 좀 나지만—12살 차이다—내 부하인 댄과 역시 내 시녀인 에린이 나처럼 결혼한다면 둘다 내 곁에 두고 마음껏 부려먹을 수 있으니까. 에린의 출신 성분이 좀 문제가 되긴 하지만 그런 건 나의 시녀라는 직함으로 밀어붙이면 그만이지 뭐. 댄도 귀족이긴 하지만 고위 귀족은 아니니까 별 문제 없을 거야. 후후후, 바람둥이 녀석, 천벌이다! 음하하하하! 그런데 이제 뭐 하지?

 카렌 녀석까지 보내놓고 나니 할 게 없다. 다시 별을 볼 기분도 아니고 그렇다고 홀로 돌아가자니 그것도 별로 내키지 않는다. 아까 전에 이미 인사할 사람들에게는 다 인사해 놨고 웬만한 귀족들에게도 얼굴 도장은 확실히 찍어놨으니 지금쯤 슬그머니 사라져도 그리 문제 되지는 않을 거다. 하지만 벌써 돌아가자니 그것도 별로 내키지 않는다. 으음… 산책이나 계속할까? 그래, 걷다가 지치면 돌아가지 뭐. 돌아가려면 에린 녀석이 필요하니 시간을 좀 줘야겠지?

 혼자 이런저런 생각을 하면서 걸었다. 걷다가 경비병이나 기사들이 보이면 다시 돌아서서 왔던 길을 돌아가고 홀로 통하는 문을 지나 반대쪽으로 걷다가 내성벽 위에서 빤히 바라보는 병사들에게 손도 흔들어주고, 그리고 다시 발걸음을 되돌렸다. 이렇게 서너 번 왕복하니까 저쪽에 있는 병사들도 흰 이를 드러내며—어둠침침해서 새하얀 이빨밖에 안 보인다—마주 손을 흔들어주기도 하고 끼리끼리 모여 있던 연인들도 눈치껏 사라지기도 하고……. 정말 남 훼방 놓는 일만 하고 있군. 하지만 남자들도 다 눈이 삔 건가? 이렇게 예쁘고 멋진 여성이 홀로 걷어다니고 있는데 말 한마디 건네는 남자 하나 없고 말이야. 흥!
"아름다운 아가씨, 샴페인 한잔 드시겠습니까?"
오오오! 왔다! 그럼 그렇지, 내가 누군데. 우후후훗!
"네, 마침 목이 말랐는데… 고마……?"
"크큭! 어지간히 놀랐나 보군. 그렇게 놀라면 쓰나?"
"커, 커트렌……?"
이, 이 자식이 어떻게 여기에? 아, 아니, 왜 내게 접근한 거지? 나를 여기로 내쫓은 빌어먹을 자식! 커트렌 폰 노베른! 이 빌어먹을 자식의 면상을 보게 되니 분노와 함께 공포가 스멀스멀 피어오른다. 내 발이 본능적으로 이 망할 녀석에게서 떨어지기 위해 뒷걸음질쳤지만 온몸이 후들후들 떨리고 있어서 고작 몇 발짝 뒤로 물러나는 게 다였다.
"너, 너……!"
"오~ 너무 오랜만에 연인을 만나서 반가운 건가? 목소리가 떨리고 있군."
커트렌은 여유만만한 표정으로 샴페인을 마시면서 내게 천천히 다가왔다. 저 능글능글한 태도는 조금도 변하지 않았어! 아아악! 보기만 해도 소름 끼쳐!
"가까이 오지 마! 더 이상 다가오면 소리 지르겠어!"
"그래? 그럼 여기 서 있으면 즐겁게 환담을 나눌 수 있는 건가? 후후후!"
"크……! 왜, 왜 나타난 거지? 뭣 때문에?"
난 소리를 지르면서 주변을 두리번거렸다. 그러면서 커트렌 자식에게서 떨어지기 위해 뒤로 물러섰다. 그 많던 인간들이 다 어디로 간 거야? 왜 하나도 눈에 띄지 않는 거지?

"그렇게 돌아본다고 뭐가 나오나? 후후후! 아까부터 주시하고 있었지. 넌 여기서도 외면받는 존재인가 보더군. 나야 네가 다른 방해꾼들을 몰아내 줘서 편하게 널 찾아왔지만 말이야."

"……."

저 빌어먹을 자식에게 도움이 됐다니 눈물이 나오도록 원통하다. 울고 싶어.

"이번에 네 결혼식이 있다는 소식을 듣고 만사를 제쳐 놓고 달려왔지. 이래 뵈도 노베른 가라고 하면 로세니아 최고의 귀족 가문이니까 말이야. 노베른 가의 후계자가 결혼식에 참석해 준다면 우리 나라로서는 최고의 예우가 아니겠어? 후훗! 그리고 내 개인적인 용무도 있고……."

"다가오지 마!"

턱!

내게 천천히 다가오는 커트렌을 피해서 뒤로 물러서다 보니 어느새 내 등에 벽이 닿았다. 난 궁지에 몰린 고양이처럼 털을 곤두세우며 악을 썼지만 저 자식은 조금도 동요하지 않는다. 이럴 수가! 난 지금껏 뭘 한 거야! 이럴 때를 위한 준비가 아니었나? 저 빌어먹을 자식은 점점 내게 다가오고……. 안 돼! 전과 같은 악몽은 이젠 싫어! 난 순간적으로 몸을 돌려 옆으로 뛰면서 도망치려고 했다.

"어딜!"

"꺅!"

머리가… 아악! 아파! 빌어먹을 자식! 남의 머리카락을……!

"큭! 도망쳐 버리면 내가 섭섭하지 않겠어? 안 그런가? 크흐흐흐!"

"아악!"

눈물이 찔끔 흘러나왔다. 나도 모르게 머리 위로 들어 올린 두 손목이 커트렌의 우악스러운 손아귀에 잡혀 위로 치켜 올려졌고 억지로 벌려진 내 입으로 빌어먹을 자식의 손수건이 밀려들어 왔다.

"우웁! 우우우!"

"한결 낫군. 안 그래?"

"우우웁!!"

"이런, 말을 못하니 답답하겠군. 하지만 우리 둘만의 시간을 방해받아선 안 되니 좀 참아. 큭큭, 그래 줄 수 있겠지?"

"우웁!"

싫어! 절대 싫어! 죽어도 싫어! 차라리 날 죽여! 으아아아악! 미쳐 버릴 것 같아! 빌어먹을 자식의 거친 숨이 내 볼이 닿을 때마다 역겨움이 밀려 올라왔다. 끔찍해! 왜 나한테만! 차라리 정신이라도 잃었으면…….

"킥! 빌어먹을 년! 두 번이나 살아남다니……. 내가 얼마나 공을 들였는데 말이야. 응? 네 아름다운 껍데기를 위해서 거액을 들여 바꿔치기할 시체까지 구해놨는데 넌 왜 살아 있는 거지? 응?"

역시 이 자식의 흉계였어! 나를 죽이기 위해서 암살자를 보내고 내 결혼식을 망쳐 버리고! 모든 게 이놈의 짓이었어!

"저런, 그렇게 인상 쓰지 말라고. 고운 얼굴에 주름지잖아. 후후후! 어서 빨리 뒈져 버려라. 그래야 네년의 몸을 박제로 만들어서 매일같이 감상할 테니까 말이야."

미쳤다. 완전하게 미쳐 버린 놈이야. 광기에 번뜩이는 저 눈. 무서워…….

"큭큭! 그런 공포에 질린 표정도 아름답군. 정말 잘 만들어진 최고의 걸작이야. 순종 교배를 통한 살아 있는 인형, 귀족들에게 상으로 내려지는 잘 키워진 물건……. 그래, 물건! 그게 바로 너다. 넌 인형으로서의 삶에 만족했어야 했어. 후후후! 겨우 인형 주제에 인간인 척하니까 이 꼴을 당하는 거야. 알겠어?"

"우우웁!!"

우득!

괴상한 소리와 함께 내 오른 발목이 안쪽으로 꺾어진 게 보인다. 그리고 내 발을 짓누르고 있는 커트렌 자식의 발과… 아아아아악!!

"오오오! 벌써 우는 건가? 그렇게 기쁜가 보지? 킥킥! 이런, 어쩌나? 이런 발로는 뛰기는커녕 걷지도 못하겠군 그래? 안 그래, 아넬리안? 어디 조용한 데 누워서 쉬고 싶지 않나? 응?"

왜? 왜? 왜 나한테만? 아아아! 신이여! 정녕 당신은 없는 겁니까? 왜 이런 잔인하고 끔찍한 악몽만이 내게 일어나는 거야!

"그 눈빛을 보니 왜 너한테 이런 일이 일어나는지 묻고 싶은가 보군 그래. 후훗! 그것도 모르다니 바보로군. 한 번만 말할 테니 잘 들으라고."

이 자식, 어떻게 남의 속마음을……. 우웃! 그보다 커트렌 자식이 갑자기 얼굴을 내게 가까이 들이밀었다. 싫어! 소름 돋아! 내가 버둥거리며 옆으로 고개를 돌리자 그자는 내 귓가에 입술을 가져다 댄 채 속삭이듯 말했다.

"내가 못 가지면 남도 못 가져. 내 소유가 될 수 없다면 차라리 부숴 버린다. 큭큭큭! 그것이 남자라는 동물의 속성이야. 알겠어?"

"……."

겨우 그런 어린애 같은 이유가 내가 고통받는 이유란 말이야? 하!

"예쁜 귀고리군. 그런데 그거 알아? 이런 큰 귀고리는 나뭇가지 같은 데 잘 걸리지. 그래서 너의 조그만 귀를 찢어버릴지도 몰라."
 밀담을 나누듯이 속삭이는 커트렌의 목소리가 내 귓가를 파고들었다. 흠칫! 나도 모르게 몸이 저절로 떨려온다. 이 미친 자식, 또 뭘……?
 으적!
 "우으읍!!"
 귀, 귀를… 내 귀를 깨물었어. 아악! 아파! 싫어! 제발 누가… 누가 좀 도와줘!!

 "지금 뭘 하고 있는 거지?"
 "누구냐?!"
 갑자기 나를 구원해 주는 목소리가 들려왔다. 커트렌 자식이 신경질적으로 소리치며 내게서 떨어져 나갔다. 하아! 다행이다. 여전히 양팔은 붙잡혀 있었지만 그래도 찢어 죽일 사내놈이 내 몸에서 떨어져 나가자 안도의 한숨이 저절로 나왔다.
 "남의 이름을 물을 때는 자신의 이름부터 밝히는 게 예의가 아닐까?"
 어둠 속에서 나를 구원해 준 상대는 커트렌 자식을 올려다보면서 물었다. 아아! 로이드 왕자였구나. 별로 마음에 들지 않는 남편이지만 지금 이 순간에는 너무나도 멋진 사나이로 보였다. 내 마음속을 가득 메우고 있던 공포가 둑 터진 제방에서 흘러나오는 물처럼 밀려들어 오는 안도감에 모조리 쓸려 내려간다. 로이드 왕자를 알아본 커트렌은 내 양손을 붙잡고 있던 팔을 놓은 뒤 재빨리 뒤로 물러섰다. 그리고는 왕자를 향해 허리를 굽히면서 말했다.
 "이왕자 전하시군요. 실례했습니다. 전 이번에 파견된 로세니아 사신단을 맡고 있는 커트렌 폰 노베른이라고 하옵니다, 전하."

"…난 뭘 하고 있었는지 물었다!"

"보시는 대로입니다, 전하. 여기 계신 아넬리안 마마와 전 보통 사이가 아닌지라 옛 생각을 하면서 잠깐 과거에 젖어 있었을 뿐입니다."

"무슨 뜻이지?"

"말씀드린 그대로입니다, 전.하. 쿡쿡쿡."

저 미친 새끼! 무슨 소리를? 그리고 로이드 왕자는 왜 그런 눈으로 날 보는 거지? 내가 뭘 잘못했다고? 나, 난…….

"자네의 이름, 기억해 두지."

"결투라도 신청하시겠습니까? 언제라도 받아드리죠, 이.왕.자. 전하."

저 빌어먹을 자식, 이왕자라는 걸 강조한다. 왜 악당들은 다 저렇게 머리가 좋은 거지? 빌어먹을! 거기다 로이드 왕자는 왜 자꾸 날 노려보는 거야? 왜?

"더 보고 싶지 않으니 꺼져라!"

"물론입니다, 전.하. 그럼 왕자비 마마와 좋은 시간 보내시기 바랍니다. 하하하!"

내게 치욕과 고통을 안겨준 커트렌 자식은 잽싸게 자리를 물러나 사라졌다. 그가 사라지고 나자 온몸의 긴장이 단번에 풀리면서 다리가 후들거렸다. 간신히 누 손으로 벽을 짚은 채 서 있는데 이왕자 녀석은 도와줄 생각도 않은 채 혼자서 인상을 쓰고 있다.

"우우움!"

"입에 든 그거나 빼고 말하도록 하시오."

아직도 손수건을 물고 있었나? 정신이 없었군 정말. 난 손을 들어서

정의의 이름

내 침으로 축축하게 젖은 손수건을 빼 든 뒤 그것을 바닥에 팽개쳐 버렸다. 생각 같아서는 확 태워 버리고 싶지만 젖어서 탈 것 같지도 않다.

"콜록콜록!"

"…이해할 수 없군. 왜 저 남자와 여기 있었던 거지?"

"콜록! 그걸 말이라고 묻는 건가요?"

"내가 당신을 상대해 주지 않아서인가?"

"아니에요, 그건."

"난 이해할 수 없어. 당신은 나와 결혼했어. 그런데 결혼한 지 얼마나 됐다고 벌써 다른 남자와……."

"오해예요!"

"그럼 내가 본 건 뭐지?"

"그건……."

뭐라고 해야 하지? 강간당할 뻔하다가 살인 미수였던 사이라고? 아니면 저 커트렌 자식은 미쳐서 아무한테나 시비 건다고 말할까? 내가 생각해도 웃기지도 않는다. 하지만 내가 더 신경질나는 건 나를 의심하고 있는 로이드 왕자의 눈빛이었다. 난 아무런 잘못도 한 적이 없다고! 난 피해자야!

"왜 말을 못하지? 나에게 할 말이 있지 않나?"

"……."

"후우! 내가 비록 어리긴 하지만 그래도 난 당신의, 아니, 됐어. 나 먼저 들어갈 테니 연회… 즐기다 돌아오라고."

그렇게 말을 마친 로이드 왕자는 조금의 망설임도 없이 몸을 돌리더니 뚜벅뚜벅 걸어가 버린다. 점점 멀어지는 로이드 왕자의 뒷모습을 보고 있자니 겁이 났다. 여기 있다간 또다시 커트렌 자식과 마주칠 것 같은 불길한 생각이 들었다. 그래서 나도 모르게 본능적으로 소리쳤다.

"자, 잠깐만요! 기다려요! 거기 서요!"

다행히 내 절규에 가까운 외침을 들었는지—못 들을 거리는 아니다. 못 들었다면 귀를 막고 있었다는 거겠지—로이드 왕자의 발걸음이 멈췄다. 그가 멈추지 불안함이 조금씩 시러진다. 난 절뚝거리며 힘겹게 걸음을 옮겼다.

"기다려 줘요! 제발! 아앗!"

쿵!

발을 헛디딘 난 그대로 볼품없이 바닥을 구르면서 이마를 찧었다. 아파. 하지만 겨우 멈춰 세운 왕자가 이런 내 꼴을 보면 비웃으며 돌아가 버릴지도 몰라. 난 기를 쓰면서 일어서려고 했다. 하지만 맥이 탁 풀려 버린 몸은 조금의 힘도 들어가지 않고 엎드린 채 헛손질만 하면서 허우적거릴 뿐이었다.

"후우······."

이런 내 망신스러운 몰골을 바라보던 로이드 왕자는 길게 한숨을 내뱉더니 내게 다가와서는 나를 그대로 번쩍 들어 올렸다.

"어쨌든 부인이니까······."

뭐야, 저 동정하는 듯한 말투는? 그래도 조금은 안심이 된다. 한 살이나 어리긴 하지만 나보다 한 뼘이나 더 큰 키의 로이드 왕자는 나를 거뜬히 안아 올리고도 거침없이 돌길을 걸어갔다. 역시 남자구나. 내 기 이리디고 너무 무시했던 걸까?

"보기보다··· 무겁군."

정의의 이름 205

취소! 모두 취소! 조금 좋게 보였던 것도 취소! 이 녀석은 어쩔 수 없는 어린애야! 아직 백 년은 더 커야 돼! 여자의 맘도 모르는 멍청이!

나와 로이드 왕자는 정원 한가운데 당당히 솟아 있는 커다란 나무 아래 나란히 주저앉았다. 밤이 늦었기 때문에 이미 연회는 거의 파장 분위기였고 대부분의 귀족들은 이미 돌아가거나 숙소로 돌아간 뒤였다. 덕분에 우리 주위에는 아무도 없었고 홀 주변에서만 뒷정리를 하는 시종과 시녀들이 돌아다니고 있었다. 아무 말도 안 하고 가만히 앉아 있기를 30분. 나는 괜히 죄도 없는 잔디를 뜯어내면서 로이드 왕자의 눈치를 살폈다. 이런 내 시선을 느꼈는지 나무 사이로 하늘을 올려다보고 있던 로이드 왕자가 내게 고개를 돌렸다.

"다시 물어서 미안한데 역시 난 이해할 수 없어. 그자, 커트렌이라는 놈을 어떻게 생각하지?"

"미친놈이요."

"쿡! 그럼 그에게서 연정이라든가… 뭐… 그런 건?"

"제가 그놈에게 가지고 있는 감정은 분노와 공포뿐이에요."

"진심으로 하는 말인가?"

"제가 왜 거짓말을 하죠? 그런 빌어먹을 새끼와 아는 사이라는 것 자체가 수치인걸."

"그럼 다시는 안 볼 건가?"

"물론이에요! 그 능글능글한 면상은 생각만 해도 역겨워요. 그런 놈이랑 이야기를 하느니 차라리 오우거와 키스를 하겠네요."

"푸하하하!"

뭐가 웃기다고 웃는 거야? 설마 내가 오우거와 키스하는 장면을 상상하는 건 아니겠지? 으… 생각해 보니 그건 좀 끔찍하다. 키스하다 먹혀 버리지 않을까? 으음… 배를 잡고 쾌활하게 웃어 젖힌 로이드 왕자는 눈물을 찔끔거리면서 나를 보며 말했다.

"쿡쿡, 그럼 믿어도 되겠지? 푸후후."

"물론! 약속하고 맹세하고 제 이름을 걸죠! 절대! 그 빌어먹을 자식과는 다시는 마주치지 않을 거예요! 절대로!"

"그래, 그럼 됐어. 당신의 과거가 어떻든 간에 지금은 내 부인이니까. 이제 우리도 갈까? 시간이 많이 늦었군."

쳇! 왠지 내가 밀리는 것 같잖아. 그래도 로이드 왕자가 화를 풀었으니 됐지만……. 어어? 그런데 내 과거? 뭐, 뭐얏? 난 부끄러운 과거 따위 없다고! 그럴 시간도 없었고. 거기다……. 관두자. 말해 봐야 믿어 주지도 않을 것 같고 그냥 편하게 생각하도록 놔두지 뭐. 엉덩이를 툭툭 털고 일어선 로이드 왕자는 그대로 가버릴 듯하더니 내 앞에 쭈그리고 앉았다.

"업혀."

"네? 하지만……."

"그럼 그 발로 궁까지 걸어갈 건가?"

"그래도……."

"싫다면 여기서 기다리고 있어. 가서 아무나 한 명 데리고 올 테니까."

"아, 아니에요! 업힐게요."

난 로이드 왕자의 마음이 변하기 전에 잽싸게 그의 등에 매달렸다. 드레스 덕분에 업히는 게 조금 힘들었지만—덕분에 드레스 자락이 허벅지 아래까지 올라왔다—로이드 왕자는 손쉽게 나를 업고 일어서더니 터벅

터벅 소리를 내면서 왕자궁으로 향했다. 남자의 등이 이렇게 따뜻한지는 몰랐네. 여기서 자면 안 되는데… 꾸벅… 꾸벅…….

한참 잘 자고 있는데 시끄러운 소리가 들려서 살짝 눈을 떠 보니 새하얀 천장이 눈에 들어왔다. 으음, 여긴 어디지? 고개를 살며시 들어서 주변을 둘러보니 왕자궁이다. 언제 돌아온 거지? 끙! 몸을 일으키려는데 왠지 힘이 빠져서 움직일 수가 없다. 난 그대로 포기하고 다시 드러누웠는데 촉감을 보니 아마도 침대는 아니고 소파인 듯했다. 커트렌 녀석에게 밟혀서 꺾였던 발에는 차가운 물수건이 올려져 있고 손으로 얼굴을 매만져 보니 화장도 지워져 있다. 거기다 속치마 차림이다. 이것들을 종합해 보자면 언 놈이 내가 자고 있는 사이에 멋대로 일을 벌인 겨. 그럴 리가 없지. 에린이라도 불러볼까?

"커트렌 폰 노베른이라는 자, 어떤 녀석이지?"

"노베른 가… 입니까, 전하?"

내가 막 입을 열려고 할 때 로이드 왕자와 댄의 목소리가 소파 너머에서 들렸다.

"그래, 그렇게 들었어."

"흠… 로세니아 귀족가의 실질적인 수장입니다, 전하. 노베른 가의 현 가주인 에스른 폰 노베른 공작은 왕실 재상 직과 군무 대신 직을 역임하고 있고 그쪽 귀족원의 수장 직도 겸하고 있다고 합니다. 거기다 수천의 사병과 커다란 철광, 그리고 많은 대장장이 등을 보유하고 있어서 그쪽 국왕을 제외하고는 최고의 권력자라고 보서도 됩니다. 최근 들리는 소문으로는 왕의 권력도 뛰어넘었다고 합니다만…….

"그런가? 역시 믿는 구석이 있었군."

"그… 일입니까? 하지만 전하, 정말로 오랜만에 만나는 사이라서 그랬을 수도……."

"자네라면 여자의 양손을 결박하고 입에 손수건을 물린 채 억지로 강요하는 게 친인 사이에 있을 수 있는 일이라고 생각하나?"

"그건 아닙니다만……."

"워렌 자작, 자네도 여자를 많이 섭렵해 봐서 알겠지만……."

"전 억울합니다, 전하! 제가 바람둥이처럼 보여도 전……."

"억지로는 안 한다? 유혹해서 넘기나 힘으로 쓰러뜨리나 다 똑같지 않나?"

"다릅니다! 절대 다릅니다, 전하!"

"그러고 보니 자네와 아넬리안 사이에 불륜 소문이……."

"모함입니다!! 억울합니다!! 정말로 전……!"

"됐어, 됐어. 농담이야. 요 며칠 살펴보니 아넬리안도 자네 같은 바람둥이는 싫어하는 것 같으니 걱정 말게."

"그 점은… 다행입니다만……."

"하여간 그 커트렌이라는 자, 약점을 찾아봐. 빚이 있으니 갚아주는 게 인정이니까 말이야."

"하지만 잘못되면 외교 문제로 비화될 수도 있습니다, 전하."

"난 형님과 내 동생 마틴을 사랑해. 그래서 난 조용히 지내길 원하는 거야. 하지만 그렇다고 타국의 별 볼일 없는 귀족 따위가 내게 이를 드러내는 걸 보고만 있을 정도의 겁쟁이는 아니야. 앞으로도 내 밑에서 일하고 싶다면 시키는 대로 해, 워렌 자작."

"에, 전하. 조속한 시일 내로……."

"빠르면 빠를수록 좋을 거야. 늦으면 내가 화를 낼지도 모르니까.

그럼 밤이 늦었으니 가보도록. 나도 이만 들어가서 자야겠어."

"예, 편안한 밤 되십시오, 전하."

부스럭거리는 소리와 함께 문이 열렸다가 닫히는 소리가 들려왔다. 아아! 둘 다 빨리 가버려라. 나도 침대로 가고 싶으니까. 그런데……

"후우, 아직도 자는 건가? 정말 속 편하게 잘도 자는군."

눈을 감은 채 자는 척하고 있는 내 앞에 서서 로이드 왕자가 이렇게 말하는 게 아닌가? 에에잇! 가버리란 말이야! 그래야 나도 일어나서… 우왓!

"흠, 역시 조금 무겁군."

갑자기 로이드 왕자가 날 들어 올렸다. 어쩌지? 깨어난 척할까? 아니면 계속 자는 척해야 하는 건가? 우엑! 모, 목이 뒤로 꺾였어. 이봐! 안아 올릴 거면 좀 제대로 안아줘! 목이 아프잖아! 쿵! 아악! 손등이 테이블에 부딪쳤잖아! 이봐! 이봐!! 이런 눈물나는 내 심정—정말로 아팠다—을 아는지 모르는지 로이드 왕자는 나를 침대 위에 내려놓더니 이불을 덮어주었다. 휴~ 이제 빨리 가… 버리지 않고 왜 침대 안으로 들어오는 거얏! 아악! 그러고 보니 아침에 에린이 이제부터 같이 잔다고 했던 게 지금에서야 생각났다. 우! 술이 웬수구나.

다행히도 침대는 데굴데굴 굴러다녀도 될 정도로 넓어서 이 빼어나고 아름다운 여체에는 별 관심이 없는 로이드 왕자는 침대 반대 편으로 기어가더니 이불을 덮고 누웠다. 그리곤 잠이 들었다. 아마도 고르게 숨소리를 내면서 미동도 하지 않는 걸로 봐서 잠든 것 같다. 하지만 난 얼마 동안이었는지는 모르지만 이미 한잠 자고 난 뒤였고 거기다 남자랑 한 침대를 쓴다는 사실에 긴장돼서 잠이 오지 않았다. 제정신이 박힌 여자라면 당연한 반응이라고. 이건 일어날 수도 없고 그렇다고 잠도 안 오고……. 양이라도 세어볼까? 양 한 마리, 양 두 마리, 양 세 마리…….

빌어먹을 양 천백스물두 마리, 튀겨 버릴 양 천백스물세 마리, 삶아 먹을 양 천백스물네 마리……. 안 해! 안 해! 에이씨! 잠도 안 오잖아! 난 신경질적으로 몸을 벌떡 일으켰다. 덕분에 푹신한 매트리스가 깔린 침대가 출렁였지만 이미 잠이 든 로이드 왕자가 깨거나 하지는 않았다. 혹시나 나처럼 자는 척하는 게 아닐까 해서 그의 눈가에서 손을 흔들어보고 볼을 쭉―이거, 들키면 혼날까?―늘여보기도 했지만 왕자는 내 손길이 귀찮은지 '우웅' 하고 소리를 내면서 돌아누워 버렸다. 아주 잘 자는 것 같다. 남은 복잡한 심정이어서 잠도 안 오는데 말이야.

조심스럽게 침대를 빠져나온 나는 벽을 짚어가면서 거실로 나왔다. 네 개의 초가 꽂혀 있는 촛대를 들어 올린 나는 벽에 걸린 초에서 불을 옮겨 붙인 뒤 그것을 들고 거실 중앙의 테이블로 향했다. 다행히 다들 자고 있을 시간이라 그런지 테이블 위에는 와인 병 몇 개가 놓여 있었는데 의자에 주저앉아 하나하나 흔들어보니 와인이 반쯤 들어 있는 병을 찾을 수 있었다. 다행이군. 이거라도 없었다면 가서 누구라도 깨워야 했을 텐데 말이야.

"휴~ 정말 사는 게 왜 이렇게 힘든 거야?"

이런저런 여러 가지 일들이 있었지만 그 어떤 것 하나도 다시는 겪고 싶지 않은 일들 뿐이다. 난 불행의 별 아래서 태어난 가련의 소녀가 아닐까? 피식! 내가 생각해도 웃긴다. 하지만 그 웃긴 생각이 요즘 들어서는 진짜가 아닐까 싶을 정도로 난 운이 없는 것 같다. 에이, 술이나 마시자. 오늘은 전처럼 취하면 안 되니까 적당히 마셔야지.

정의의 이름 211

내가 우아하게—봐주는 사람은 없지만—술을 마시고 있는데 갑자기 복도로 이어진 문이 끼이익 하는 작은 소리를 내면서 열렸다. 누가 이런 새벽부터 돌아다니나 해서 열린 문을 바라보니 빨간 머리의 소녀가 터덜터덜 들어오다가 나를 발견하고는 깜짝 놀라는 표정을 지었다.

"카렌이구나. 이 시간까지 뭐 하는 거야?"

"……."

역시 대답이 없다. 하긴 저게 카렌다운 거겠지만…….

"늦었다. 가서 자. 어린애는 어린애답게 많이 자고 쑥쑥 커야지."

"미안."

"응?"

"미안. 못 지켜줬어. 미안."

"뭐?"

"……."

"들은 거야?"

"응."

"그거라면 괜찮아. 다행히 아무 일 없었잖아. 그런 걸로 미안해하지 않아도 돼."

"하지만… 난 주인을 지키기 위해서 있는 건데… 그런데……."

"카렌, 이리 와."

내가 부르자 카렌은 순순히 내게 다가왔다. 난 카렌의 작은 몸을 들어 올려서 내 무릎 위에 올려놓은 뒤 머리를 쓰다듬어 주었다.

"어린애면 어린애답게 굴어. 네 탓이 아니야. 이런 일로 괜히 자책할 필요 없어."

"……."

당장이라도 울어버릴 것 같은 표정이군. 왜 내 주변엔 이렇게 애들뿐일까? 내가 특별히 아이들을 좋아하는 것도 아닌데 말이야. 아니, 오히려 떼 쓰고 말 안 듣는 아이들을 싫어하는 편인데. 그런데 내가 머리를 쓰다듬어 주고 있을 때 갑자기 카렌 녀석이 내 손을 탁 하고 치더니 내 품에서 빠져나갔다. 그리고는 등을 돌린 채 볼멘소리로 말했다.

"어린애 취급 싫어."

"그래? 싫으면 말아라."

"…치~"

그러게 왜 툴툴거리래? 내 대답에 단단히 삐쳤는지 카렌 녀석은 볼을 부풀리면서 나를 노려보았지만 무섭긴커녕 귀엽기만 하다. 하지만 저래 보여도 사람 한둘쯤은 아무런 망설임 없이 죽이는 아이지, 저 애는. 아마도 내 명령이라면 아무런 망설임 없이 국왕의 목숨도 노릴 녀석이다. 그래, 암살이라…….

"카렌."

"……."

"독약 구할 수 있어? 효과 좋은 걸로. 먹으면 즉사하거나 하는……."

"여기선 안 돼. 밖에 나가야 있어."

"얼마나 걸리지?"

"일주일… 정도."

일주일이라……. 연회는 3일 동안 계속된다고 했지? 오늘은 끝났으니 앞으로 이틀인가? 시간이 안 맞는구나.

"너도 커트렌 자식에 대해서 들었겠지?"

카렌은 대답없이 작게 고개만 끄덕였다.

"시간을 줄 테니까 나가서 한번 구해봐. 그리고… 그 빌어먹을 자식,

죽여 버려. 아마 2~3일 뒤면 돌아갈 테니 돌아가는 사신 행렬 사이에 끼어들 기회가 있을 거야."

"…싫어."

"뭐?"

카, 카렌이 내 명령을 거부하다니! 이럴 수가?

"싫어. 떨어지기 싫어. 나 안 가."

"…내 곁에 있고 싶다는 거야?"

"응."

하~ 이걸 어떻게 받아들여야 할지……. 좋아해야 하는 건가? 하지만 나도 포기하긴 싫은데……. 으음… 그렇다고 무기로 죽이는 건 너무 노골적이고 또 커트렌 자식도 검을 꽤 잘 쓴다고 들었으니 카렌이 실패할 수도 있지. 어떡한다? 그냥 억지로 가라고 시켜볼까? 아니야. 그 빌어먹을 자식, 그래도 로세니아에서는 잘나가는 귀족이지. 내 개인적인 원한 때문에 전쟁이 일어나게 되면 조금 찔리잖아? 역시 포기해야 할까나? 그러기엔 원한이 아주 조금 깊은데…….

"카렌, 전에 준 거, 그거 가지고 있어?"

"응."

카렌은 내 말에 대답한 뒤 작은 유리 병 하나를 꺼내 들었다. 역시 카렌이로군. 크크크. 비록 죽이지는 못하겠지만 최소한 찢어지는 아픔 정도는 선사해 줘야겠지?

"그거, 커트렌 그 자식에게 먹여. 수단과 방법 가리지 말고. 알았지? 필요한 게 있으면 뭐든지 말해. 원한다면 로이드 왕자의 검이라도 빌려줄 테니까."

"…응."

"이 정도라면 해줄 수 있겠지?"

"응."

"그래, 착하구나. 이제 가보렴."

카렌은 내 말에 순순히 고개를 끄덕이고는 멀쩡한 방문을 놔두고 창가로 걸어가 창문을 연 뒤 밖으로 나갔다. 그리고는 밖에서 창을 닫은 뒤 조그만 쇠 막대기 하나로 창의 걸쇠까지 걸어놓고는 2층 테라스로 밧줄을 던지더니 잽싼 몸놀림으로 올라가 버렸다. 정말 들고양이 같은 몸놀림이네? 매일 저렇게 돌아다니는 걸까? 뭐, 나야 저렇게 카렌이 순찰 돌아주면 맘 편하게 잠잘 수 있어서 좋지만 말이야.

내가 카렌 녀석에서 건네줬던 물건은 유동나무 기름을 짠 원액이었다. 이 동유를 사람이 먹으면 입으로 먹었던 게 그대로 아래로 나온다는 말이 있을 정도로 지독한 물건이다. 보통은 약용으로 사용하는 것인데 의사의 처방없이 멋대로 먹었다간 탈수증으로 죽을 수도 있다. 거기다 순 기름인지라 한번 먹으면 물로 씻겨 내려가지도 않고 다른 약도 없어서 설사를 멈추게 할 방법이 없다. 또한 내가 구해다 달라고 한 건 불순물이 하나도 없는 순수한 동유이기 때문에 저 유리병에 든 걸 다 먹었다간 한 일주일은 화장실 주위에서 떠나지 못할 것이다. 솔직히 이런 애들 장난 같은 짓을 하는 건 별로 마음에 들지 않지만 동유라면 독 검별에도 걸리지 않을 테고 정말로 저걸 다 먹어치워서 일주일 동안 내내 화장실을 들락날락거리면 앞으로 한 달 정도는 침대 위에서 생활하게 될 테니 오늘 당한 치욕의 백 분의 일쯤은 갚아줄 수 있을 것 같은 생각이 들었다. 나머지는 나중에 이자까지 몰아서 갚아줘야지. 거기다 로이드 왕자도 그놈에게 이를 갈고 있는 것 같으니까 굳이 내가 앞에 나서지 않아도 될 것 같다는 생각에 가볍게 경고나 하자는 마음으로 추진하라고 한 것이다.

난 혼자서 킥킥거리면서 바짓자락을 부여잡고 화장실 앞에서 발을 동동 구르고 있을 빌어먹을 커트렌 자식을 생각하면서 와인 병을 비웠다.

"…응?"

벌써 다 마신 거야? 반이나 남았었는데……. 정말 와인은 향을 음미하면서 한 모금씩 천천히 마셔야 하는 건데 말이야. 이래서야 주정뱅이가 마구 퍼마시는 거랑 똑같잖아? 에이, 가서 잠이나 자야지. 난 벌떡 일어서려다가 다시 털버덕 주저앉았다. 어라? 벌써 취한 건가? 어질어질하네? 푸힛! 그래도 술 취해서 그런지 발의 통증이 훨씬 덜하다. 나는 발을 몇 번 굴러본 뒤에 테이블을 짚고 일어섰다. 그리고는 절뚝거리면서 침실로 돌아갔다.

로이드 왕자가 자고 있는 침실로 돌아와 보니 자고 있는 줄 알았던 왕자가 실눈을 뜨고 안으로 들어오는 날 보다가 베개에 머리를 파묻는 게 보였다. 오호~ 저 어른스럽고—나이에 걸맞지 않게 애늙은이 같은—진중한 로이드 왕자도 아직은 첫날밤이 무서운 어린애였군. 훗! 이 사실을 알게 되니 왠지 기분이 좋아진다. 나만 불편하고 떨린 게 아니었나 보네? 그렇게 생각하니 침대 위에서 자는 척하고 있는 로이드 왕자가 굉장히 귀여워 보인다. 콱 깨물어주고 싶어지는걸?

"웃차!"

내가 힘겹게 침대 위에 걸터앉자 매트리스가 요동을 치면서 출렁거렸다. 왕자의 몸도 위아래로 흔들렸는데도 불구하고 돌아누운 자세 그대로다. 이거야 원, 그냥 모르는 체 넘어가려 해도 너무 티가 나잖아!

헤헷! 헤헷!

나는 미친 것처럼 실실거리면서 침대 위로 기어올라 가서는 옆으로 돌아누워 있는 로이드 왕자의 몸에 손을 대었다.

움찔!

홋! 누가 잡아먹나? 왜 몸을 떠는 건데? 장난기가 발동한 나는 로이드 왕자의 어깨를 잡고 옆으로 잡아당겼다. 그러자 촛불에 반사된 검은 눈동자 한 쌍이 나를 올려다보았다.

"안 자고 있었네요?"

"…그대도……."

"후훗! 잠이 와야지 말이죠. 조금 불쾌한 일도 있었고… 음…또… 헤헷……."

"그런 것치고는 잘 웃는군. 술 마신 거야?"

"쬐에끔이요. 아주 쬐끔. 왕자님도 마셨잖아요? 나만 마신 건가 뭐?"

내가 투덜거리자 로이드 왕자는 '님? 님이라니? 취했군, 취했어' 하고는 고개를 절레절레 저으면서 중얼거렸다. 뭐야? 자기도 아까 마셔 놓고 난 안 된다는 거야? 흥이다!

"끙차!"

"…이봐!"

후훗! 난 투덜대는 왕자의 배 위로 기어올라 간 뒤 그 위에 올라탔다. 그리고는 양손으로 가슴을 누르면서 입을 삐죽였다.

"아까 나보고 무겁다고 했었죠? 여자들이 그런 말에 얼마나 상처받는지 알아요? 당신, 너무 심했다고요 정말……."

"…이거 몇 개로 보이지?"

로이드 왕자가 내 눈앞에 손가락 두 개를 펴 보이면서 말했다. 정말 누굴 주정뱅이로 아는 거야?

"세 개! 나 안 취했다니까요! 정말이에요!"

"끄응……!"

내가 악을 쓰면서 말하자 억지로 몸을 일으키려고 힘을 쓰던 로이드 왕자는 '두 갠데…' 라고 작게 중얼거리며 그대로 풀썩 무너졌다. 그런 로이드 왕자의 몸 위에 길게 엎드려 찰싹 달라붙은 나는 왕자의 귀에 대고 작게 속삭였다.

"내 과거 운운했었죠? 직접 확인해 봐요. 당신의 두 눈으로."

"……"

내 말에 얼굴을 붉힌 로이드 왕자가 갑자기 나를 붙잡고 옆으로 굴렀다.

"꺄앗!"

이러면 내가 밑에 깔린 게 되네? 후헤헤! 나도 모르게 웃음이 나왔다. 하지만 그 웃음도 진지한 눈으로 나를 내려다보는 로이드 왕자의 눈빛 앞에서는 조용히 수그러들었다. 내 귓가에 손을 대고 나를 내려다보던 로이드 왕자는 예의 그 무뚝뚝한 말투로 말을 꺼냈다.

"아플지도 몰라."

하여간 저 성격이 어디 갈까. 뭐, 이 정도는 가끔은 용납해 줄 수 있다고.

"그것도 책에서 본 건가요?"

"…응."

"킥!"

"웃지 마!"

푸훗! 하지만 웃긴 걸 어쩌라고. 내가 나도 모르게 실실 웃어대자 그 덕분에 로이드 왕자는 내 위에 올라탄 채 아까의 나처럼 입을 삐죽이면서 투덜댔다. 그런 그에게 양손을 뻗어 목을 감싸 쥔 나는 그에게만 들리도록 작게 속삭였다.

"키스해 주세요."

내 말에 로이드 왕자가 고개를 살짝 끄덕인 뒤 내 쪽으로 얼굴을 가까이 하자 그의 검은 눈동자가 점점 커지는 걸 죽 바라보던 나는 살짝 눈을 감았다.

화를 내는 그의 모습이 보였다. 등을 내보이는 그의 뒷모습이 보였다. 미안하다고 말하는 그의 얼굴이 떠올랐다. 그리고 나를 안아 드는 그의 모습이 생각났다. 여러 가지 모습의 그가 머리 속으로 빠르게 스치고 지나갔다. 그렇게 수십 명의 로이드가 지나간 뒤 맨 처음 그를 보았을 때가 생각났다. 나를 외면하던 그의 옆 얼굴……. 어쩌면 그때부터였을지도 모른다. 확신할 수는 없지만……. 지금 난 간절히 원하고 있다. 이 사람의 아이를 낳고 싶다. 이것이 지금 내가 원하는 유일한 소원…….

…햇살이 눈부시다. 눈을 감고 있는데도 눈꺼풀 사이로 새하얀 빛이 스며들어 오는 듯한 기분이 들었다. 살짝 눈을 떠 보니 밝은 햇빛이 방 안을 한껏 비추고 있었다. 잘 때 커튼을 안 쳤구나. 하긴 그럴 정신도 없었지만.

"하암~"

난 작게 하품을 하면서 상체를 일으켰다. 그런데 좀 춥… 앗! 옷을

정의의 이름 219

벗고 있었지? 정신머리 하고는……. 다시 침대 시트 속으로 들어가면서 침대 밑으로 손을 뻗어 내 속옷을 찾았다. 그런데 다 어디로 간 거야? 왜 손에 잡히는 게 없지? 에잇! 손에 안 잡히면 직접 보면서 찾으면 되지 뭘. 난 꾸물거리면서 침대 속을 기어다니며 침대가로 머리를 내놓고 내 옷들을 찾았다. 방바닥에는 내 잠옷과 속옷들이 로이드 왕자의 것과 뒤섞인 채 흩어져 있어서 찾기 힘들었지만 손을 조금만 뻗으면…….

"……."

"…뭘 봐?"

상체를 드러낸 채 손을 뻗고 있는 나를 창밖에서 빤히 바라보고 있는 카렌. 저것이……! 내 말을 무시한 카렌은 나를 빤히 바라보고 있다가 이내 고개를 돌리더니 창틀 사이와 격자를 밟고는 2층으로 올라가 버렸다. 젠장, 앞으로는 커튼은 꼭 치라고 해야지.

속옷을 챙겨 입은 나는 머리를 한데 모은 뒤 빗으로 엉킨 머리카락을 빗어 내렸다. 평소라면 그냥 에린에게 하라고 시키면 그만이겠지만 지금은 로이드도 옆에 있고 하니 내가 해야지 뭐. 머리를 빗으며 고개를 살짝 돌려서 아직도 곤히 자고 있는 로이드의 얼굴을 바라보았다. 무방비한 모습으로 쿨쿨거리며 자는 걸 보니 깨물어주고 싶을 정도로 귀엽다. 손가락을 살짝 들어서 볼을 쿡쿡 찔러보았다.

"우움……."

로이드는 베개에 얼굴을 몇 번 문지르더니 고개를 반대쪽으로 돌리고 다시 잠이 든다. 아아! 정말 눈꺼풀에 뭐가 씌긴 씌었나 보다. 저런 왕자의 뒷모습도 너무 예뻐 보이다니 말이야.

내가 열 살도 채 안 되었을 때 시녀들이 잡담을 하고 있는 걸 몰래

엿들은 적이 있다. 세니라는 젊은 시녀의 이야기였는데 그녀는 로세니아의 근위 기사단에 속해 있는 기사와 사귀고 있었다. 둘은 사랑을 나누고 같은 침대에서 일어난 적이 몇 번 있었다고 하는데 아침에 일어나 침대에 누워 있는 그 기사의 무방비한 모습을 보고 있자면 꼭 안아주고 싶을 정도로 사랑스러웠다고 했다. 그 기사는 나도 알고 있는 사내였는데 아르케네스보다 크고 덩치도 좋으며 얼굴도 커서 굉장히 무서워했던 기억이 난다. 성격은 소 같아 전쟁터에 나가면 불 맞은 들소처럼 날뛰었지만 평소에는 유순한 성격인 데다가 여자 앞에서는 더욱더 순해진다고 했다. 하지만 그래도 커다랗게 생긴 각진 얼굴과 근 2m에 달하는 엄청난 체구는 귀여움과는 조금도 인연이 없어 보였다. 그런 그를 보고 귀엽다고 말하는 세니가 이상하게 생각되었었는데 막상 내가 그녀와 같은 상황을 겪게 되니 모든 게 이해가 된다. 로이드 왕자, 귀엽다. 거기다 어리고 잘생겼잖아? 금상첨화지. 우후후!

자아~ 다 빗었다. 이제 머리 끈으로 묶고… 까앗! 누가 내 머리카락을 잡아당기는 거야? 아파라~ 살짝 눈물이 나려는 걸 손등으로 쓰윽 닦은 후 뒤를 돌아보자 초롱초롱한 눈망울의 새까만 검은 눈동자가 나를 올려다보고 있다.

"깼어요?"

"응."

"그럼 제 머리카락 좀 놔주세요."

"싫어."

에에? 로이드 왕자는 내 긴 머리채를 더욱더 말아 쥐면서 전혀 놓아줄 기색이 아니다. 이래서는 일어나지도 못하잖아.

"일어났으면 아침 식사라도 해야죠. 어서 일어나요."

"그래도 싫은걸?"

"…때려줄까 보다."

"감히 하늘 같은 남편을 때리겠다는 거야?"

"홍이네요 뭐. 그런데 여기 제 남편이 어디 있어요? 안 보이는걸? 엄마한테 어리광 부리는 어린애는 한 명 있지만요."

"쳇!"

내 말에 삐쳤는지 로이드 왕자는 내 머리카락을 둘둘 말고 있던 손을 풀었다. 하지만 난 침대가에서 일어서지 못했다.

"꺄앗!"

로이드 왕자가 갑자기 내 허리를 감싸 쥐고 당겼기 때문이다. 우우! 덕분에 난 다시 침대에 누워야 하는 신세가 되었고 발버둥을 치며 빠져나가려고 했지만 두 손으로 허리를 붙잡고 매달리는 남자의 완력을 풀어낼 재간이 있어야지. 이럴 땐 팔꿈치로 면상을 한 대 후려갈기고 수도로 목덜미를 내려치면 깔끔하게 마무리된다고 닐크에게 들었던 적이 있지만 그럴 수야 없겠지? 결국 깔끔하게 포기한 나는 왕자 쪽으로 돌아누웠다. 그러자 기다렸다는 듯이 로이드가 내 품으로 파고든다.

"엉큼하게 어딜 만지는 거예요?!"

"뭐 어때, 부부 사이인걸."

"아무리 그래도… 꺅! 싫어!"

나보다 키도 큰 녀석이 내 가슴에 얼굴을 파묻고 달라붙으니까 징그럽잖아! 내가 왕자를 떼어놓으려고 버둥거리자 로이드는 더욱 내게 들러붙어서 떨어지지 않으려고 낑낑댔다. 아침부터 이게 뭔 꼴이람?

결국 먼저 지쳐 버린 난 그대로 누워서 로이드 왕자에게 팔베개를 해주는 신세로 전락해 버렸다.

"아프잖아. 후……."

로이드 왕자는 내 가슴을 쿡쿡 찔러보다가 내게 물린 검지를 쪽쪽 빨면서 투덜댔다. 그러게 누가 숙녀 가슴을 함부로 찔러보랬나? 한번만 더 그러면 피나도록 깨물어줄 테다. 흥! 하아… 그나저나 이 어린 남편, 완전히 애가 된 것 같아. 바로 어제까지만 해도 누구한테나 퉁명스럽고 불성실한 태도였는데 지금 내 팔을 베고 있는 모습을 보니 사람 하나 망가지는 건 하룻밤이면 충분하다는 진리를 인정할 수밖에 없구나.

"오늘은 도서관 안 가요?"

"응? 뭐… 하루쯤 쉬는 것도 나쁘진 않겠지."

"…흐음……."

완전히 빠져 버렸군, 이 남자. 나쁘지는 않지만, 아니, 오히려 좋아해야 하지만 그래도 왠지 좀 찜찜하다. 내 시간을 모조리 잃어버린 기분이잖아.

"식사도 방에서 하실 거예요?"

"응."

중증이다. 이거 잘못 발을 들여놓은 것 같은데? 어째 내 무덤을 파버린 것 같은 생각이 머리 속에서 떠날 줄을 모르는구나. 이래서야 운동은 고사하고 이 방 밖으로 나가보지도 못하겠네. 이 방 안의 사정을 잘 아는 건지 아니면 눈치가 좋은 건지 시종도 시녀도 아무도 와볼 생각도 않고. 어떻게 핑곗거리라도 만들어봐야 할 텐데…….

똑똑!

노크 소리가 들려왔다. 휴~ 다행이다. 로이드 왕자가 저쪽으로 신경 쓰는 틈에 빨리 여기서 나가야……

"누구야? 아무도 들어오지 마!"

이봐, 그렇게 소리쳐 버리면 난 어쩌라고!! 내가 로이드 왕자의 심한(?) 처사에 분노하고 있는데 갑자기 문이 벌컥 열렸다. 아앗!!

"꺅!"

난 속옷 차림이란 말이야! 문이 열리는 걸 본 내가 침대 시트를 한껏 끌어당겨서 몸을 감싸자 나와 같은 처지의 로이드 왕자도 시트를 돌돌 말면서 목만 내민 채—나 역시 같은 처지였다—감히 문을 벌컥 열어젖힌 침입자를 바라보았다.

"똑똑! 나다."

"브래드릭 형님!"

"저, 전하……!"

우아앗!! 어떡해! 얼굴이 화끈 달아오르잖아! 난 몰라! 어떡해! 쥐구멍이라도 찾고 싶어어어어!!

"이거 웬만하면 기다려 주고 싶은데 나도 좀 바빠서 말이지."

"형님!"

"미안하다니까. 그나저나 보기 좋은걸? 엘린은 둘 사이가 좀 안 좋은 것 같다며 걱정하던데 괜한 걱정이었나 보네?"

"나갈게요! 그러니까……"

"아아, 기다리마, 사랑하는 동생아. 너무 기다리게만 하지 말아다오."

그렇게 말을 마친 브래드릭 전하는 싱긋 웃으면서 방을 나가며 문을 닫았다. 설마 저 일왕자 전하도 댄 녀석과 같은 부류? 으… 끔찍한 상상이…….

 괜히 꾸물대다가 못 볼 꼴을 보이게 된 난 토라진 얼굴로 로이드의 손길을 밀쳐 버리고 일어섰다. 덕분에 로이드는 나와 만난 이후 처음으로 나의 눈치를 보면서 조심스럽게 물었다.
"저기… 화난 거야?"
"당연하죠!"
"미, 미안."
 오오! 저 무뚝뚝함의 대명사 씨가 말을 더듬으면서 나한테 먼저 사과해 왔다. 이래서는 계속 화를 낼 수도 없잖아? 난 살짝 얼굴을 붉히면서 사과하는 로이드를 빤히 바라보다가 그의 앞에 마주 선 뒤 미간을 찌푸리며 말했다.
"말로 모든 게 해결됐으면 싸움은 일어나지도 않았을 거예요."
"그, 그럼 내가 어떻게 해주길 바래?"
"음… 처음 전하를 뵈었을 때부터 하고 싶은 게 있었는데… 해도 돼요?"
"응? 응."
 그의 말에 난 씨익 웃으면서 양손으로 로이드의 볼을 감쌌다. 역시 생각대로 따뜻하고 부드럽다. 역시 왕족답게 잘 먹고 잘 쉬는 데다가 도서관에서만 살아서 그런지 피부 결이 아기 피부 같다.
 우후훗~ 난 두 손에 힘을 주어서 좌우로 쭉 잡아당겼다.
"아우~"
 죽죽 잘도 늘어나네. 후훗! 로이드는 잡혀 있는 볼이 아픈지 눈물을 글썽거렸지만 어떻게 잡은 기회인데 그냥 날릴 수야 없지. 양팔에 힘을 주어서 위아래로 당겼다 놓았다 하는 걸 몇 번 하고 나서 놔주니 로이드의 볼이 빨갛게 물들었다. 이렇게 다 큰 남정네를 가지고 놀고 있으니―로이드의 성격상 성질 부릴 줄 알았는데 의외로 고분고분하다―귀엽다는 생각이 들었다. 이제 그만 해야겠지? 장난 더 쳤다간 저 주름진 이마로 날 박아버릴지도 모르니까 말이야. 난 마무리로 로이드 왕자의 볼을 토닥토닥거리며 살짝 매만져 준 뒤 그의 볼에 뽀뽀를 해주었다. 그리고는 로이드가 입을 열기 전에 먼저 선수를 쳐서 말했다.

"자, 이제 나가요. 일왕자 전하께서 또 쳐들어오기 전에 말이에요. 후훗!"

"…그러지."

약간 불만스러운 듯 볼멘소리로 대답한 로이드에게서 떨어져 나온 나는 겉옷으로 걸칠 만한 옷을 찾기 위해 옷장을 뒤지기 시작했다.

옷을 갈아입고 로이드와 함께 거실로 나와 보니 브래드릭 전하가 홀로 테이블에 앉아서 차를 마시고 있었다. 다른 시종과 시녀들은 다 어디로 갔는지 안 보였고 내 주변에 언제나 대기하고 있어야 할 에린 녀석조차도 보이지 않았다.

"웬일입니까, 형님? 이런 시간에……."

"너, 지금이 정오가 지나서 오후가 다 되가는 시간이라는 걸 알긴 하냐?"

"…흥!"

로이드는 불만이 많이 쌓인 듯이 퉁명스럽게 일왕자 전하의 맞은편에 주저앉았다. 나 역시도 조심스럽게 그 옆에 앉았는데 좀 전의 일을 생각하니 다시 부끄러움이 물밀듯이 밀려온다. 그냥 인사만 하고 도망처 버릴까?

"용건이나 말하시죠."

"이런이런, 그래, 내가 죽일 놈이다. 됐냐? 신혼 생활을 방해해서 정말로 미안하구나."

"형님!"

"쿡! 우리 셋 중에서 네 녀석이 가장 늦게 결혼할 줄 알았는데 말이야. 그리고 결혼해도 부인은 뒷전이고 책만 팔 줄 알았는데 역시 사람이 어떻게 변할지는 아무도 모르는 건가 보다."

"자꾸 놀리실 거면 돌아가십시오!"

"에이~ 동생, 오랜만인데 너무 빡빡하게 구는 거 아니야?"

"어제도 봤지 않습니까?!"

"어젠 슬쩍 얼굴만 봤잖아. 거기다 나도 정신이 없어서 말도 한마디 못 붙였는걸?"

옆에서 보고 있자니 로이드의 포커페이스가 와르르 무너지는 게 눈에 들어온다. 역시 천적이란 존재하는 법이구나.

"뭐… 농담은 이쯤 하고 사실 오늘은 안부도 전하고 일도 부탁할 겸 왔다."

"…전 아무것도 안 할 겁니다."

"이봐, 로이드, 네 심정은 잘 알겠지만 말이야……."

"형님은 모릅니다."

로이드의 딱 자르는 듯한 말투에 브래드릭 전하는 입을 다물었다. 한동안 로이드를 뚫어지게 바라보던 브래드릭 전하는 갑자기 한숨을 푹 쉬더니 머리를 벅벅 긁으면서 말했다.

"그래, 젠장! 난 몰라. 어차피 난 서자니까 말이야. 하지만 너보다

아홉 살이나 더 많은 '사내' 로서 충고하는데 지금 네가 하고 있는 짓거린 다 애들 투정에 불과해. 너, 그거 아냐? 지금 프로센 후작과 워렌 자작이 만들어놓은 파벌이 군부를 제외하고 나면 삼왕자파 다음으로 큰 세력이라는 걸?"

"……."

"벌써 남부의 유력 귀족들이 널 지지하고 나섰다. 이대로는……."

"전 왕이 될 생각 없습니다. 거기다 마틴이 이번에 왕세자로 책봉되었잖아요! 왜 하필이면……."

"넌 장자니까."

브래드릭 전하의 말을 끝으로 무거운 분위기가 우리들 사이에 흘렀다. 아니, 나는 빼고. 이거 어디 끼어들 틈이나 있어야지 말이야. 하지만 그렇다고 자리를 뜰 수도 없고. 그냥 일어나 버릴까? 왠지 끼어들 분위기가 아닌데……. 내가 막 이런 생각을 하면서 자리에서 일어서려고 하니까 갑자기 로이드가 테이블 아래로 손을 뻗어서 내 손을 꽉 움켜쥐었다. 옆을 돌아보니 로이드가 이를 악문 채 씩씩거리고 있는 게 보인다. 화를 삭이는 건가?

"저, 저는!!"

"네가 나를 형으로 생각해 주고 마틴 녀석을 동생으로 생각해 주는 건 고맙다만 지금의 왕위 계승 서열에서도 넌 일순위야. 앞으로 마틴이 결혼하고 후계자를 가지게 되면 네 서열도 뒤로 밀리겠지만 그렇다 해도 나와는 달리 넌 죽을 때까지 국왕 후보로 남게 된다."

"그래서 저더러 마틴을 내몰아 버리고 왕이라도 되란 말입니까? 동생을 내쳐 버리고? 그리고 제게 반하는 무리들을 참수하고? 그렇게 피를 묻히면서 국왕이 되라고 하는 건가요? 네?"

"…네가 움직이지 않는다 해도 그들은 언제까지나 널 의심할 거다. 인간은 믿음보다는 의심에 더 큰 비중을 두는 법이니까. 네겐 불행한 일이겠지만 이게 현실이다. 그러니까 차라리 다른 귀족들의 지지를 받아 왕이 되든지 아니면……."

"아니면?"

"나처럼 왕실을 받드는 하나의 축이 되어라. 넌 머리가 좋으니까 관료가 되어도 좋을 테고 아니면 외교관이 되어도 좋겠지. 검 쓰는 데는 영 젬병이니 그쪽으로 생각해 보라고. 아니면 군단을 맡는 지휘관이 되든지. 네 신념이 확고하고 앞으로 변하지 않는다면 약간의 잡음은 있을지 모르지만 네가 안주할 작은 휴식처 정도는 만들 수 있을 거다."

"저, 전 싫습니다. 아무것도 하지 않고 그저 죽은 듯 지내는 지금도 이렇게 시끄러운데… 작은 공이라도 하나 세우게 된다면 그들은 절 추켜세우기 위해서 싸워댈 겁니다. 이 나라가 둘로 갈라지는 꼴은 전 죽어도 못 봅니다."

"그래? 그렇다면 할 수 없군. 하지만 기억해 둬라. 넌 이제 혼자가 아니야. 네가 죽으면… 여기 있는 아넬리안 양도 같이 죽는다. 그리고 혹시나 태어날지 모르는 너의 자식들도 마찬가지 운명이고……."

조금 섬뜩하다. 하긴 음모에라도 휘말려서 로이드가 숙청당한다면 난 잘해봐야 노예 신세고 잘못하면 단두대로 끌려 나가겠지. 솔직히 로이드의 심정도 이해가 가지만 그 대응 방법에는 그리 찬성하고 싶지 않다. 로세니아 출신인 내가 지금 이 자리에 있는 이유도 거기서 아무런 힘도 권력도 가지지 못했기 때문이다. 그렇기 때문에 타국까지 내몰리면서도 반항 한번 못 한 거고……. 로이드를 위해서라면 나 하나쯤 죽어도 상관없다는 생각이 조금 들기는 하지만 난 개죽음은 싫다.

"그렇다 해도… 전 싫습니다."

"후우, 정 네가 그렇다면 할 수 없지. 아무래도 케센과의 분쟁이 커질 것 같아서 어제 출발한 외무 대신으로는 해결될 것 같지 않고 해서 너에게 부탁하려 한 것인데… 이래서야 원. 하긴 널 보내려고 했다간 귀족들이 벌 떼같이 들고일어날 테니 아마 네가 허락했어도 이번 일에는 참가하지 못했겠지만 말이야."

"죄송합니다, 형님."

"아니야. 난 괜찮아. 하지만 앞으로 너도 힘들어지겠구나. 이제 난 왕성을 나간 몸이고 왕위 계승권도 이번 일이 잘 마무리되면 반납할 생각이다. 장인어른도 연세가 꽤 있으셔서 내가 백작위를 계승하길 내심 바라시는것 같아. 서자치고는 출세한 거지. 후훗."

"형님!"

"내 말 잘 생각해 봐라. 마틴 녀석, 아직 어린애로 보이긴 하지만 그 애도 벌써 열다섯이다. 내년이면 성년이고 너처럼 결혼도 할 테지. 그리고 이삼 년 뒤면 후계자도 생길 거다. 이제 겨우 몇 년 뒤의 일이야. 그때가 되면 넌 어디로 갈래? 나처럼 로세니아 왕실로 돌아갈 건가? 아니면 변방의 변두리 영지로 귀양 가듯 쫓겨날 테냐? 이도 저도 다 싫다면 최소한 나처럼 직업이라도 구해봐라. 후훗! 하긴 웬만큼 벌어서는 감당 못할걸? 우리 엘린도 꽤나 검소한 편인데도 나가는 돈이 내 봉급보다 많거든. 미노스 가가 아니었다면 나는 파산했을지도 몰라."

브래드릭 전하의 말에 난 피식 웃음을 터뜨렸다. 하긴 귀족 여성들이 돈 쓸 일이 좀 많아야지. 값비싼 화장품에 장신구에 향수에 이것저것 따지면 웬만한 재력으로는 꿈도 못 꾼다.

"후우… 그럼 이제 누굴 보낸다? 역시 아버님의 동생 분을 천거해야 하나?"

"유스턴 드 크레센트 공작 전하를 말씀하시는 겁니까?"

"그래, 그분 말고는 적당한 직위를 가진 사람이 없어."

"하지만 작은아버님은 지병을 앓고 계시다고 들었는데요?"

"…전쟁나는 것보다는 낫겠지. 지금 우리는 찬밥 더운밥 가릴 처지가 아니니까 말이야. 아쉬운 쪽은 케센이 아니거든."

"사태가 꽤 심각한가 보군요."

"그래. 케센 놈들, 마치 기다렸다는 듯이 국경에 대규모 병력을 집중시키고 있어. 거기다가 그놈들, 웬만한 사절들은 말도 못 붙이게 해. 북부 요새의 관리들을 보내봤는데 국경도 넘지 못하고 쫓겨왔다고 하더라고. 거기다 이번 전쟁을 악신 브리츠를 타도하는 성전(聖戰)으로 내몰 기세라더군. 정의의 이름으로 악마들을 타도하자고 백성들을 선동하고 있어. 이러다간 전면전이 벌어질지도 몰라. 어떻게든 전면전만은 막아야 하는데……."

브래드릭 전하는 아직도 포기하지 못했는지 로이드 왕자를 힐끔 바라보면서 말꼬리를 흐렸다. 하지만 그런다고 이 고집쟁이 왕자가 말을 들어먹을 리가 없지. 내 예상대로 로이드 왕자가 단번에 고개를 절레절레 저으며 거부의 뜻을 밝히자 이에 브래드릭 전하는 실망하는 기색이 역력했다. 그때 난 곰곰이 생각해 보다가 손을 들면서 말했다.

"제가 갈게요!"

"…뭐?"

"방금 무슨 말을 한 건가요, 아넬리안 양?"

가만히 있던 내가 갑자기 말을 꺼내자 두 남자가 당황하는 표정으로 날 바라보았다. 특히 로이드 왕자는 쥐고 있던 내 손을 아프게 꽉 움켜쥐면서 날 노려봤는데 난 그런 그를 외면한 채 브래드릭 전하 쪽으로 몸을 기울이면서 또박또박 말했다.

"제가 간다고 했습니다, 전하. 제가 듣기로는 사절단에 사람이 필요하다고 들었는데요? 이번 일, 제가 맡겠습니다."

"당신! 무슨!! 형님, 흘려들으십시오!"

"언제 전쟁이 벌어질지 몰라요, 아넬리안 양."

"그렇기 때문에!"

쾅!

손바닥으로 테이블을 강하게 내려쳤다. 아! 아프다. 하지만 덕분에 두 남자의 입을 꽉 봉하고 또 내 주장을 마음껏 펼칠 기회가 마련되었다.

"더욱 제가 가야 합니다."

"……"

"아넬리안?"

로이드 왕자가 체통도 다 내던져 버린 채 나를 향해 소리쳤지만 난 싸그리 무시하고는 의자를 뒤로 젖히며 벌떡 일어선 뒤 브래드릭 전하를 바라보면서 내 주장을 펼쳤다.

"전 로이드 전하의 부인이에요. 사절단의 자격 조건에도 문제 될 건 없을 겁니다. 안 그런가요, 전하?"

"하지만 아까도 말했듯 매우 위험할 수 있는 일이고 자칫하면 목숨을 잃을 수도 있어요, 아넬리안 양."

"만약 제게 무슨 일이 일어난다면……."

난 일부러 말을 늘인 뒤 두 사내를 내려다보며 말했다.

"그들은… 크레센트와 로세니아 연합군을 상대해야 할 겁니다. 북방의 강호라 불리는 케센이라 해도 그런 일은 피하고 싶지 않을까요, 전하?"

"흐음……."

"무슨 말도 안 되는……! 형님!!"

"아니, 아니야. 꽤 타당한 말이야. 아넬리안 양은 네 부인이기도 하지만 로세니아의 왕족이기도 하니 그녀의 말도 일리가 있어."

"형님!"

"흠, 이건 나 혼자서 결정할 문제가 아닌 것 같군. 국왕 폐하를 뵈어야 할 것 같아. 그럼 난 먼저 일어서마. 시간이 없어서 말이지."

"형님!!"

브래드릭 전하는 로이드 왕자가 고함을 치는 것도 무시한 채 벌떡 일어서서는 그대로 나가 버렸다. 덕분에 나는 분노한 로이드와 마주해야 했다. 생각 같아서는 나도 어디로 잠시 피신해 있고 싶지만 갈 곳도 없고 무엇보다 피한다고 해결될 일이 아니다.

"왜 내 곁을 떠나려고 하는 거지? 왜?!"

"진정하세요, 전하."

"내가 지금 진정하게 됐어? 응? 당신 지금 뭘 하려고 하는지 알기나 하는 거야?"

"물론이에요. 전 사절단의 일원으로 케센에 갔다 올 거예요."

"형님도 말했잖아! 위험하다고! 전쟁이 날지도 모른다고! 죽을 수 있다는 걸 알면서 거길 가겠다고? 그것도 당신이? 왜?"

"왕가에 시집온 여성들이라면 당연히 해야 될 의무예요, 전하."

"다른 사람도 많잖아! 꼭 당신일 필요가 있나? 응?"

"다른 사람? 누구? 그 지병을 앓고 있다는 공작? 아니면 임산부인 일왕자 전하의 부인인 엘린? 그도 아니면 아직 정해지지도 않은 마틴 전하의 약혼녀? 누굴 보낼 수 있을까? 거기다 난 타국의 왕녀가 아닌가? 이보다 더 쓰기 좋고 버리기 좋은 사람이 또 어디 있겠어?

"진정하세요, 전하. 숨을 깊이 들이쉬고 다시 생각해 보세요."

"후우~"

다행히 내 말을 들은 로이드는 깊이 숨을 들이쉬고 내쉰 뒤 잠깐 동안 곰곰이 생각하다가 말했다.

"좋아, 그럼 나도 가겠어."

"안 돼요."

"왜?"

"전하는 왕위 계승 서열에서도 첫 번째인 왕족이에요. 만약 전하께서 볼모로 잡히신다면… 협상이 성공하더라도 매우 불리한 조건으로 진행될 것이에요. 전하, 포기하세요."

"싫어!!"

"전하께서는 지금 너무 감정적이군요. 평소의 전하는 매우 이성적이신 분인데 말이에요. 생각해 보세요. 이보다 더 좋은 대안은 없습니다. 아시지 않나요?"

"……."

로이드 왕자의 입이 닫혔다. 그도 내가 제시한 이야기보다 더 나은 조건을 찾을 수 없을 것이다. 그렇기에 저렇게 어린애처럼 떼를 쓰는 거지. 난 조용히 서서 나를 노려보고 있는 로이드의 말을 기다렸다. 현명한 그이니 아마 조금만 있으면 포기하고 몸조심해서 다녀오라고 말해 줄 거야. 그럴 것이 분명해.

"…남편으로서 명령하겠어! 가지 마! 아니, 못 보내!"

…역시 언제나 이성적으로 행동해 주길 바라는 건 무리인 걸까? 감정과 감정이 부딪치면 둘 다 상처받게 되는 건 당연한 건데……. 하지만 나로서도 포기할 수는 없다. 난 잠시 망설이다가 강하게 나가기로 결심하고는 로이드를 똑바로 올려다보았다. 그리고 강하게 말을 꺼냈다.

"전하, 이건 제 일입니다. 간섭하지 말아주십시오."

"나… 나는… 나는……."

당장이라도 울어버릴 듯한 표정이다. 성인이 되었다곤 하지만 아직 열여섯. 이제 갓 소년티를 벗고 청년이 된 로이드에게 너무 많은 걸 바란 걸까? 아니, 사실은 정이 들어버린 건지도 모르지. 어제의 로이드라면 선선히 잘 갔다 오라고 손을 흔들어줬을 거다. 어쩌면 그냥 한 귀로 흘려듣고 외면했을지도 모르고…. 이렇게 날 생각해 주는 건 고맙지만 내 목표를 위해서 난 작게 어깨를 떨고 있는 저 로이드에게 상처를 주어야 한다. 난 입술을 질끈 깨물어서 약해지는 내 마음을 추스르고 단호한 어조로 말했다.

"전하는 여자를 너무 모르시는군요. 한번 안았다고 제가 전하의 것이 될 것이라고 생각한 건가요? 그렇다면 절 너무 얕보신 겁니다. 말 잘 듣는 여자가 필요하시다면… 노예 시장으로 가보세요."

"제, 제길!!"

쾅아앙!! 쾅! 쾅!

로이드 왕자가 갑자기 미쳐 버린 것처럼 두 주먹으로 테이블을 마구 내려쳤다. 당장이라도 뛰어가 말리고 싶지만 내 몸은 마치 얼어붙은 것처럼 미쳐 날뛰는 로이드를 바라만 보고 있었다. 그렇게 테이블을 몇 번이나 내려친 왕자는 핏발 선 눈으로 나를 노려보다가 내 옆을 스

정의의 이름 235

쳐 지나갔다. 그리고는 문가에 서서 나를 돌아보며 건조한 음성으로 말했다.

"그렇게… 원한다면 당신 마음대로 해!!"

쾅!

거실문이 크게 요동을 치면서 큰 소리를 낸다. 그렇게 그의 뒷모습이 사라졌지만 난 움직일 수가 없었다.

로이드가 왜 움직이지 않는지 난 알고 있다. 그의 위치와 그의 능력은 다른 귀족들─특히 삼왕자파─의 심한 견제를 받아도 이상할것이 없다. 거기다 그는 다른 이들을 끌어들이는 묘한 매력이 있다. 나만 해도 그에게서 이렇게 사랑을 느끼게 될 줄은 몰랐으니까. 결국 심화된 갈등은 피를 불러올 것이 뻔하다. 역사는 그렇게 피로 써지는 법이다. 나 역시도 로이드를 국왕으로 만들고 싶은 건 아닌데 말이야. 단지 그를 이 대륙 전체를 지배하는, 그리고 모든 종족을 지배하는 황제로 만들고 싶은 것뿐이다. 훗! 하긴 그 말이 그 말이겠지만……. 가슴이 아파왔다. 그의 체온이 아직 내 가슴속에 남아 있는 것 같은데 말이야. 이제는 너무 멀게 느껴진다.

"후훗! 오늘 밤부터 또 혼자 자야겠네? 밤이 좀 길어질지도……."

미친 사람처럼 혼자서 중얼거려 봤지만 이 요동 치는 가슴은 진정되지 않는다.

"저… 마마, 테이블을 치우겠습니다. 마마! 마마? 우, 우시는 건가요?"

"…에린이냐?"

"네, 마마."

"우는 게 아니야. 눈에 먼지가 좀 들어가서 그래."

"네에……."

이 눈치없는 녀석도 이럴 때는 눈치껏 행동하는군. 내가 너무 티가 나게 하는 건가?

"아앗! 피가……!"

막 테이블 위를 치우려던 에린이 깜짝 놀라면서 뒤로 한 발짝 물러섰다. 그러고 보니 저 피……. 무척 아팠겠구나.

"에린."

"네, 마마."

"가서 의사나 신관을 불러와. 아니, 그 사람들을 데리고 왕자 전하를 찾아봐. 지금쯤 많이 아프실 거야. 알았지?"

"네, 마마."

고개를 갸우뚱거리던 에린은 내 말을 듣고는 순순히 물러갔다. 그래, 많이 아프겠지. 몸도 마음도 말이야. 상처를 준 나도 이렇게 가슴이 꽉 막혀오면서 쓰린 고통이 밀려오는데 상처 입은 사람은 얼마나 아플까? 하지만 몇 번을 다시 선택하라고 해도 난 똑같이 말했을 거다. 케센 인들이 그들만의 정의를 부르짖었다면 나 역시 나만의 정의를 위해서 이 모든 피해를 감수한 것이니까. 이왕 이렇게 된 것, 대가는 확실히 받아내야겠지? 크레센트와 케센, 두 나라의 인간 중 내 이름을 모르는 녀석이 없게 해주겠어.

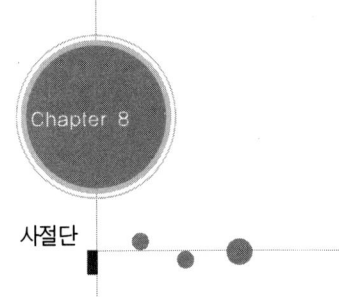

Chapter 8

사절단

황비 마마의 외교 방식은 아주 간단해. 정말 무식하다고나 할까, 아니면 과격하다고 해야 하나? 마마께서는 언제나 상대방을 강압적으로 대하고 협박하지. 그런데 문제는 말이야, 그런 협박이 너무 잘 먹혀든다는 거야. 거기다 약점은 또 얼마나 잘 잡는지……. 하여간 타국의 사신들은 나나 황제 폐하보다 황비 마마가 외교 협상에 나오시는 걸 몇 배나 무서워한다니까. 세상 말세지, 말세야. 쯧쯧.

―제2대 황실 서기관이자 궁중 역사학자인
후렌 경이 집필한 '황실 비사' 중.
―일인지하 만인지상의 지고한 위치, 제국 재상 직을 역임하고 계신
대니어스 드 워렌 공작 전하와의 대담 중.
―주: 황비 마마의 외교술은… 평소 주변인들을 괴롭히던 '성격'이 빛을 발한 게
아닐까? 이건 비밀로 해야겠다. 난 아직 결혼도 못했으니까.

사절단

―대륙력 995년 초가을. 크레센트 왕국 수도 크론발.

이틀이 지났다. 그동안 댄과 브래드릭 전하가 한 번씩 나를 찾아왔는데 국왕 폐하의 허락이 떨어졌다는 답변을 가지고 왔다. 그리고 출발은 삼 일 뒤라고 전해왔다.

내일이구나. 당연하다면 당연하겠지만 로이드는 우리가 싸운 뒤로 왕자궁으로 돌아오지 않았다. 또 도서관 근처에 방 하나 잡고 거기서 살기 시작한 것이다. 하지만 이전보다 신경질이 많이 늘었다고 한다. 그것도 내 탓이겠지? 하여간 죄 많은 여자라니까, 나란 여자는. 이쁜 것도 죄라니 하늘도 너무 무심하구나. 쳇! 그만 해야지 들어줄 사람도 없는데 혼자서 구시렁거리면서 중얼거리는 건 남들 보기 민망한 장면일 테니까.

내게 무척 다행스럽고 반가운 일이라면 에레니아 시녀장이 드디어 왕자궁으로 들어왔다는 것이다. 덤으로 지금껏 일해오던 여섯 명의 시녀와 열한 명의 시종을 모조리 내쫓아 버리고—시종들은 잘못한 게 없지만 시종장이 내 눈 밖에 났기 때문에 전부 다른 곳으로 보내 버렸다—열 명의 어린 시녀들을 받았다. 대부분 지방 영주의 딸들이었는데 아직 열 살도 안 된 어린애들도 있었다. 그 애들을 보고 에레니아 시녀장은 이마를 쥐며 한숨을 내쉬었지만 내가 교육해서 써먹는 것도 아니니 나야 상관없겠지. 아, 맞다. 로이드가 궁을 나갈 때 데리고 간 시종이 하나 있지? 이름이 아마 헨켈이었나? 로이드와 같은 검은 머리를 가지고 있는 정말 예쁘장한 시종이었는데 아마 시녀복을 입혀놓으면 열이면 열 여자 아이로 착각할 것 같은 외모를 가진 녀석이었다. 그놈도 나를 싫어하는—아니, 노골적으로 적대하는—눈치라서 내쫓아 버릴까 생각하고 있었는데 로이드가 데리고 가버려서 쫓아낼 방법이 없게 되었다. 아쉽군. 하지만 뭐… 기회는 또 있을 테니까.

그리고 닐크와 아르케네스도 내게로 돌아왔다. 기사 작위는 받지 못했지만 실력을 인정받아서 정식으로 내 호위병으로 들어왔다. 그들도 카라덴 요새에서 그리 순탄치 못한 나날을 보냈다는데 사고는 늘 닐크가 치고 아르케네스가 뒷정리를 하고 다녔다는 소문이다. 특히 아르케네스는 자기보다도 큰 근육질 거한을 힘으로 눌러 버려서 괴물이라고 소문났다고 한다. 혹시 아르케네스는 인간처럼 보이는 오우거 샤먼이 아닐까? 정말 저 외모에 마법사라니 하늘은 참 공평한가 보다. 그러고 보니 아르케네스가 왕자궁으로 들어왔을 때 새로 들어온 어린 시녀들이 '괴물이다. 잡아먹힐 거야, 잡아먹힐 거야' 라면서 서로서로 껴안고 울어댔었지. 역시 아르케네스는 기사가 되어야 했어. 철제 투구로 흉기나 다름없는 그 얼굴을 가리고 플레이트 아머를 입고 다녔어야 하는데…….

그리고 또… 아, 맞다. 댄의 부하인 크렌 녀석도 내 호위 기사로 다시 돌아왔다. 우선 직위상으로는 닐크와 아르케네스보다 상관이지. 하지만 둘이 댄과 친하게 지내는지라 좀 불편해하는것 같다. 거기다 어제 댄과 함께 온 크렌 녀석은 영광스러운 내 호위 기사 자리를 재임명 받자 그 자리에서 무릎 꿇고 주저앉더니 댄의 바짓자락을 잡고 아주 애걸을 하더군. 뭐라더라? 자기는 이런 일로 기사 직을 반납하기 싫다던가? 왠지 귀에 거슬리는 말이라 난 그동안 쌓인 울분을 한번에 풀어버렸다. 덕분에 우리 왕자궁으로 신관이 또 왔다 가야 했지만 하여간 이제 모든 게 제자리로 돌아온 듯했다. 단 한 명만 빼고…….

콰장창!
테이블에 앉아서 차를 마시고 있는데 요란한 소리가 들려왔다.
"이번엔 또 누굴까?"
어제오늘 아주 조용할 날이 없군 그래. 벌써 부숴먹은 찻잔이 다섯 개에 찌그러져서 볼품없게 변한 찻주전자와 쟁반이 두 개다. 거기다 벽에 걸린 그림 한 점도 반쯤 찢어졌고 그리고 바닥에 깔린 양탄자는 이미 제 색을 잃은 지 오래이다. 이 모든 게 이번에 들어온 시녀들이 저지른 짓들이다. 크레센트의 일반 귀족들은 남자 아이는 카라덴 요새로, 여자 아이는 수도에 사는 친척 등 아는 귀족가로 보내는 게 거의 관습화되어 있어서 아이들을 뽑고 데려오는 건 큰 문제가 안 되었는데 시녀로서의 능력에는 문제가 많은 것 같다. 오죽하면 사람 좋은 에레니아 시녀장이 큰 소리를 내고 다닐까. 덤으로 시녀 중 나이가 가장 많은—물론 시녀장을 제외한—제린은 마치 고아원을 차린 것 같다고 작게 불평하고 다녔다.

"세상에! 에린 양! 도대체……!"

"죄, 죄송합니다, 시녀장님."

"아니, 갓 들어온 신입도 아니고… 쟁반 하나 못 드는 건가요? 이래서는……."

멍충이 에린이 또 사고 쳤군. 좀 모범이라는 걸 보여줬으면 좋겠는데 말이야. 기껏 생각해서 저 녀석보다 어린 아이들만 뽑은 건데 이래서는 선배로서의 위엄은커녕 얕잡히지 않으면 다행이겠군. 내가 고개를 돌려 뒤를 돌아보니 에린 녀석은 쟁반을 손에 든 채 고개를 푹 숙이고 있었다. 그 녀석 발 밑에는 뜨거운 김이 올라오는 찻주전자가 굴러다니고 있었고……. 막 에린에게 설교를 늘어놓으려고 폼을 잡은 에레니아 시녀장이 말을 하려다가 나를 슬쩍 바라본다.

"괜찮아. 계속해. 죠안이나 제시한테 차 내오라고 전하고."

"예, 마마. 에린 양, 잠깐 나 좀 봐요."

"네에……."

에린 녀석, 울상을 짓는다. 내가 참견하길 바라는 건가? 하지만 잘못했으면 혼나는 건 당연한 거고 에린같이 멍청한 녀석은 좀 혼나야 정신을 차릴 테니 약이 될 거야. 음음, 자아, 오후 티타임도 마쳤고 오늘도 가볍게 몸이나 풀어볼까? 어제 보니까 크렌 녀석, 맞은 게 모자랐는지 날 무시하던데 말이야. 오늘도 상대 역이 되어달라고 해볼까나? 후훗! 반항도 못하는 녀석들을 두들겨 패는 건 의외로 재미있다.

크렌 녀석이 신고 있던 철제 부츠가 잠깐 눈앞에 나타났다가 사라졌다.

"끄아아아아~"

쿠웅! 거참, 시끄럽네 정말.

"쿨럭! 끄으으으……!"

땅바닥에 메다꽂힌 크렌 녀석이 등을 부여잡고 바닥을 데굴데굴 구르면서 비명을 질러댄다. 그러게 누가 플레이트 메일을 입고 오랬나? 후후후!

"시끄럿! 사내놈 주제에 좀 아프다고 엄살이야? 기사 작위가 아깝다! 당장 입 다물지 못해?"

"크흐흐흑……!"

내 핀잔에 바닥을 엉금엉금 기면서 땅을 긁던 크렌 녀석이 쓰고 있던 투구를 집어 던지고 땅을 치면서 닭 똥 같은 눈물을 줄줄 흘린다. 저건 어떤 의미의 눈물일까? 수치? 아니면 회한? 그도 아니면 지금껏 살아온 인생의 허무함? 아마 기쁨의 눈물은 아니겠지? 내가 크렌의 등짝 위에 오른발을 올려놓고 이런 생각을 하고 있을 때 뒤에서 짝짝짝 하는 박수 소리가 들려왔다.

"깔끔한 메치기였습니다, 마마. 역시 이해가 빠르시군요."

"흥! 간단하잖아, 저런 느린 상대의 품으로 파고들어 던져 버리는 건!"

"이건 보기보다 고급 기술이라고요. 어지간한 유연성과 탄력이 없으면 제대로 시도조차 못합니다. 정말이에요."

닐크 녀석이 입에 침을 튀겨가면서 설명하기 시작했다. 왜 내가 이런 연습을 하고 있냐 하면 이제와 마찬가지로 내 운동 시간에 꼭꼭 숨어 있는 크렌 녀석을 불렀는데 이 녀석이 반항하는 건지 전투에 나가고 싶은 건지 철제 투구에 플레이트 메일을 입고 나온 거다. 맨주먹으로 온몸에 쇳덩이를 두르고 있는 녀석을 패자니 내 손만 아플 것 같고 그렇다고 무기를 들자니 왠지 불쌍하고 해서 닐크에게 매우매우 아플 것 같은 기술을 물었더니 메치기를 가르쳐 준 것이다. 그리고 결과는 지금 보는 대로다.

자기 몸무게에 갑옷 무게까지 합쳐져서 흙 바닥에 내던져진 크렌은 제대로 기어다니지도 못한다. 닐크 말로는 잘못했다간 목이 부러져 즉사했을 수도 있다고 하던데……. 생각보다 위험한 기술이군. 뭐, 안 죽었으니 그만이지. 난 닐크가 들고 있는 수건을 받아 들어서 땀을 닦으면서 시원한 그늘로 향했다.

"오늘은 날씨가 꽤 덥네?"

"예, 마마. 하지만 며칠 뒤면 완연한 가을로 접어들 것 같습니다."

"흠! 아참! 내일 출발할 건데 준비물은 다 챙겨놨어?"

"뭐… 저희야 입을 옷 몇 가지랑 먹을 것만 준비하면 되니까요."

"으흥! 편하겠네. 난 외국 나가는 건데도 마치 무도회장에 나가는 것처럼 드레스 몇 벌에다 화장품에다 이것저것 챙기면 마차로 한가득인데 말이야."

"직위가 있으시니까요."

"치잇!"

난 그늘에 놓여 있는 의자에 앉으면서 수건을 대충 테이블 위에 던져 놓았다. 그러자 뒤에서 대기하고 있던 어린 시녀들이 우르르 몰려와서는—역시 견습티가 팍팍 난다—수건을 들고 가네 테이블을 닦네 차를 내오네 하면서 부산을 떨었다. 수선을 떠는 꼬맹이들을 손짓으로 모조리 물린 나는 연약한 소녀가 살짝 집어 던진 충격을 못 이겨 연무장 구석에서 토하고 있는 크렌 녀석을 흘겨보면서 차가운 아이스 티를 한 모금 마셨다.

"사내 주제에 허약하긴……."

"갑옷을 입은 상태에서 그대로 떨어졌으니 충격이 컸을 겁니다. 거기다 낙법도 모르니 아주 죽을 맛일걸요? 지금쯤 온몸의 뼈와 근육들이 마구 비명을 질러대고 있을겁니다."

"흥! 그러게 누가 잔꾀를 부리래? 감히 이 몸의 대련 상대가 되었으면 영광으로 알고 나와야지 내 주먹이 무섭다고 전투에 나서는 기사들처럼 완전 무장을 하고 나와? 자업자득이다. 흥!"

"왜 그렇게 크렌 경을 미워하십니까, 마마? 어쨌든 크렌 경은 우리들의 상관인데요. 이거 중간에 끼어서 피곤하다고요."

"저 크렌 녀석이 전에 내가 검술 좀 가르쳐 달라고 하니까 날 비웃으며 거절했단 말이야!"

"…그리고?"

그리고는 무슨, 그거면 충분하지.

"그게 다야."

"겨우 그런 이유 때문에?"

"겨우라니? 내가 그때 얼마나 상처 입었는지 알아? 연약한 소녀 가슴에 대못을 박아댔으니 저 꼴이 되는 건 당연하고도 당연한 거지! 목이 붙어 있는 것만 해도 다행으로 알아야 될걸?"

"……."

왜 고개를 돌리면서 한숨을 내쉬는 건데? 거기다 결국 기절해 버려서 아르케네스에게 목덜미를 잡힌 채 실질 끌려오는 크렌 녀석을 동정 어린 눈빛으로 보는 거지? 흐음… 조만간 닐크 녀석도 손 좀 봐줘야 되겠는걸?

 이제야 평범한 일상 생활로 돌아온 것 같은 기분이 드는군. 난 따뜻한 욕조 속에 몸을 푹 담그고 길게 한숨을 내쉬면서 안도했다. 하지만 기분은 썩 좋은 편이 아니다. 아니, 정확히 말하자면 매우 나쁘다. 운 나쁜 인간 하나라도 걸리면 그대로 아작을 내버리고 싶을 정도의 기분이랄까? 그 운 나쁜 인간이 누가 될지는 모르겠지만 빨리 좀 내 눈앞에 나타나 줬으면 좋겠는데…….
 "하아……!"
 말도 안 되는 소리겠지만 겨우 이틀 떨어져 있는데도 불구하고 그가 너무나 보고 싶다. 당장이라도 뛰어가고 싶은걸. 쳇! 난 이런 감정엔 익숙하지 않단 말이야. 싫다, 싫어.
 "마마, 손님이 오셨습니다. 어떻게 할까요?"
 부글부글~
 "욕조에서 물장난을 치는 건 숙녀가 행할 몸가짐이 아닙니다, 마마."
 에에~ 에레니아 시녀장은 다 좋은데 잔소리를 너무 좋아하는 것 같단 말이야? 그런데 누구지? 이미 저녁 식사 시간도 지나서 이 시간에 찾아올 사람도 없을 텐데. 혹시 로이드가 돌아온 걸까? 아니지. 그가 온 거라면 시녀장이 손님이라고 말하지 않았을 거다. 하지만…….
 "지금 나갈 거야. 가서 기다리고 있으라고 해."
 "예, 마마."
 혹시 모르는 거니까 확인은 해야 되지 않겠어? 어쩌면…….

실망……. 하긴 그럴 리가 없잖아? 에이씨, 씻다 말고 뛰쳐나왔는데 이게 뭐람?

"우물우물… 뭐냐, 그 눈초리는? 누가 보면 철천지원수라도 만난 줄 알겠다. 눈 안 깔아?"

저 늙은이의 성깔은 여전하군. 하긴 얼마 지나지도 않았는데 갑자기 바뀔 리도 없지. 욕실 안에서 난리를 부리면서 뛰쳐나온 내가 바보 같다는 생각이 드는군. 지금 내 앞에 앉아서 따끈한 쿠키를 우물거리고 있는 늙은이는 아르케네스의 스승인 헤쉬케린 노인네다. 이 노친네, 웬일로 여길 다 왔지? 아니, 그보다 어떻게 여기까지 들어온 거야?

"여긴 어떻게 들어온 거죠?"

"날아왔지. 이 망토가 보기엔 평범한 회색 망토 같지만 Fly 마법이 걸려 있는 망토거든. 인간들의 시야는 좌우로는 넓지만 상하로는 좁은 법이라 머리 위로 날아들면 제대로 감지해 내지 못하는 법이야. 암암."

"하지만 사방에 병사들이 깔렸을 텐데요?"

"그런 해태눈들 쯤이야. 환상 마법으로 허공을 만들어 주변에 뿌리면 내가 옆을 지나가도 못 알아보지. 너, 마법사를 너무 무시하는 거 아니야? 흠, 뭐, 여길 찾는 데 시간이 좀 걸렸다만……."

"왜 온 거예요? 여기 와서 쿠키나 먹으려고 온 건 아니겠죠?"

"것참, 성깔 하고는……. 쯧쯧, 저런 성깔머리를 감당할 남편 녀석이 불쌍하다. 분명히 네 녀석 성깔을 못 이기고 도망쳐 버릴 거다."

"……."

으득! 망할 놈의 늙은이가 지금 누굴 놀리나? 확 뒤집어 버릴까 보다! 내기 헤쉬케린 늙은이가 앉아 있는 테이블을 확 뒤집어 버릴까 생각하고 있는데 갑자기 방문이 벌컥 하고 열리면서 아르케네스와 닐크가 뛰어들어 왔다.

"스승님!"

"오~ 그래, 제자야, 잘 지냈느냐?"

"갑자기 연락도 없이 오신 겁니까, 스승님?"

평소엔 무뚝뚝함이 흘러넘치는 아르케네스인데 왠지 스승 앞에만 서면 순한 양처럼 고분고분해진다. 그런 아르케네스를 바라보던 헤쉬 케린 늙은이는 갑자기 벌떡 일어서더니 그에게 걸어가서는 손바닥을 내밀며 말했다.

"내놔."

"…예?"

"너, 일했으니까 벌어놓은 돈 있을 거 아니야. 그거 내놓으라고."

"아, 예, 여기 있습니다."

아르케네스의 품에서 두툼한 가죽 지갑이 나왔다. 지갑을 본 늙은이는 노인답지 않은 매우 민첩한 속도로 지갑을 낚아채더니 싱글거리며 지갑 안을 들여다보았다. 하지만 그의 웃음은 금세 사라졌다.

"겨우 이것뿐이냐? 너, 이 스승이 안 본다고 잔머리 굴리는 거냐?"

"아닙니다, 스승님."

"이 친구가 그런 잔머리가 있겠습니까?"

"하긴 저 꽉 막힌 놈이 그럴 리는 없겠지. 그렇다면… 이봐, 이거 너무하는 거 아니야? 마법사를 가져다 썼으면 그만한 대가를 지불해야 할 거 아니야."

"난 제대로 월급 줬어요."

"겨우 요까짓 게 월급이라고 하는 거야? 이거 이백 골드도 안 되겠네. 이걸 누구 코에 붙이라는 거야?"

"참나, 일한 지 이제 겨우 한 달 정도밖에 안 됐는데 그럼 수억 골드라도 줬을 줄 알았어요? 얼마나 일했다고 벌써부터 돈타령이에요? 네? 거기다 전에 외상이라고 했잖아요!!"

"끄응~ 그렇긴 하다만… 그래도 거 있잖아, 일 열심히 하라고 주는 격려금 같은 거 말이야."

"돈을 줘도 아르케네스에게 주지 헤쉬케린님께 주겠어요? 거기다 제자의 월급을 빼앗다니 아무리 스승이라지만 너무한 거 아니에요?"

"에이잉!! 당최 말이 통해야지. 이 무능한 제자 녀석아, 넌 지금껏 뭘 한 거냐? 엉?"

"흥! 열심히 일하는 제자를 격려는 못할망정 구박하다니, 참 좋은 스승이군요."

돈독 오른 늙은이 같으니라고. 하여간 정말 마음에 안 드는 늙은이다. 내가 팔짱을 끼면서 삐딱한 자세로 노인을 쏘아보자 내 '정직한' 말투에 찔리는 게 많은지 헤쉬케린 늙은이는 나를 째려보면서 눈을 가늘게 치켜떴다.

"너… 여기서 한번 더 굴려줄까? 이번엔 평원에서 공놀이라도 해볼 테니 한번 들어가 볼래?"

"흥! 한번 해보시죠? 당장 기사와 병사들이 벌 떼처럼 몰려올 걸요?"

"고놈의 말버릇 하고는……. 하여간 싸가지라고는 눈곱만치도 찾을 수가 없다니까! 쯧! 할 수 없지."

내 위아래를 훑어보면서 혀를 차던 노인네는 결국 먼저 패배 선언—이겼다—을 하더니 등에 지고 온 짐 가방을 바닥에 내려놓고는 안을 뒤져서 무언가를 찾다가 둘둘 말린 보자기 같은 것을 꺼내 들었다. 그리고는 그것을 테이블 위에 올려놓더니 득의양양한 표정으로 소리쳤다.

"이 물건으로 말할 것 같으면 이 몸이 젊었을 때 미궁 속을 헤매… 아니, 탐사하다가 건진 희대의 보물로……."

"약장수 같은 소리 하지 말고 뭔지나 보여주시죠?"

"…버르장머리없는 녀석 같으니라고! 감히 어르신이 말씀하시는데 끼어들어? 네 정녕 볼기짝에서 불이 나도록 얻어맞아 볼 테냐?"

"흥! 때릴 용기나 있으려나 몰라?"

"크흑! 그래, 내 돈이 부족해서 참는… 허헙!"

오호라~ 혹시나 했는데 역시 돈이 목적이었군. 이 늙은이의 목적을 알게 되었으니 어디 좀 더 편한 협상을 해볼까나? 내 득의양양한 미소를 본 헤쉬케린 노인네는 불편한 얼굴로 몇 번 헛기침을 하더니 슬그머니 말을 돌렸다.

"너, 이거 사라."

"그게 뭔 줄 알고 사요? 뭔지는 알려줘야 할 거 아니에요?"

"흥! 지금 말해 주려고 하잖아! 에잉! 하여간 요즘 어린 녀석들은 도대체 예의가 없어요, 예의가."

그놈의 예의란 녀석의 부재에 대해서는 백 년 전에도 어른들이 젊은이들에게 매우 부족하다고 말했었고 천 년 전에도 말했을 것이 분명하며 백 년 뒤에도 어른들은 젊은이들에게 같은 말을 할 거다. 이거 상대하자니 은근히 짜증나는데 그냥 내쫓아 버릴까?

"전 피곤해요. 그러니까 본론만 말해 주세요, 본론만."

"헹! 하긴 너 같은 아이가 언제 이런 위대한 유산을 보기나 했겠냐? 에잉! 진주 목걸이를 돼지 목에 걸어주는 격이로다. 쯧쯧, 아깝다, 아까워."

"에린아, 손님 가신다. 문 열어라."

"네? 마마?"

"자, 잠깐! 우선 보기라도 하라고! 네가 이걸 보고 나면 너무 놀라서 말도 못할걸? 크히히! 자, 봐라!"

그렇게 말하면서 노인네는 보자기 속에서 둘둘 말린 천 조각을 꺼내 들었다. 그것은······.

"······."

정말 말도 못하겠군. 노인네가 꺼낸 물건은 스카프만한 천 조각이었는데 그걸 두 손으로 들고 펼치자 한 벌의 바지가 나왔다. 하지만 보통의 바지가 아니라는 게 문제다.

"···변태! 변태! 변태!"

헤쉬케린 노인네가 들고 있는 갈색 바지는 무릎까지밖에 안 오는 반바지류다. 하지만 저 얇은 두께나 몸에 쫙 달라붙을 것 같은―마치 타이즈 같은―외관을 봤을 때 여성들이 치마 속이나 승마복 속에 입는 드로어즈(Drawers)가 분명하다. 저 나이에 여자 속옷을 가지고 다니다니? 변태다!

"무, 무슨 소리! 나라고 좋아서 이런 걸 만든 줄 알아? 거기다 네 녀석 체형에 딱 맞게 만든 것이란 말이야! 이런 고안!"

"뭐라고요? 내 몸매는 어떻게 알았죠? 혹시······?"

"무슨! 난 단지 제자 놈에게 들었을 뿐이야!"

"스, 스승님!"

"뭐예요, 아르케네스?!"

내가 아르케네스를 노려보자 그는 땀을 삐질삐질 흘리며 어쩔 줄 몰라 하다가 갑자기 돌아서서 쪼그리고 앉더니 마법서를 꺼내 들고 알아듣지 못할 말을 커다랗게 낭송하기 시작했다. 뭐, 저런다고 내가 봐줄 리는 없지. 난 아르케네스의 커다란 등을 뻥 차준 뒤에 아직도 숙녀들이 입는 속옷을 든 채 히죽거리고 있는—왠지 기분 나쁘다—노인네를 쏘아보며 말했다.

"그래서 겨우 여성용 속옷 하나 팔러 여기까지 온 거예요?"

"무슨! 이 대마법사께서 그렇게 한가한 줄 알아? 그리고 이 몸이 가져온 물건이 어디 보통 물건 같냐? 앙?"

"…무슨 저주라도 걸려 있나 보죠? 입으면 벗겨지지도 않고 찢어지지도 않는다든지……."

우엑! 그거 정말 끔찍하겠는걸? 내가 말해 놓고도 소름이 돋는다. 내가 이렇게 말하자 그 노인에는 이마를 탁 치면서 '아~' 하고 탄성을 내질렀다.

"그런 방법도 있군. 나중에 한번 만들어봐야겠다. 하여간 이게 뭐냐고? 한번 입어봐. 그럼 알게 될 거다."

"그래요? 그럼 한번 속는 셈 치고 입어보도록 하죠. 에린, 들고 와."

내가 그렇게 말하고 방으로 향하자 갑자기 노인네가 나를 불러 세웠다.

"그걸 가지고 어딜 가는 거야?! 그냥 여기서 입으면 되잖아!"

"지금 숙녀보고 이 남정네들 앞에서 치마를 들추라는 거예요? 참 무례하군요!!"

내가 빽 하고 소리치자 헤쉬케린 노인네는 입맛을 쩝쩝 다시면서 물러섰다. 그러면서도 '하여간 요즘 젊은것들은…'이라고 투덜대는 것은 잊지 않았지만.

방으로 들어온 나는 에린이 들고 있는 그 속바지—드로어즈—를 빼앗아 들었다. 흠, 이거 대충 봤을 때는 거칠거칠하고 투박해 보였는데 껴입는 쪽은 의외로 맨질맨질하고 부드러운 게 살에 닿는 촉감이 괜찮다. 거기다 허리 쪽의 바지 목은 꽤 탄성이 좋아서 쭉 늘어났다가도 원래대로 돌아간다. 이거 꽤나 쓸 만한 물건인걸? 그리고 바지를 눈앞에 대고 자세히 들여다보니 아주 작은 잔털이 빼곡하게 들어차 있다. 겨울엔 따뜻하겠군. 거기다 털 사이로 깨알만한 구멍들이 숭숭 뚫려 있어서 통풍도 잘될 것 같고 보기보다 괜찮네. 조금 닦아주고 손질 좀 해주면 그럭저럭 품위에도 맞을 것 같다. 뭐, 속바지이니 이 옷을 볼 사람은 거의 없을 것 같고. 합격! 마음에 들었어. 이제부터 이건 내 거야! 우후후훗!

치마를 걷어 올리고 속바지를 속옷 위에 입어봤다. 역시 생각대로 착용감도 꽤나 괜찮군. 이거 헤쉬케린 늙은이가 의외로 꽤 쓸 만한 물건을 가지고 왔는걸? 그렇지 않아도 요즘 운동하고 나면 배가 차가워져서 속이 안 좋았는데 말이야. 그럼 이제 이걸 얼마나 싸게 사느냐가 문제인데 난 한 푼도 더 줄 생각이 없다. 한 오십 골드 정도면 되려나?

내가 속바지를 입고 옷매무새를 정돈한 뒤 다시 거실로 나오자 헤쉬케린 늙은이가 쿠키를 마구 집어 먹고 있다가—그동안 구박받았는지 아르케네스는 의자에 앉지도 못하고 맨바닥에 무릎을 꿇은 채 고개를 푹 수이고 있다—나를 보고는 반색을 하면서 벌떡 일어섰다.

"어때? 어때? 괜찮지? 응?"

"네… 뭐, 그럭저럭 쓸 만하군요. 얼마예요?"

내가 가격을 묻자 헤쉬케린 노인네가 손가락을 하나 치켜들었다.

"백 골드?"

"쯧! 지금 나랑 장난하자는 게냐?"

"그럼 천 골드?"

"일만 골드! 동화 하나 못 깎아줘! 싫으면 내놔!"

"뭐, 뭐예요? 겨우 이런 천 조각 하나가 일만 골드? 지금 장난해요?"

"무슨 소리! 그게 보통 물건인 줄 알아? 만 골드도 헐값에 파는 거야!"

"이런 가죽 제품 따윈 밖에 나가면 얼마든지 살 수 있잖아요! 좀 특이해 보이는 가죽이긴 하지만 너무 비싸게 부르는 거 아니에요?"

"웃기지 마! 이 대마법사께서 겨우 천 쪼가리 때문에 여기까지 오신 것 같으냐? 엉?"

"그럼 뭔데요? 제가 봤을 땐 그냥 질 좋은 가죽 속바지 정도로밖에는 안 보이는 걸요?"

"흥!"

갑자기 헤쉬케린 늙은이가 벌떡 일어서더니 터벅터벅 걸어가 벽에 걸린 장식용 롱 소드를 떼어내서 내게 들이댔다.

"이거 들고 힘 줘봐."

"네?"

"시키면 시키는 대로 해! 뭔 말이 많아! 하여간 요즘 젊은것들은……."

"아, 알았어요. 하면 되잖아요. 쳇!"

난 날이 서 있지 않은 철제 롱 소드를 뽑아 들어서 검날 부분을 두 손으로 쥐고 힘껏 구부렸다.

뚝!

뭐냐? 내가 잡고 있던 롱 소드가 반으로 뚝 하고 부러졌다. 이거 쇳덩어리가 삭은 거 아니야? 어쩜 이렇게 매끈매끈하게 부러지냐? 다른 사람들도 내가 들고 있는 반토막 난 롱 소드를 보고 어안이 벙벙한 표정이다.

난 설마 하는 생각을 떨쳐 버리지 못한 채 다시 벽으로 걸어가 철제 카이트 실드를 들어 올렸다. 어라? 이거 종잇장처럼 가볍잖아? 우득! 방패를 잡은 손이 쇳덩어리 속을 파고들면서 우그러졌다. 내친김에 삼각형의 방패 끝을 잡고 빵 주무르듯이 주무르니 얼마 지나지도 않아서 내 손에는 커다란 카이트 실드는 사라지고 둥글게 말린 쇳덩어리만 남게 되었다.

"이게 어떻게 된 거죠?"

"클클클! 말했잖아. 내가 미궁을 탐사하다가 찾아낸 물건이라고. 원래는 벨트 모양이었는데 인간용이 아니라서 창고에 처박아놨던 걸 꺼내서 수선한 거다. 고대에 존재했다는 자이언트들이 쓰던 물건이라는데 진짜인지는 모르겠고… 하여간 그거 입고 있으면 힘을 올려줄 거다."

"얼마나요?"

"흠… 글쎄? 나도 사용해 본 적은 없어서 모르겠지만 아마 웬만한 오우거쯤은 한 손으로 뭉개 버릴걸? 같이 발견한 고문서에는 프로스트 자이언트의 피부 가죽으로 만들었다고 하더라. 아마 힘이 약한 어린 자이언트나 기력이 다한 늙은 자이언트들을 위해서 만든 듯하다만 지금이야 거인은 단 한 명도 없으니 우리 같은 인간들이 써줘야겠지."

자이언트의 피부라니……? 왠지 좀 찜찜하네? 음… 뭐, 그냥 편하게 소가죽 같은 걸로 생각하지 뭐. 사람 가죽도 아닌데. 좀 엽기인가? 훗!

"에잉~ 원래는 그런 거 몇 벌 더 만들려고 했는데 어찌 된 일인지 벨트를 잘라냈더니 마법력이 한쪽으로만 전이되서 다른 쪽은 평범한 가죽이 되어버렸지 뭐냐. 남성용, 여성용으로 만들려고 두 개 주문해 놨는데 말이야. 쯧쯧, 이럴 줄 알았으면 남성용으로 만들라고 할 걸 그랬나? 그렇담 이런 성깔 더러운 계집애랑 면상 맞대는 일은 없을 것을……. 쯧쯧쯧."

"흥! 뭐, 좋아요. 이 정도면 그럭저럭 쓸 만하겠군요. 주의 사항 같은 건 없어요?"

"특별한 건 없다. 단, 내가 마법적으로 몇 가지 손질해서 그것만은 물에 젖지도 불에 타지도 않을 테고 찢기거나 베이지도 않을 거다. 그래 봐야 해머나 메이스 같은 거에 맞으면 가죽은 멀쩡해도 속에 들어있는 축 늘어진 뱃살은 너덜너덜해지겠지만."

"무슨! 지금 그 말이 얼마나 실례되는 말인지 알아요?! 확 교수형시켜 버릴까 보다."

"헹! 매일 먹고 자고 늘어져 있을 테니 뱃살이 늘어지는 건 당연한 게지. 그보다… 이제 계산 좀 해볼까? 돈 없다면 벗어. 당장. 다른 계집애한테 팔러 가야 하니까."

"체에! 에린, 가서 보석함 가져와. 그런데 이거 여자밖에 못 입어요?"

"사내놈도 입기야 입지. 거세하고 난 다음이라면. 킬킬킬… 거기다 값 좀 올려 부르려고 성별이 맞지 않으면 스파크가 일어나도록 마법을 걸어놨는데 소용없게 됐지 뭐야? 에잉! 게렝 녀석도 이제 절대 안 한다고 투덜대지……. 쯧, 이걸로 목돈 좀 만져 보나 했더니 영……."

헤쉬케린 늙은이는 연신 투덜대고 있었다. 아마도 그 벨트가 꽤나 아까웠나 보지? 나야 이런 좋은 마법 아이템을 얻었으니 좋기만 하지만 말이야. 흐흐흐, 이제 앞으로 닐크고 크렌이고 걸리면 작살내 버릴 테다. 우히힛! 그사이에 에린이 내 보석함을 들고 우리들 사이로 들어 왔다. 난 느긋한 표정으로 에린에게 다른 심부름을 시킨 뒤 내 장신구 들이 가득 들어 있는 보석함을 테이블 위에 올려놓고 활짝 열어젖혔다. 목걸이나 귀고리 등에 달려 있는 보석들이 한껏 빛을 받아서 반짝이니 방이 한층 더 밝아진 느낌이군.

"호오! 로세니아 산에 크레센트 산 물건들이 섞여 있군. 게다가 세공도 잘 되어 있고. 이건 좀 되겠군. 어디 보자. 이거하고 이거하고……."

노인네의 손길이 거칠게 보석함을 휘젓더니 좀 돈이 된다 싶은 보석류는 모조리 꺼낸다. 그리고도 모자란지 보석함을 거꾸로 뒤집어서 쏟고는 내 장신구 중 거의 대부분을 자기 앞에 끌어다 놓았다. 저거 대충 봐도 만 골드는 훨씬 넘고 한 이만 골드쯤은 되겠다. 하여간 욕심은 많아 가지고…….

"흠, 이 정도면 모자라겠지만 그럭저럭 되겠군 그래."

"그거 좀 많지 않아요? 보석 가치를 잘 모르는 내가 봐도 만 골드는 훨씬 넘을 것 같은데……."

"무, 무슨 소리! 내가 이 장사 어디 한두 번 하는 줄 알아? 이 정도 장신구면 만 골드는커녕 절반도 안 나올 게다. 이것도 네가 결혼했다고 해서 많이 깎아준 게야!"

"호오~ 그러셔요? 뭐, 좋아요. 가지세요."

난 순순히 고개를 끄덕이면서 손짓했다. 그러자 내 반격(?)을 기다리고 있던 헤쉬케린 노인네가 기이한 표정을 지으면서 뭔가 찜찜하다는 듯 작게 중얼거리면서 품에서 작은 자루를 꺼내서 내 물건들을 쓸어 담으려 했다. 그때 난 손짓으로 헤쉬케린 늙은이를 제지하면서 말했다.

"잠깐만요. 아직 거래가 안 끝났다고요."

"뭣? 뭐가 안 끝나? 난 이 빌어먹을 궁전에서 나갈 테다! 막지 마!"
"그거 가져가서 어디다 팔게요? 후훗!"
내 말에 헤쉬케린 늙은이가 인상을 팍 썼다. 당연하겠지만 저런 고가품에는 보증서가 붙는 법이고 보증서가 없는 물건은 장물이다. 보석 한두 개쯤이야 어떻게 팔아넘긴다 해도 저 정도 양이면 돈은커녕 감옥에 안 가면 다행일걸?
"보증서 내놔!"
"훗!"
난 여유만만한 표정으로 마침 낑낑대면서 수많은 종이들을 들고 오는 에린 녀석을 불러서 내 옆에 세운 뒤 그중에서 흑진주 목걸이의 보증서를 찾아낸 뒤 헤쉬케린 늙은이 눈앞에서 살랑살랑 흔들면서 말했다.
"이 보증서 얼.마.에. 사실래요?"
"크으으윽!! 네 이노오오옴!!"
"말했잖아요. 거래는 아직 안 끝났다고. 후훗."
"끄응……."
승리란 쟁취하는 법이라니까. 훗!

치열한 설전이 지나간 뒤 헤쉬케린 노인네가 가져갔던 내 물건 중 절반이 다시 내게 돌아왔다. 그동안 늙은이가 얻어낸 거라곤 도장 찍힌 보증서 열댓 장. 뭐, 저 정도면 그럭저럭 가격이 맞는 것 같으니 그만 할까? 내가 이런 생각을 하고 있을 때 갑자기 노인네가 엄지손가락만 한 다이아몬드가 박혀 있는 반지와 목걸이를 들어 올렸다.
"이건 얼마에 할 게냐? 응?"

"…그건 안 돼요."

"뭣? 아깐 아무 말 안 해놓고 왜 또 지금은 안 된다는 게야? 지금 누굴 놀리는 거냐? 앙?"

"그건… 결혼 예물이라고요. 다른 건 다 팔아도 그건 못 팔아요."

"…끙! 그렇다면 할 수 없지. 에잉! 제일 값나가는 녀석이었는데… 쯧쯧……."

"대신 제 드레스를 드리죠."

"일없다! 내가 네 녀석 드레스 가져가서 뭘 하라고? 그거 입고 머리에 꽃이라도 꽂은 담에 수도 한복판에서 춤이라도 출까?"

그거 생각만 해도 속이 울렁거리는걸. 대륙의 평화를 위해서 그건 좀 참아줬으면 좋겠는데…….

"누가 헤쉬케린 공께서 입으랬어요? 그거 가지고 다른 귀족 가문을 찾아가 보라고요. 레이스 하나하나까지 완전 실크로 된 비싼 드레스에요. 거기다 왕실 재단사가 만든 거라서 보증 하나는 끝내줘요. 웬만한 드레스 수십 벌 값은 할걸요?"

"그렇다면… 흠… 뭐… 좋다. 아쉬운 대로 그거라도 받지."

"자, 그럼 계산은 다 끝난 것 같군요."

나는 만족스럽게 웃으면서 자리에서 일어섰다. 헤쉬케린 늙은이도 그리 만족하는 듯한 얼굴은 아니었지만 그런대로 수긍했는지 자기 앞에 놓인 장신구들을 쓸어 담은 뒤 같이 일어섰다. 그리고는 벌 잘 서고 있는—아직도 무릎을 꿇고 있다—착한 아르케네스의 뒤통수를 한 대 쳐 주며 투덜거린 헤쉬케린 늙은이는 카렌 녀석처럼 창가로 뚜벅뚜벅 걸어가더니 낑낑대면서 창틀을 넘어갔다. 그리고는 나를 보며 힌미디 했다.

"켈켈! 네 녀석, 지금 득 봤다고 속으로 웃고 있겠지? 클클! 당분간 고생 좀 할걸? 켈켈켈!"

"뭐욧?"

내가 막 화를 내면서 소리치는데 갑자가 방문이 쾅 하고 열리면서 카렌이 뛰어들어 왔다. 안으로 뛰어든 카렌은 창밖에 헤쉬케린 늙은이가 보이자 팔뚝에서 단검 세 개를 꺼내 들더니 잽싸게 던졌다.

채챙! 쨍그랑!

반쯤 열린 유리창을 지나 밖으로 날아간 단검들은 노인네의 지팡이에 맞고 떨어지면서 죄도 없는 유리창 몇 개를 박살 냈고 여유있게 카렌의 단검을 막아낸 헤쉬케린 노인네는 작게 놀라면서 말했다.

"저 녀석 Hold Person 마법으로 묶고 밧줄로 꽁꽁 감아놨는데? 에잉! 이 동네 어린것들은 왜 이렇게 성깔이 더러운 거야? 나 간다!"

그 말을 끝으로 로브와 망토를 펄럭이며 창밖으로 날아가는 노인의 모습—별로 보라고 권장할 만한 모습은 아니었다—이 획 하고 보였고 닭 쫓던 개 꼴이 된 카렌은 철그렁철그렁 소리를 내면서 창가로 뛰어가 머리를 내밀고 밖을 내다보다가 '첫' 하고 혀를 차면서 돌아섰다. 그런데…….

"너, 어디 전쟁이라도 나가냐?"

카렌 녀석의 등에는 두 개의 바스타드 소드를 교차해서 메고 있었고 허리춤에는 숏 소드와 롱 소드가 양쪽에 각각 두 개씩 네 개가 걸려 있었다. 거기다 팔목에는 검날만 있는 던지는 단검들이 빼곡하게 꽂혀 있었고 허리춤에도 벨트에 걸어놓은 단검들 여러 개가 보였다. 거기다 왼손에는 석궁까지……. 누가 보면 공성전이라도 나서는 줄 알겠군.

"……."

내 말에 나를 빤히 올려다보던 카렌은 그대로 날 무시하고 2층 계단을 향해 뛰어가 버렸다. 흠… 잠이나 잘까나? 피로는 미녀의 적이라고. 푹 자야 피부도 뽀송뽀송, 맨질맨질해지는 법! 여자는 가꾸기 나름이라니까.

"에린, 잠자리 준비해."

"네, 마마."

그렇게 난 방 안의 사람들을 내쫓으면서 내 방으로 돌아갔다. 그리고 막 방문을 열려고 손잡이에 손을 댄 난 그제야 그 노인네가 한 말을 깨달을 수 있었다. 한 손에 들린 반으로 우그러진 놋쇠 손잡이를 잡고서 말이다. 이거 힘 조절을 어떻게 해야 하는 거야?!

푹 자고 일어났더니 침대 위가 엉망이었다. 잠결에 뒤척이다 손에 걸린 침대 시트들이 쭉쭉 찢어져 있었고 침대 귀퉁이에 붙어 있는 강철 봉이 바깥 쪽으로 휘어 있었다. 이거이거, 잘 때는 벗어놓고 자야겠는걸? 이래서야 어디 편히 잠이나 자겠어? 자다가 침대 기둥이 덮쳐 오면 그것참 당혹스러울 것이란 생각이 든다.

작게 하품을 하면서 내 침실을 나와 보니 아직 새벽인데도 불구하고 궁 안은 상당히 분주했다. 어디서 에린 어릴 때 모습 같은—물론 외모를 말하는 게 아니다—꼬맹이들이 자기들 딴에는 열심히 한다고 뛰어다니고 있었지만 내가 봤을 땐 일거리만 더 늘어놓는 것 같았고 눈에 핏발을 세운—잠을 못 잔 걸까?—제린과 죠안 등이 내가 있는데도 불구하고 악을 써가며 정리 정돈을 해 나가서 그런대로 주변 정리가 되는 것 같긴 하지만 저래서야 시녀들이 먼저 쓰러지겠군.

"일어나셨습니까, 마마?"

"응. 출발 준비 하는 거야?"

"예, 그렇습니다, 마마."

오늘이 바로 사절단의 일원으로서 케셴에 가는 날이군. 흐음… 출발할 때까지 아직 시간이 있을 텐데 나도 좀 도와줘 볼까? 무지 좋은 마법 아이템도 구했는데 조금쯤 자랑해도 상관없겠지? 후훗!

난 자기 키만큼이나 큰 내 짐 가방을 낑낑거리며 들고 가는 꼬맹이 시녀에게 다가가서는 가방의 손잡이를 잡고 들어 올렸다. 호오! 가볍군! 아니, 아예 무게가 안 느껴지는걸?
"에… 에엣?"
카렌보다도 더 어려 보이는 꼬맹이는 갑자기 내가 짐을 들어주자 깜짝 놀란 듯하다가 나를 보고는 그대로 기절할 듯한 표정으로 입만 뻐끔거렸다. 뭐야? 도와주겠다는데 말이야? 표정이 저따위면 괜히 심술이 나잖아!
"저… 저기… 저기……."
"됐어. 내 짐 정도는 나도 들 수 있다고. 가서 다른 일이나 해."
"그게… 저기……."
거참, 말 많네. 시키면 시키는 대로 할 것이지 말이야. 난 귀찮다는 듯 손짓해서 물러가라고 한 뒤 짐 가방의 손잡이를 잡고 등쪽으로 멨다. 그런데 뚜둑 하는 소리와 함께 가방이 등을 지나쳐 내 뒤로 날아가 버리고 내 손에는 손바닥만한 천 조각만 남았다. 나도 모르게 힘을 줘 버린 건가?
"아… 아아……!"
비명과 같은 소리가 들리길래 돌아봤더니 짐을 나르고 있던 꼬맹이 시녀 녀석이 아직 안 가고 등 뒤에서 저 멀리 날아가 버린 짐 가방과 날 보면서 어쩔 줄 몰라 하고 있었다. 난 그 애를 손짓해서 부른 뒤 짧게 한마디 했다.

"손."

자기도 모르게 반사적으로 손을 내미는 꼬맹이 시녀의 손 위에 끊어져 버린 가방 손잡이를 놓아준 나는 아직 영문을 모르겠다는 시녀를 외면한 채 두 손으로 살짝 귀를 막으며 자리를 빠져나왔다. 곧 이어 소리없이 나타난 제린이 바닥을 구르고 있는 가방과 멍한 표정의 꼬맹이를 보고는 따따따 하고 잔소리를 늘어놓기 시작했다. 슬쩍 뒤돌아보니 그 꼬맹이 시녀는 눈물을 글썽거리면서 울먹이고 있었는데 조금 미안한 생각이 든다. 흠… 난 도와주려고 한 거란 말이야. 어라? 저기 무거워 보이는 나무 상자가 있네? 호오! 이번엔 실수하지 말고 잘해봐야지. 난 이번에도 손잡이가 떨어져 나갈 걸 생각해서 아예 허리를 숙여서 나무 상자의 밑바닥을 두 손으로 감싸 쥐었다. 그리고는 힘껏 들어 올렸는데 척 보기에도 꽤나 무거운 나무 상자는 마치 자기가 솜털인 줄 아는지 그대로 천장으로 날아올라 가버렸다.

콰앙! 후두둑!

나뭇조각의 파편들과 그 안에 들어 있던 옷가지들이 내 머리 위로 쏟아져 내린다. 제길……!

에레니아 시녀장이 '운동 가실 시간입니다. 어서 다녀오세요. 걱정 마시고 다녀오세요. 늦겠습니다. 어서 가세요' 등등의 말로 내 등을 떠민다. 쳇! 그래, 나도 사고만 친다. 흥! 하지만 아침 운동도 겨우 10분 만에 끝났다. 닐크가 오늘은 킥 연습을 시켜준다고 해서 병사들을 시켜 내 허리 두께의 굵은 통나무를 땅바닥에 박아 넣있는데 하이킥 힌 방에 통나무 윗 부분이 절반이나 부러졌고 로우 킥을 먹이자 통나무가 사방으로 흙을 튀기면서 튀어나와 허공을 날다가 텅텅거리며 바닥을 굴렀다. 그 모습을 본 닐크는 '갑자기 두통이…'라고 하면서 아르케네스에게 기대며 쓰러졌고 아르케네스는 그런 닐크를 들쳐 업더니 말도 없이 도망쳐 버렸다. 거기다 오늘은 가죽 갑옷을 입고 연무장으로 나왔던 크렌이 그 장면을 보자 갑자기 배가 아프다고 중얼거리며 뒤도 안 돌아보고 뛰어가 버렸기에 나 홀로 연무장 한가운데 남게 된 것이다. 에이, 짜증나! 뭐야, 정말?!

병사들을 불러서 대련 상대로 삼을까도 생각했지만 지금 상태로는 엄한 병사들 여럿 잡을 것 같아서—진짜 관을 보게 될지도—참았다. 할 일이 없어진 내가 투덜대면서 다시 거실로 돌아오자 일순 거실 안에 긴장감이 감돌았지만 나는 평소와 같은 모습으로 차를 내오라고 시켰다. 곧 이어 에린이 찻잔을 들고 와 나는 뜨거운 홍차가 가득 담긴 찻잔을 들었다.
파삭!
순간 사기로 된 찻잔 손잡이가 썩은 나뭇가지처럼 뚝 하고 부러져 찻잔이 아래로 떨어지면서 테이블을 더럽혔다. 크으! 이젠 슬슬 짜증나기 시작한다아!! 괜히 오기가 생긴 난 두 손으로 찻잔을 조심스럽게 잡으며 들어 올렸다. 오오! 그래, 아직 괜찮다. 이제 조금만 더…….
빠각! 끄아아아아아아악!!
"에린! 가서 기사들이 쓰는 철제 투구 가져와! 어서!"
"네, 넷! 마마!"
그래, 누가 이기나 한번 해보자고!!

일 때문에 왕자궁을 나설 때 난 아르케네스만큼이나 무서운 '괴물'이 되어 있었다. 하긴 세상 천지에 그 누가 철제 투구를 찻잔으로 사용할까? 그것도 둥글둥글한 투구 모양이 마음에 안 든다고 맨손으로 몇 번 두드려서 평평하게 만들었으니 더욱더 무서워하는 것 같다. 뭐, 잘했다고 머리를 쓰다듬어 주기라도 했다간 그날이 바로 그 녀석 제삿날이라나? 하여간 꼬맹이들 조잘조잘 떠드는 데는 아주 질려 버렸다. 제린이나 제시 같은 시녀들처럼 과묵하고 조신하게 일하면 얼마나 좋아? 에이, 어서 빨리 대책을 세우든지 해야지…….

이번 여행에도 마차를 타고 가게 되었다. 하긴 나 같은 귀한 숙녀가 있는데 말을 타고 가라고 할 수는 없었겠지. 흠, 나도 승마는 좀 하는데……. 물론 본격적으로 기마술을 배운 건 아니지만 말이야. 하여간 나와 에린이 마차에 오르자 짐을 다 실은 마차는 곧바로 덜그럭거리면서 출발하기 시작했다. 난 손을 흔들며 마중해 주는 시녀들에게 웃어 주면서 왕자궁을 나왔다.

곧 이어 본궁에 도착한 우리는 거기서 힘 좋은 말 여덟 필과 짐을 실은 마차 한 대를 추가시키고 호위 기사인 크렌과 그 부하들인 닐크, 아르케네스를 끝으로 하는 조촐한 일행을 데리고 본궁을 빠져나왔다. 이른 아침부터 내성문이 열리고 내가 탄 마차가 빠져나가자 넓은 대로가 나왔는데 그 한가운데 급히 뛰어온 기색이 역력한 댄 녀석이 헉헉거리며 내가 타고 있는 마차로 달려와서는 창문을 열고 안으로 꽤 부피가 큰 가죽 가방을 집어 던졌다.

"헉헉! 마마! 이번 여행에서 필요한 자료들을 모아왔습니다. 보시고… 후우… 참조하십시오!"

"응. 그런데 댄은 이번에 같이 안 가는 거야?"

"예? 예. 전 사정이 좀 있어서요. 그리고 그쪽에 이미 외무 대신께서 도착해 계셔서서 군이 제가 갈 필요가 없으니까요."

"흐음… 그래, 알았어. 갔다 오도록 하지."

"예, 마마. 부디 몸조심하십시오. 잘 아시리라 믿겠지만… 제발 사고 치지 말아주십시오."

"뭐얏?!"

"아, 아닙니다! 그럼 전 이만!"

내 속을 뒤집어놓은 댄 녀석이 허둥대면서 뒤돌아서 뛰어가 곧 이어 길 한 켠에 세워져 있는 마차에 올라타더니 어디론가 쏜살같이 달려가 버렸다. 뿌득! 두고 보자, 데엔!! 빠각! 나도 모르게 창틀을 쥐고 있던 손에 힘이 들어갔다. 앗차! 힘 조절, 힘 조절……. 난 창틀에서 떨어져 나온 나뭇조각을 창밖으로 내버리고 출발하라고 명령했다.

내성의 긴 가도를 지나 외성을 나온 마차는 그때부터 전력으로 질주하기 시작했다. 속도에 미쳐 버린 광인처럼 마차가 인적이 드문 북부 대로를 질주하기 시작하자 주변의 사물이 획획 지나가는 무시무시한 속도감이 창밖으로 펼쳐졌다. 나보다 삼 일 먼저 출발한 외무 대신 일행이 지금쯤 케센 국경을 넘었을 테니 빨리 따라잡지 못하면 그쪽 수도에서나 만날 수도 있기에 죽자고 달리기 시작한 것이다. 마차의 앞머리엔 왕실 문장이 수놓인 깃발이 바람에 펄럭이고 있었고 그 옆에는 긴급을 알리는 붉은 깃발이 휘날리고 있었다. 마차는 이제 갈색을 띠기 시작하는 대초원을 가로지르며 북쪽으로 질주하고 있었다.

평소라면 이런 마차 여행 때 꾸벅꾸벅 졸거나 창밖을 내다보며 하품하고 있을 나였지만 지금은 그러지도 못한다. 우선 댄이 던져 주고 가

버린 문서의 양이 책 두세 권 정도는 가뿐히 넘을 정도였고 거기다 마차를 몰고 있는 닐크—마부와 교대로 마차를 몰고 있다—가 던져 준 과제를 같이 해야 했기 때문이다. 난 덜컹거리는 마차 안에 앉아서 에린이 읽어주는 문서의 내용을 머리 속으로 기억하면서 힘 조절을 하기 위한 연습을 계속해 나갔다.

닐크가 권해준 연습이란 무릎에 완두콩이 가득 담긴 자루를 올려놓고 손가락으로 집어서 에린 무릎 위에 놓여 있는 작은 접시로 옮겨놓는 일이었다. 처음 봤을 땐 겨우 이것쯤이야라고 생각했는데…….

"짜증나아아!!"

따다당! 후두두둑!

신경질이 난 내가 손에 쥔 한 무더기의 완두콩을 벽으로 집어 던졌더니 사방으로 튀어 오른 완두콩들이 마치 비처럼 머리 위로 쏟아져 내렸다. 앗, 따거! 에이씨!! 거기다 완두콩 가루가 마차 안에서 흩날리며 코를 간지럽혀서 재채기까지……. 끄아아아! 미치겠다. 차라리 한 놈 붙잡고 죽자고 패는 게 낫지—지금 상황에서 그랬다간 진짜 관을 보게 될 거다—이러다가 내가 먼저 미쳐 버릴 것 같다. 어떻게 조금만 힘주면 완두콩이 파삭 하는 소리를 내면서 가루가 되고 딴에는 힘을 덜 준다고 하면 손가락 사이를 빠져나가 바닥으로 떨어지니 신경질이 안 날 수가 있는가? 거기다 간신히 잡아서 접시 위로 놓을 때도 조금만 힘이 들어가면 화살같이 날아간 완두콩 녀석이 따다당 하는 소리를 내며 접시 위를 힘차게 튀어다니다가 다시 밖으로 빠져나와 마차 바닥으로 떨어지니 이중으로 짜증이 난다.

이럴 때는 기분 전환 삼아서 잠깐 쉬면서 기력을 충전해야 하는데 마차는 여전히 빠른 속도로 달리기만 한다. 밖은 이미 깜깜한 밤이 되었는데도 마부석 위에 랜턴을 달아놓은 마차는 죽자고 달리기만 했다. 잠깐 쉬는 시간은 지친 말을 다른 말로 바꿀 때뿐이었다. 이 속도라면 국경까지 이틀이면 도착하겠군. 체엣!

광풍처럼 미친 듯이 대초원을 질주하던 마차가 멈춘 건 달이 머리 위까지 떠오른 캄캄한 한밤중이었다. 조금 더 지나면 새벽이라고 부르는 시간일걸? 하여간 말도 마부들도 완전히 파김치가 되어버렸기에 야영은 겨우 모닥불만 피우고 따뜻한 죽 한 그릇씩 먹는 걸로 끝나 버렸다. 마차 밖으로 나와 굳어진 몸을 풀고 따뜻한 죽을 한 그릇 먹고 나니까 이제야 좀 살 것 같다. 하루 종일 마차 안에 앉아서 완두콩과 씨름하다 보니 미쳐 버릴 것 같았는데 말이야. 이제 자야지. 나 같은 미인은 하루에 12시간은 자야 하는 법. 벌써 시간 초과라고. 그런 생각으로 내가 타고 온 마차로 다가가는데 갑자기 마차 밑에서 시커먼 물체가 툭 하고 떨어지더니 마차 바퀴 사이로 엉금엉금 기어나왔다. 설마 암살자… 일 리가 없지. 쯧!

"거기서 뭐 하냐, 카렌?"

"……."

바닥에 배를 댄 채 엉금엉금 기어나온 카렌 녀석은 나를 올려다보더니 바둥대면서 반대쪽으로 기어가려 했다. 훗! 귀여운걸? 그런 카렌 녀석을 들어 올린 나는—완두콩… 완두콩… 떨어진 완두콩이냐, 가루가 된 완두콩이냐?—바둥대는 카렌의 배를 두 손으로 잡고 살짝 힘을 주었다. 그러자 카렌 녀석이 '캐액' 하는 소리를 내면서 축 늘어져 버리는 바람에 놀란 난 에린을 부르고 꾸벅꾸벅 졸고 있는 다른 이들을 모조리 불렀다. 진짜 사람 하나 죽인 줄 알았다니까!

다행히 카렌은 배에 심한 압박을 받아서 축 늘어진 것뿐 내장 파열 같은 위험한 부상을 입지는 않았다. 대신 깨어난 카렌의 배에서 '꼬르륵' 하는 소리를 내어 스튜를 끓인 무쇠솥은 에린이 박박 긁어대는 통에 '끼기긱' 하는 비명을 질러댔다. 그 덕에 카렌이 굶주림으로 쓰러지는 일은 없었지만…….

카렌은 아직도 내 무릎 위에 앉아서 조용히 있었다. 이번에 또 바둥대면 갈비뼈가 부러질지도 모른다는 걸 깨달았는지 카렌답지 않게 가만히 내게 안겨 있었다. 그런데 이 애, 하루 종일 마차 밑에 붙어 있어서 그런지 머리고 얼굴이고 완전히 먼지투성이군. 불빛에 비치는 붉은 머리는 회색에 가깝다. 이런 건 좀 털고 다녀야… 퍽 아앗! 실수다. 카렌 녀석의 허리가 앞으로 급격히 숙여졌다. 눈물을 글썽글썽거리며 씩씩거리는 카렌은 뒤통수를 문지르며 날 노려보다가 저쪽에서 식사 후 뒷정리를 하고 있는 에린을 보자 내 손을 탁 하고 쳐내더니 에린에게 쪼르르 달려가서 매달렸다. 저, 저것이!!

"까아! 얘, 카렌, 언니 일하잖아. 조금 있다 놀아줄게. 응?"

"…싫어!"

그렇게 말한 카렌은 에린의 등에 찰싹 달라붙어서 떨어질 줄을 몰랐다. 그리고 나를 보면서 혀를 내민다. 저 꼬맹이 녀석, 언제 또 한번 날 잡아서 엉덩이를 두들겨 줘야겠군. 에이, 나도 잠이나 잘까?

내가 타고 온 마차로 돌아가 보니 어느새 준비해 놨는지 의자 위와 마차 바닥에 매트와 이불이 깔려 있었다. 흠, 에린이 한 걸까, 아니면 다른 녀석이 한 걸까? 뭐, 나야 편히 잘 수만 있으면 그만이지만. 난 그렇게 생각하면서 이불 속으로 기어들어 갔다. 아, 맞아. 속바지는 벗어놔야지. 잠결에 마차를 때려 부수면 안 되니까. 내 잠버릇은 그리 나쁜 편이 아니지만 그 약간도 주변 사물에게는 치명적인 타격이 될 테니 내가 알아서 주의해 줘야지 뭐.

 잠깐 선잠이 들었는데 갑자기 마차 밖에서 똑똑 하는 노크 소리가 들려왔다. 귀찮아서 대답도 안 하고 돌아누웠더니 잠시 뒤에 마차 문이 살짝 열리면서 에린의 목소리가 들려왔다.
 "쉬잇! 마마께서 주무시니까 조용히 해. 알았지?"
 "으응."
 둘은 안으로 들어오더니 부시럭거리면서 옷을 갈아입었다. 아! 여기가 궁이었으면 시녀장이 잠옷으로 안 갈아입고 잔다고 잔소리를 늘어놨겠군. 뭐, 지금 여기 없으니까 상관없겠지. 살며시 고개를 돌려서 에린 등을 바라보니 벌써 옷을 다 갈아입었는지 에린이 바닥에 깔린 이불 속으로 들어간다. 그리고 카렌은 마차 창문을 통해서 밖을 몇 번 둘러본 뒤 에린이 있는 이불 속으로 들어가려 했다. 막 카렌 녀석이 바닥에 누우려고 할 때 난 잽싸게 손을 뻗어서 카렌의 허리를 붙잡고 내쪽으로 끌어당겼다. 깜짝 놀란 카렌이 바둥댔지만 좀 전 당한 게 있어서 그런지 심하게 굴지는 않아 난 카렌을 품에 안고 잠을 잘 수 있게 되었다. 카렌, 그새 씻었나 보네? 좋은 냄새가 난다.

 다음날도 마차 여행은 계속되었다. 중간에 북부 요새―넬튼? 넬톤? 이름은 잘 모르겠다―에서 말을 바꾼 마차는 계속해서 북쪽으로 달렸는데 하루 열여섯 시간씩 북쪽으로 내달린 덕분인지 우리들은 저녁 늦게쯤 국경에서 10km도 떨어지지 않은 최북단에 도착할 수 있었다. 뭐, 덕분에 나와 에린같이 마차 안에서 편히 쉬던 사람을 제외한 다른 일행들은 완전히 녹초가 되어서 쓰러져 버렸지만 말이야. 그래도 예정보다 반나절이나 일찍 도착한 덕에 오늘은 찬바람을 맞지 않고 튼튼한 건물에서 잘 수 있게 되었다. 요새 도시이면서 북부 교역로의 중심인 신펠 요새 도시에 도착했기 때문이다. 마차는 넓은 해자 위에 놓인 가교를 통해 높다란 성벽을 지나 도시 안으로 들어섰다. 마차를 타고 도시 중심의 요새로 향하는 동안 슬쩍 밖을 내다 보니 주민들의 분위기가 꽤나 심상치 않다. 역시 전쟁이 날 거라는 소문이 벌써 여기까지 돈 것 같다. 아니, 이쪽에서 날아온 정보이니 이미 다들 알고 있을지도……. 도시로 들어오는 동안에도 신펠을 나가는 상인 무리가 꽤 많이 눈에 띄었으니까 말이다.

외성문을 통과해 넓은 대로를 통해 내성으로 들어서자 이미 연락을 받았는지 많은 사람들이 요새 앞에 모여 있었다. 내가 마차에서 내리자 이 도시의 영주로 보이는 나이 든 귀족이 내게 뛰어와서는 예를 표하며 말했다.

"신 올레인 드 시노만 자작이 이왕자비 마마를 뵈옵니다."

"만나서 반가워요, 시노만 자작."

"영광이옵니다, 마마."

나를 향해 고개를 숙이는 중년의 자작은 일반 귀족과는 다르게 짧은 머리에 근육질 몸매를 가지고 있었는데 척 보기에도 군인티가 팍팍 난다. 역시 요새 도시라는 건가? 댄의 눈서에 첨부되어 있긴 하지만 요새 도시라는 걸 처음 본 나로서는 도시민들만큼이나 많은 병사들이 도시 안을 돌아다니는 모습이 약간 생소했다. 그런데 이 시노만 자작 뒤에 서 있는 다른 귀족 녀석들은 내게 와서 인사를 안 하는 거야?!

"그런데… 뒤에 계시는 분들은?"

"아, 예. 수도에서 오신 외무 대신님과 그 일행 분들이십니다."

뭣? 우리보다 삼 일이나 일찍 국왕 폐하의 명으로 떠난 사절단 일행들이 왜 여기 있는 건데? 지금쯤 케셴 수도를 향해 마차 바퀴가 부서지도록 내달리고 있어야 하는 거 아니야? 의아한 눈길로 내가 그들에게 시선을 주자 자기들끼리 수군대면서 나를 힐끔거리고 있던 그 귀족들이 우르르 내게 몰려왔다.

"다시 뵙게 되어서 영광이옵니다, 마마."

"그대는?"

"신 릴테온 드 메리츠 후작이옵니다."

"만나서 반가워요, 메리츠 후작. 그런데 왜 여기서 이러고 있는 거죠? 저희는 많이 늦은 줄 알고 꽤나 서둘러 왔는데요."

"그, 그게……."

"마마, 우선 안으로 드시는 게 어떻겠습니까? 날이 어두워지고 있습니다."

시노만 자작의 말마따나 주변은 벌써 까만 어둠이 내려앉고 있었다. 그래, 우선 안으로 들어갈까?

실제적인 경력이야 어떻든 여기서 난 가장 높은 직위를 가진 사람이었기에 내가 안으로 들어가자 내 뒤로 주변에 모여 있던 귀족들이 우르르 몰려와서는 긴 장사진을 이루었다. 안으로 들어가면서 슬쩍 뒤를 돌아보니 나와 같이 마차를 타고 왔던 에린 등이 멍한 표정으로 나를 바라보고 있다. 에이, 남정네 둘이야 알아서 잘 먹고 잘 잘 테니 상관없지만 에린과 카렌은 챙겨왔어야 하는 거였는데.

신펠 요새 도시의 중앙에 있는 영주관은 소박하기 그지없었는데 너부 소박하다 보니 투박하다는 생각이 들 정도로 볼품없었고 또 거칠기 그지없었다. 우리 로세니아나 크레센트의 왕실 같으면 지금 내가 걷고 있는 복도의 벽들도 모두 거울처럼 맨질맨질하게 깎여서 빛나고 있을 텐데 여기 복도는 울퉁불퉁한 돌들이 여기저기 튀어나와 있고 또 창도 작아서 어둠침침한 데다가 냄새도 그리 좋은 편이 아니다. 차라리 목조성 쪽이 더 낫겠군. 그래도 내가 안내되어 들어간 대식당은 그런대로 화려했다. 물론 왕궁에 비하면 소박하기 그지없지만 말이야. 아마도 영주가 앉았을 법한 중앙의 의자에 안내된 내가 거침없이 그 자리에 주저앉자 곧 이어 내 왼쪽으로는 영주가, 오른쪽으로는 외무 대신이 자리를 잡았다. 대충 보니 이 요새의 장교들은 왼쪽에, 외무 대신을 따라온 귀족들은 오른쪽에 순번대로 앉은 것 같군. 그럼 이제 이들이 왜 여기 있는지 들어볼까?

"자, 그럼 메리츠 후작, 왜 아직 여기 있는 거죠?"

"그, 그것이……."

"그 점이라면 제가 답변드려도 되겠습니까, 마마?"

"그러세요."

난 고개를 왼쪽으로 돌리며 시노만 자작을 바라보았다. 강인한 인상의 멋진 근육질의 아저씨는 내게 감사하다며 작게 고개 숙인 뒤 자리에서 일어서서 부관이 가져온 문서를 손에 들고 말을 시작했다.

"삼 일 전 케센 측 국경 수비대 병사들 사이에 큰 소요 사태가 일어났습니다. 그리고 이틀 전부터 일만이 넘는 대군이 케센 측 국경 주변에 모습을 드러냈습니다."

"그 뒤부터는 제가 말씀드리겠습니다, 마마."

"하세요, 메리츠 후작."

"예, 마마. 어제 이곳에 당도한 저희 사절단 일행은 국왕 폐하의 명을 받들고자 곧바로 국경으로 직행하였습니다. 한데… 케센 측에서 저희를 막아서고 통과를 거부하였습니다. 그렇기에 할 수 없이 이곳으로 돌아온 저는 수도로 이 사실을 전하는 한편 대책을 강구하고 있는 중입니다."

"거기다 케센 측은 삼 일 전부터 각 상인들은 물론 여행자와 순례자의 통과도 거절하고 있는 상황입니다, 마마."

흠, 그렇다는 말은 아예 대화할 기회를 주지 않겠다는 뜻인가? 이거 생각보다 피곤하겠는걸? 그때 마침 다과와 함께 차가 나왔다. 그런데 이 사기로 된 찻잔을 보게 되니 이거 영 난감한걸?

"차가 마음에 안 드십니까, 마마?"

내가 물끄러미 찻잔을 내려다보고 있자 시노만 자작이 조심스럽게 물었다. 이에 난 어색하게 웃으면서 대답해야 했다.

"아, 아니에요. 향이 참 좋군요. 그런데… 저와 같이 온 시녀 좀 불러주시겠어요?"

"예, 그리도록 하겠습니다."

곧 이어 에린이 내게 불려왔다. 내가 에린에게 작게 속삭이며 명령을 내리자 에린은 곤란한 표정으로 나와 찻잔을 바라보다가 말없이 밖으로 나갔다. 내 이런 모습을 바라보고 있던 다른 귀족들은 나 때문에 눈앞에 놓인 찻잔에 손도 못 대고 손가락만 빨고 있다. 으음…….

"전 상관 말고 드세요."

"어떻게 감히……."

지방 영주 출신인 시노만 자작은 작게 고개를 젓는다. 왕실의 권력 다툼과는 거리가 있는 그는 순수하게 내 직위를 존중해 주었다. 하지만 메리츠 후작은 내 얼굴을 힐끔거리면서 무언가 약간 불만스러운 표정이었는데 아마도 나를 못마땅해하는 이유는 그가 삼왕자파의 일원이기 때문일 것이다. 하지만 이건 누구라도 해야 하는 일이라고. 지금 집안싸움하게 생겼나?

"마마, 차를 내왔습니다."

다행히 때마침 에린이 들고 온 찻잔을 내 앞에 내려놓았다. 물론 보통 찻잔이 아니다. 재질은 강철이요 본래 용도는 와인 등을 따라 마시는 술잔이다. 거기다 잔 주위에는 에린의 솜씨로 만들어진 자수가 놓인 헝겊이 둘러져 있었다. 이거 모두가 나와 내 전용 찻잔을 빤히 바라보니 몸 둘 바를 모르겠는걸?

"마마… 그건……?"

"호호호! 숙녀에겐 여러 가지 말 못할 사정이 있는 법이랍니다. 차가 식겠군요. 어서 드세요."

그렇게 말하면서 내가 두 손으로 강철 찻잔을 들자 다른 귀족들도 어색하게 웃으면서 같이 잔을 들었다. 뭐, 나도 이런 눈에 띄는 짓을 하고 싶은 건 아니라고. 하지만 어쩌겠어. 사기같이 단단하고 탄성이 없는 물건은 조금만 충격을 줘도 단번에 뚝 하고 부러지니 말이야. 차라리 쇳덩어리 쪽이 더 만지기 편할 정도니 할 수 없지. 그래도 이만큼이나마 힘 조절을 할 수 있는 것도 다 짜증나는 완두콩 옮기기를 한 덕분이다. 내 괴상한 찻잔 덕분에 조금 무겁던 대식당 안의 분위기는 많이 가벼워졌다. 뭐, 저들 중 몇몇은 이런 내 기행을 자기들의 긴장을 풀어주기 위해서 일부러 행한 것이라 믿는 이들도 있는 것 같은데 오해하라면 하라지 뭐. 나한테 나쁠 것도 없으니까. 그보다는 현 상황이 더 문제다.

"그런데……."

"예, 말씀하십시오, 마마."

내가 입을 열자 시노만 자작이 손을 들었다. 그러자 약간 시끌시끌하던 식당 안이 조용해졌다. 모두 입을 닫은 것이다. 심지어 영주인 시노만 자작보다 직급이 높은 메리츠 후작까지도 말이다. 이거 조금 부담되는걸? 역시 사람은 출세해야 하는 건가 보다. 아니, 이게 아니지.

"여기 계신 두 분의 말씀으로는 저쪽이 너무 일방적으로 구는 것 같네요."

"확실히 전례가 없는 일이긴 합니다, 마마."

"사절단까지 거절할 만큼 무례한 자들입니다. 하여간 문화의 문 자도 모르는 야만적인 것들이니… 쯧쯧."

"그렇다곤 해도 그들은 강국이에요."

"저희 크레센트의 병사들 역시 그리 약골은 아닙니다. 만약 이번 일로 놈들이 겁없이 날뛴다면 매운맛을 보게 될 것입니다."

물론 그렇겠지. 그리고 그 뒤에 내 모국인 로세니아가 '감사합니다' 하고 쌍수를 처들면서 병사들을 전쟁에 지친 크레센트와 케센으로 보낼 테고 말이야. 이거 싸움을 부추겨야 하는 거 아니야?

"전… 보시다시피 전쟁이니 싸움이니 하는 것과는 그리 관계가 없는 평범한 여자랍니다. 하지만 역사에는 관심이 있어서 조금 공부한 적이 있는데 제 기억으로는 이런 상황이 과거에도 몇 번 있었던 것 같군요."

"어떤 때를 말씀하시는 것입니까?"

"바로 강대국이 약소국을 침공할 때, 그것도 적국을 무릎 꿇리는 게 아니라 완전히 정복하기 위해 전면전을 벌일 때를 말하는 것입니다."

"그런!!"

"설마……?"

"여기 계신 분들은 모두 아시겠지만 전 로세니아 출신입니다."

"크흠……."

"그것과 이것이 무슨 상관이……?"

"제 말 아직 안 끝났어요. 계속 들어봐요. 전 처음 이 나라에 왔을 때 여러 가지로 놀랐지만 그중 가장 놀란 건 브리츠의 프리스트들이 버젓이 돌아다닌다는 사실에 정말 놀랐죠."

"흐음… 뭐, 타국에서 오신 분들이 그런 점에 조금 놀라시더군요. 아시다시피 크레센트에서는 종교의 자유를 보장하고 있는지라……."

"그래요. 바로 그거예요. 저희 로세니아라면 비젠 신과 대립하는 다른 신의 프리스트들은 아예 신분을 드러낼 수도 없죠. 이건 케센도 마찬가지이고요. 그들은 전신 토르를 숭상하니까요. 거기다 전신만이 유일한 신이라고 믿는 그들인데 이번에 그쪽 나라의 사왕자가 브리츠의 암살자에게 살해당했다고 소문이 났어요. 아마도 저들은 자신들의 신이 모독당했다고 생각할 게 분명해요."

"흠… 저는 잘 이해하기가 힘듭니다, 마마."

"케센의 남자들은 대부분 전사들이고 또 전신 토르를 숭상하는 신도들이니 아마 이번에 암살당한 케센의 사왕자 역시도 토르의 신자겠죠. 그런 사왕자가 크레센트 왕국에서나 인정받는 브리츠의 암살자에게 암살당한 일은… 그들에겐 도전이자 모독으로 비춰질 겁니다. 아마도… 케센 측에서는 지금 사태를 국가 간의 분쟁으로만 보지는 않을 겁니다. 그들은… 자신들의 정의와 자신들의 신을 위해서 이곳 크레센드를 치려고 하는 것일 겁니다."

"흐음… 너무 과한 생각이 아닌지 모르겠습니다, 마마."

내 말을 들은 메리츠 후작은 고개를 살짝 저으며 작게 부정했다. 하지만 난 어릴 때부터 비젠 신만이 최고의 신이라고 주입식 교육을 받으며 커왔다고. 지금에서야 맨날 내게 시련만 안겨주는 신에게 진절머리가 나서 믿지 않는다고 말하지만 그렇다 해도 난 로세니아 인이고 어둠과 음모의 신인 브리츠는 생각만 해도 혐오감이 들 정도다. 신을 부정하는 내가 이럴 정도인데 전신을 숭배하는 케센의 광신도들이 이런 대사건이 일어났는데도 불구하고 멍하니 손가락만 빨고 있겠는가. 아마 모르긴 몰라도 내일 당장 쳐들어올지도 모른다. 역시 삼국 간의 60년 동안 계속된 평화는 너무 길었나 보다. 60년이라는 시간은 타국을 침략할 힘을 기르기엔 충분하고도 남을 시간이니까 말이야.

"하여간 내일 저와 왕실의 이름으로 사신을 파견해 보도록 하죠. 어쨌든 우리들은 시간을 벌어야 하니까요. 만약 상대가 협상에 응한다면 거기에 참석하도록 하고요."

"마마께서도 참석하시겠습니까? 위험할 것 같습니다만……."

"별수 없죠 뭐. 제가 나가지 않는다면 외교 협상에서 거짓말을 하게 되는 거니까요. 우선 상대에게 신뢰감을 줘야 하지 않겠어요? 그리고 여기 메리츠 후작께서 계신데 제가 뭘 걱정하겠어요. 저같이 어리고 아는 것도 없는 여자보다는 노련한 외무 대신께서 잘 알아서 해주실 것이라 믿어요. 전 자리만 차지하고 있으면 되죠. 안 그런가요?"

"지, 지당하신 말씀입니다, 마마. 그럼 저희는 이만 준비를 하러……."

외무 대신과 그 일행들은 내게 예를 표하면서 줄줄이 밖으로 나갔다. 뭐… 저들은 삼왕자파니까 말이야. 아마 지금쯤 내가 무슨 꿍꿍이로 양보한 건지 알아내기 위해서 머리를 싸매고 끙끙대겠지? 거기다 사교성이 부족한 로이드 왕자를 대신해서 내가 사교계에서 활약하고 있으니 나 역시도 경계의 대상일 테고 말이야. 뭐, 잘되면 저 외무 대신과 함께 내 이름도 귀족들 입에 오르내리게 될 테고 잘못돼도 일을 주도한 건 메리츠 후작이니 내게 피해될 건 없지.

그 뒤 난 시노만 자작이 열어준다는 조촐한 연회를 피곤하다는 이유로 거절한 뒤 내게 배정된 방으로 돌아왔다. 아마도 영주 부인의 침실이었을 게 뻔한 넓은 방으로 돌아온 나는 내일 카렌에게 시녀복을 지급하라는 명령을 한 뒤에 그대로 침대에 누워서 잠을 청했다. 오늘도 피곤한 하루였지만 내일은 오늘보다 더 피곤할 테니 푹 쉬어둬야지. 음······.

다음날 일어나 보니 케센 측에서 협상을 하겠다는 답변이 일어나서 씻고 있는 나를 맞았다. 덕분에 평소보다 몸치장에 쏟아 부어야 할 시간을 많이 빼앗기게 된 나는 대충 씻고 옷을 챙겨 입은 뒤 사신단 일행과 함께 국경으로 향했다. 우리가 온다는 걸 이미 알고 있던 케센 측 국경 수비병은 크레센트 깃발이 꽂혀 있는 마차를 그대로 통과시켰다. 그렇게 케센 왕국으로 넘어간 우리들은 10분 정도 내달린 뒤에 약속된 협상 장소에 도착하였다.

"······."

그런데 이것들이 뭘 하자는 수작이지? 저기 협상 장소로 보이는 커다란 천막 앞에는 사람 키만한 무쇠 솥이 부글부글 끓고 있었고 그 주변에도 곳곳에 커다란 장작들이 쌓여 있었으며─마치 화형대 같은─혐오감이 일게 만드는 보기 안 좋은 것들이 널려 있었다. 에린을 안 데리고 온 게 다행이로군. 난 떨떠름한 표정의 메리츠 후작의 뒤를 따르면서 시녀복을 입고 있는 카렌을 힐끔 바라보았다. 역시 저 녀석은 치마가 어울리는데 말이야. 쯧.

협상 장소인 천막 안으로 들어가 보니 상대는 이미 우리들을 기다리고 있었다. 나의 강력한 주장에 의해 우리 쪽 사람들은 메리츠 후작과 그의 서기관, 그리고 나와 내 호위 기사인 크렌, 닐크, 아르케네스였다. 물론 입구에서 무기는 압수당했다. 다행히 카렌은 너무 어려 보이는데다 연약한 시녀인지라 아예 검문 대상이 되지도 않았다. 그렇게 천막 안에 우리 크레센트 쪽 사람들이 자리를 잡고 앉자—나와 메리츠 후작만 의자에 앉았다. 나머지는 뒤에 서 있었고—케센 측에서 곧바로 말을 꺼냈다.

"여자를 내보내다니! 우리를 무시하는 것이오? 아니면 그대들 나라엔 이 소녀보다 잘난 남자가 없는 것이오?"

"험험… 그게 아니라……."

그러고 보니 케센에서는 여자의 지위가 낮았지. 여자란 집에서 밥하고 빨래하고 아이 낳아서 기르는 존재 정도로만 생각하는 녀석들이니까. 뭐, 이런 점이야 어느 나라인들 안 그렇겠는가만은 케센 쪽은 타국보다 유독 더 심하다. 에이, 시작부터 기분 잡치는걸?

"우리는 협상할 생각이 없소!"

"그게 무슨……?"

정말 정이 뚝 떨어지게 말하네? 케센 측에 앉아 있는 인물은 둘이었는데 하나는 털북숭이의 거한이었고 그 옆에는 팔짱을 끼고 있는 젊은 청년이었다. 주로 말하는 건 저 털북숭이 아저씨였지만 내 직감으로는 그 옆에 앉아 있는 붉은빛이 감도는 갈색 머리의 청년 쪽이 직위가 더 높은 것 같다. 지금도 우리 측 외무 대신의 반응을 보면서 싱긋 웃기만 할 뿐 협상에 끼어들려 하지 않으니까 말이야. 마치 나처럼.

"굳이 협상을 하겠다면 내 조건을 말해 주지. 첫째, 지금 당장 영토 통과권을 줄 것. 둘째, 크레센트 영토 내에서의 수사권을 넘겨줄 것. 그리고 셋째, 브리츠의 프리스트와 신도 전원을 우리 케센 왕국으로 송환할 것을 주장하오."

"이런, 그런 조건은 너무 억지이지 않습니까?"

내 옆에 앉아 있던 외무 대신이 벌떡 일어서며 발악하듯 소리쳤지만 상대는 코웃음을 치며 외면했다. 아아! 저렇게 약하게 나가서야 어디 외교라는 걸 해보기나 하겠어? 상대가 이쪽을 만만하게 보지 못하도록 강짜도 좀 놔주고 협박도 좀 하고 그러는 게 외교의 진수가 아닌가? 실제로 케센 측은 자신들의 강점을 살려서 말도 안 되는 조건을 턱턱 내거는데 말이야.

"흥! 싫다면 당장 돌아가시오! 사신을 죽이는 건 명예롭지 못한 일이니! 가서 그대들의 검이나 잘 갈아두시오!"

"으극……!"

이거이거, 아주 완패인걸? 이제 슬슬 내가 나서볼까나? 난 털썩 주저앉은 외무 대신을 힐끔 바라본 뒤 우선 수염을 박박 밀어주고 싶은 충동이 일게끔 만드는 상대를 노려보았다.

"그대의 직위와 이름은?"

"흥! 감히 계집 따위가 어디서……!"

"닥쳐라! 네 녀석, 아까부터 무례하기가 그지없구나. 너희들의 왕이 타국에서 인정받고 존중받기를 원한다면 예의를 갖춰라!"

"뭣이!!"

"하하하하!!"

그 털북숭이가 발끈하며 화를 내는 것과 그 옆에 앉아 있던 갈색 머리의 청년—분명 범상치 않은 직위를 가지고 있을 거다. 그에게선 기품이 느껴지니까—이 크게 웃은 건 거의 동시였다. 난 내가 중간에 끼어들어서 당황하는 외무 대신에게 가만히 있으라고 손짓하곤 곧바로 아직도 웃고 있는 그 청년을 바라보았다.

"저, 전하……."

"하하하! 참 기가 센 아가씨로군. 여기 이 친구는 우리 케센의 자랑스러운 용사이자 이번 원정군 사령관인 흉켈 후작이오. 그리고 나는……."

"케센의 이왕자이신 사이릭 전하시겠군요."

"호오, 나를 아나?"

"소문 정도는 들어봤습니다."

소문은 무슨 소문, 댄의 보고서에 있던 걸 그대로 말한 것뿐이다. 케센의 일왕자는 아마도 그쪽 궁성에서 제왕학을 배우고 있다니 남은 건 이왕자와 삼왕자. 둘 다 장군으로 활동하고 있다고 하는데 크레센트 쪽은 이왕자의 관할이고 그쪽 삼왕자는 로세니아 쪽을 담당하고 있다 한다. 그러니 당연히 여기서 전하라고 불릴 만한 인물은 사이릭 이왕자뿐이지. 그나저나 저 이왕자, 꽤나 단련한 몸 같은걸? 내뿜는 기세가 웬만한 기사들쯤은 눈빛만으로도 기를 죽이게 만들 만큼 자신감에 차 있다.

"그래, 우리 쪽 조건은 모두 말했는데 어떻게 할 건가?"

"물론 그런 일방적인 조건들은 모두 거절합니다."

"그렇다면 전면전일 텐데? 그 정도는 생각하고 왔겠지?"

"당연히. 하지만 그런 치욕스러운 조건을 들어주느니 차라리 전쟁을 벌이는 게 나을 겁니다. 그리고 만약 우리가 싸우게 된다면 로세니아 측만 좋은 일 해주는 꼴이라는 건 잘 알고 계실 텐데요?"

"로세니아는 움직이지 않아."

"아니오. 움직일 겁니다."

"호! 왜 그렇게 자신하지? 뭔가 믿는 게 있는 건가?"

"제 이름은 어제 알려 드렸으니 이미 알고 계시겠죠? 아넬리안 드 크레센트. 크레센트 왕위 계승 서열 1위이신 로이드 왕자 전하의 비가 바로 저입니다."

"흠… 그거야 알고 있는 사실이고."

"그렇다면 저의 결혼하기 전 성을 알고 계시는가 묻고 싶군요. 아넬리안 폰 로세니안. 자랑스런 로세니아 인이자 현 로세니아 국왕 폐하이신 레테이온 폐하께서 바로 저의 아버님 되십니다."

"…서로 사돈 간이라 해도 이런 명분없는 전쟁에 함부로 뛰어들 것이라고는 생각되지는 않는데?"

"그렇겠죠. 그렇기에 바로 제가 이곳에 온 이유이기도 하지만요. 만약 제가 여기서 죽게 된다면… 그날이 바로 케센이 지도상에서 사라지는 날이 될 것입니다. 잘 아시다시피 저희 로세니아 인들은 명예에 광적으로 집착하는 경향이 있으니까요."

내 말에 케센의 왕자는 협상 이후 처음으로 인상을 찌푸리며 생각에 잠긴 듯한 표정을 지었다. 역시 나의 배경은 날이 갈수록 빛을 발하는구나. 빌어먹을 커트렌 자식의 가문인 노베른 가가 꽉 잡고 있는 로세니아이긴 하지만 내가 여기서 피살되든지 납치된다면 로세니아는 두말할 것없이 크레센드와 손을 잡을 것이다. 다만 그 전제 조건에 내 목숨이 걸려 있다는 것이 좀 씁쓸하긴 하지만 말이다.

회의장 안은 당연히 침묵이 감돌았다. 케센의 왕자는 무언가를 생각하는 듯 인상을 쓰면서 팔짱을 끼고 있었고 나 역시 그런 왕자를 노려보며 조금도 양보하지 않겠다는 표정으로 인상을 쓰고 있었기에 협상은 지지부진, 괜히 시간만 잡아먹었다. 뭐, 본래 목적이 시간 끄는 거니 그것도 나쁘지는 않지만 말이야.

"흠… 알 수가 없군. 왜 자기 목숨까지 걸어가면서 협상을 하는 거지? 그쪽의 모국은 로세니아일 텐데? 로세니아 왕국이라면 모를까 타국인 크레센트를 위해서 자신의 생명도 거리낌없이 내놓겠다는 건가?"

"지키고 싶은 사람이 있으니까요."

"후우… 정말 마음에 드는 아가씨로군. 하지만 나도 여기선 공인인 입장이니 양보할 수는 없고… 이런 건 어떤가?"

"어떤?"

"당신이 내 궁에서 얼마간 생활하는 것 말이야."

"실례지만 사양하겠습니다. 전 결혼했거든요."

"아아! 물론 그 사실은 잘 알지. 하지만 아무리 잘난 나라도 그대같이 대가 세고 아름다운 여성이라면 한 번쯤 나쁜 생각을 가지게 되거든."

그렇게 말한 케센의 왕자는 손가락을 딱 하고 퉁겼다. 그러자 사이릭 왕자가 앉아 있는 쪽 입구로부터 대충 스무 명쯤 되는 병사들이 무장한 채 안으로 뛰어들어 왔다. 안으로 들어온 병사들은 좌우로 갈라져서 우리를 향해 날카롭게 빛나는 창날을 겨누었다.

"저희는 크레센트 왕국의 사절단인데 이건 너무 무례한 게 아닌가요?"

"훗! 그대들은 언제나 우리를 무식한 야만인들이라고 깔보지 않았나? 나는 야만인답게 조금 과격한 방법을 쓰는 것뿐이야. 자, 무기도 없을 테니 서로 피 보는 일 없이 원만하게 해결해 보자고."

결국 싸움인가? 아니, 이건 전쟁이라고 불러야 하나? 이런이런, 나야 말로 웬만하면 피 보는 일 없이 원만하게 해결하고 싶었는데 말이야. 나는 외무 대신에게 뒤로 물러서라고 손짓한 뒤 천천히 일어섰다. 상대 쪽도 내가 일어서자 뒤로 물러서 공간을 만들며 당장이라도 전투가 벌어질 듯한 살벌한 분위기가 되었다.

솔직히 말하자면 난 그다지 죽고 싶지 않다. 왜냐고? 아직 꼬맹이 주제에 고집만 센 내 남편 로이드와 화해도 못했거든? 이런 이유를 남들에게 말하면 비웃을지 모르지만 내겐 심각하다. 언제부터인지는 나도 잘 모르겠지만 로이드 역시도 내 꿈의 일부가 되어 있었고 또 내 목표를 위해 꼭 필요한 사람이 되어 있었다.

작게 한숨을 내쉰 나는 이제는 비어버린 테이블을 내려다보다가 오른손을 들어 올렸다. 그러면서 케센의 왕자를 바라보며 싱긋 웃었다.

"무기라면……."

그의 표정이 괴상하게 변한다. 하지만 난 전혀 개의치 않고 손바닥으로 테이블을 내려쳤다.

콰아아앙!

연약한 소녀의 손길도 못 견디는 이 불량 탁자는 뭐야? 이런 걸 왕족이 쓰다니 케센의 자금 사정도 알 만하군. 난 완전히 박살이 난 채 바닥을 구르는 테이블 다리를 들어 올리면서 여전히 웃었다.

"여기 있잖아요? 훗!"

테이블 다리를 붙잡고 그 위에 달려 있는 거추장스러운 나뭇조각들을 몇 번 만져 주자 가볍게 나무 몽둥이 하나가 만들어졌다. 이런 내 행위에 말도 못하고 입만 뻐끔거리는 사이릭 왕자에게 윙크까지 해주는 여유—물론 이건 외도하겠다는 뜻이 아니다—를 보여준 나는 갓 만들어진 따끈한(?) 나무 몽둥이를 우리들 중 가장 덩치가 좋고 험상궂게 생긴 아르케네스에게 넘겨주었다.

"어, 어떻게?"

어떻게는 뭘 어떻게야? 그냥 힘껏 내려쳤더니 뽀작 하고 부서진 거지. 눈으로 보고도 못 믿나? 참나······.

"단단하기 이를 데 없는 오크 목으로 만든 테이블을 손바닥으로 부수다니··· 혹시··· 남자?"

"무슨 실례의 말씀! 전 엄연히 여.자.라고요! 보여줘요?"

난 그렇게 소리치면서 두 손을 치마 속으로 집어넣고 위로 치켜 올렸다. 내 치마가 하늘거리며 위로 솟아오르며 늑대 같은 남정네들이 숙녀의 부끄러운 곳에 시선을 빼앗겼을 때 내 손에는 두 자루의 롱 소드가 들려 있었다. 흠, 카렌 녀석도 가끔은 도움이 된다.

"아아!! 살색 속옷을 입으신 거군요? 놀랐습니다. 아무것도 안 입으신 줄 알고······."

"닥쳐, 닐크! 이건 속바지라고!! 속옷은 안에 입고 있어! 눈 안 깔아?"

난 크렌과 닐크에게 롱 소드를 넘겨주면서 빽 하고 소리쳤다. 괜히 얼굴이 빨개지잖아! 저 닐크 자식, 괜히 쓸데없는 말을······. 그런데 왜 케센 쪽 인간들도 얼굴을 붉히면서 고개를 숙이는 건데? 하여간 긴장감이 없다. 정말······.

"카렌!!"

내 외침에 카렌이 제자리에서 폴짝 뛰어오르더니 내 어깨를 밟고 케센의 왕자 쪽으로 날아갔다. 이 망할 꼬맹이, 감히 누구의 어깨를 밟는 것이얏! 아앗! 카렌의 손에는 이미 두 개의 단검이……. 아, 안 돼!
　"죽이지 마!"
　내 외침에 그대로 찌르려고 양팔을 높이 치켜들었던 카렌은 그대로 사이릭 왕자의 가슴에 온몸을 날려서 그 위에 올라탄 채 왕자를 바닥에 쓰러뜨렸다. 그리고 그제야 두 팔을 힘껏 밑으로 찔러서 사이릭 왕자의 목 사이에 단검을 박아 넣었다. 이렇게 사태가 종결된 다음에야 흉켈이라는 그 용사인지 뭔지 하는 털북숭이와 병사들이 움직였지만 이미 킹의 목숨은 내 손안에 들어왔다고. 역시 여색을 탐하면 일찍 죽는다는 옛말이 맞나 보다. 지금 이 상황에서 어울리는 건가? 뭐 어때? 결과만 좋으면 다 좋은 거지.
　"좋아요. 이제 무기를 내려놓으시죠?"
　"웃기지 마라! 네가 전하를 인질로 잡고 있는다 해도 여길 무사히 빠져나갈 수는 없을 것이다!"
　"그럼 뭐… 연약한 미소녀 하나와 케센 국 이왕자의 목숨을 바꾸는 수밖에 없겠군요. 크레센트와 로세니아 연합군은 선물로 잘 포장해서 드리기로 하죠. 불만없죠?"
　"크으……"
　거참, 이를 간다고 내가 갑자기 투항할 마음이라도 생길 거라고 생각하는 건가? 아주 빡빡 잘도 가는군. 저러다 이빨 부러지는 거 아닌지 몰라?
　"후후후… 하하하… 아하하하하!!"
　갑자기 사이릭 왕자가 미친 듯이 웃어대기 시작했다. 흠… 저 인간도 신경이 강철도 만들어진 건가? 자기 목을 위협하는 단검이 바로 코앞에 있는데도 불구하고 저렇게 웃어대다니 보통 강심장을 가진 인간은 아니군.

"뭐가 그렇게 웃기죠?"

"큭큭큭! 정말……! 졌다, 졌어. 완전 항복이야."

"저, 전하!"

"닥쳐라, 훙켈! 여색에 눈이 멀어 주군을 위험에 빠뜨리는 자의 말은 듣기 싫다!"

그 상황이라면 보통의 평범한—남색에 눈뜨지 않은 평범한—남자라면 다들 같은 반응일 거라고 생각하는데? 물론 다시 해보라고 하면 절대 사양이다. 부끄러운 짓은 한 번으로 족하다고. 내가 이렇게 생각하고 있을 때 사이릭 왕자가 날 올려다보면서 말을 건넸다.

"이봐, 이 꼬마 아가씨 좀 치워주겠어? 나도 여자를 꽤나 좋아한다고 생각하지만 이 아가씨는 아직 십 년은 더 필요할 것 같은데 말이야."

"뭐… 그러시든지요."

난 아까 전 사이릭 왕자가 했던 것처럼 손가락을 튕겼다. 그러자 카렌이 사이릭 왕자 위에서 내려온 뒤 몸을 일으키는 그의 뒤로 돌아가 다시 목에 단검을 가져다 대었다.

"후훗! 로세니아의 시녀들은 다 이런가? 아니, 크레센트일려나? 이거 조심해야겠군."

"좋을 대로 생각하시죠. 자, 그보다 다시 협상이나 해볼까요?"

"목에 단검을 들이대고 협상을 한다……. 좋은 외교관이 되겠군. 아주 유쾌해. 후후후……."

저 사람, 돈 거 아니야? 자기들한테 전적으로 불리한데도 좋다고 웃네? 으음… 미친 녀석을 오래 상대하는 건 좋지 않으니 빨리 끝내 버려야겠다.

"뭐, 우리 측 조건은 별거 없어요. 앞으로 한 달! 한 달 동안 브리츠에 관한 모든 일은 크레센트에서 처리합니다. 이에 관해서 케센은 어떠한 경우에도 참견하지 말아주시길 부탁드리죠."

"그럼 그 후엔?"

"그땐… 다시 협상해야겠죠?"

난 당연하다는 투로 그렇게 말했다. 물론 크레센트로서는 매우 당연한 조건이겠지만 사왕자를 잃은 케센으로서는 조금도 안 당연하겠지. 하지만 내가 케센의 사정을 봐줄 리가 없잖아? 내 말을 들은 사이릭 왕자가 쓴웃음을 지으며 수긍한다는 듯 고개를 끄덕이자 이때를 놓칠세라 난 메리츠 후작에게서 공문서 몇 장을 받아 든 뒤 엉거주춤하게 검을 들고 서 있는 닐크를 노려보며 소리쳤다.

"닐크! 저기 가서 엎드려!"

"네… 네?"

"내 말 못 들었어? 엎드리라고!"

"예? 제가… 왜?"

"원망하려면 밥 먹는 데마 쓸모있는 그 입을 원망해. 빨랑 가서 안 엎드려? 한 대 맞을래?"

"당장 엎드리겠습니다! 당장!"

닐크는 내가 가리킨 곳으로 거의 구르듯 달려가서는 그대로 바닥에 착 하고 엎드렸다. 하지만 내가 원하는 방향이 아니란 말이야. 난 고개를 바닥에 처박은 채 사이릭 왕자 앞에 엎드린 닐크를 뻥 하고—힘 조절, 힘 조절……. 죽이면 안 된다. 힘 조절—차준 뒤에 말했다.

"그쪽이 아니야. 옆으로 엎드려."

발로 엉덩이를 걷어차 준 게 효과가 있는지 닐크 녀석, 곧바로 내가 원하는 대로 사이릭 왕자 앞에서 옆으로 길게 엎드렸다. 난 다리를 오므리고 등을 들어 올리라는 등 자잘한 명령을 내린 뒤 그의 앞에 털썩 주저앉아 닐크의 등에 공문서를 올려놓았.

그렇다! 테이블이 필요했다. 나무 테이블은 내가 부숴먹었으니까! 이런 내 모습에 사이릭 왕자는 쓴웃음을 지었지만 별다른 말 없이 잉크와 펜을 가져오라고 시킨 뒤 좀 전에 내가 말했던 조건들을 줄줄이 적어 내려갔다. 그리고는 맨 아래에 그의 사인을 하고는 그 종이를 내게 건네줬다. 꼼꼼히 읽어본 나는 만족스럽게 고개를 끄덕인 뒤 맨 아래에 내 이름과 함께 사인을 넣었다. 그사이에 두 번째 공문서를 작성한 사이릭 왕자가 내게 사인을 부탁해 와 그곳에도 사인했다. 이렇게 두 장의 합의문이 만들어져 우리는 그것을 한 장씩 나눠 가지며 평화롭고 화기애애한 분위기 속에서 협상을 마쳤다.

"카렌, 이제 됐어."

깜빡 잊을 뻔했군. 어쨌든 다친 사람 하나 없으니 평화롭고 화기애애한 건 맞잖아?

협상을 마친 우리 사절단 일행은 평화롭게 병사들의 숲을 헤치고 마차로 돌아왔다. 의외로 사이릭 이왕자는 우리를 붙잡지 않고 유쾌한 웃음을 지으면서 순순히 내보내 줬는데 막 마차가 떠날 때쯤 전송을 나온 케센의 왕자는 예의 미소를 얼굴에 걸어놓은 채 마차 창문에 고개를 들이밀고 내게 물었다.

"만약 내가 그 문서의 조약을 무시하고 전쟁을 일으키면 어쩔 생각이지?"

"흐음… 뭐… 저야 연약한 소녀인 걸요. 미숙한 화술로 운 좋게 거둔 성공을 과신할 정도로 전 우둔하지 않아요. 그때가 되면 다른 유능한 분들이 알아서 하시겠죠."

"훗! 크레센트에는 인재가 많은가 보군. 하지만… 정말 아쉽군 그래. 지금이라도 늦지 않았는데 내 여자가 될 생각은 정말 없나?"

"삼 개월 전이었다면 당장 좋다고 했겠지만 지금은 절대 아니에요. 설사 하늘이 무너진다 해도!"

"거참, 아쉽군. 그대 같은 총명한 미인은 그리 흔하지 않은 법인데 말이야."

"칭찬, 감사히 듣죠."

내 대답을 끝으로 우리의 대담은 끝을 맺었고 마차는 다시 크레센트 왕국을 향해 출발하였다. 꽤나 유쾌하고 재미있는 왕자였다. 거기다 강인한 전사의 체취가 느껴지는 진짜 남자라고 생각되는 사람이었지만 내 가슴속은 한 사람을 집어넣기에도 좁은 곳인지라 그가 각인될 공간 따윈 콩알만한 틈도 없다. 하여간 그렇게 멀어져 가는 협상 장소를 보면서 난 내 첫 번째 임무를 성공적으로 끝마쳤다는 것을 느꼈다. 휴우~ 다행이다. 정말 다행이야.

당연하다면 당연하겠지만 아무런 조건 없이 한 달이라는 시간을 벌어온 나는 신펠에 들어서자마자 가히 영웅과도 같은 칭송을 들었다. 평생들을 칭찬을 하루 만에 다 들어버린 기분이랄까? 하긴 당장이라도 쳐들어올 것 같은 적들을 단지 말 몇 마디로 한 달이나 유예시켰으니 여기 사는 사람들 입장에선 머리에 꽃이라도 꽂고 덩실덩실 춤을 추고 싶을 정도로 기쁘겠지. 결과가 좋으면 과정도 미화되는 법이니까. 여기서 가장 속 쓰린 인간은 메리츠 후작이겠지? 이왕자파인 내가 공을 세웠으니까 말이야.

신펠 요새 도시에서 하루를 푹 쉰 나와 외무 대신 일행은 이 기쁜 소식을 가지고―물론 이미 전령이 출발했을 게 뻔하다―왕성으로 되돌아가기 위해 마차에 올라탔다. 이번엔 급한 일도 없으니 마차는 천천히 달리기 시작했고 나 역시 지루한 완두콩 세기 따윈 뒤로 제쳐 놓고 팔자 좋게 마차의 창문으로 머리를 내밀고 하늘을 올려다보고 있었다. 그런데 왜 구름 사이로 그의 얼굴이 아른거리는 거지? 이거 나도 중증인 거 아냐? 에에이~ 마차를 빨리 몰라고 해야겠는걸?

지나가는 듯한 무심한 내 한마디에 의해서 올 때만큼이나 마차는 미친 듯이 질주하기 시작했다. 나랑 왔던 일행들이야 이미 한번 겪은 일이니 그런대로 적응하겠지만 내 뒤에서 좇아오고 있는 외무 대신들 일행은 아주 죽을 맛이겠는걸? 하지만 그런 걸 생각해서 참아줄 만큼 난 속이 넓지 않아서 말이지. 점점 그가 있는 수도가 가까워지고 있다. 이제 얼마 뒤면, 조금만 더 가면… 더 가면…….

"멈춰!!"

내 고함 소리에 끼이익 하는 소리와 함께 내가 타고 있는 마차가 뒤집힐 듯 크게 요동쳤다. 갑작스러운 급제동에 놀란 말들이 히히힝 하면서 날뛰자 밖에서는 마부와 닐크가 소란스럽게 말들을 진정시키느라 정신없다.

"…마마?"

에린이 이상하다는 듯 날 바라봤지만 저 멍충이에게 해줄 말은 없다. 난 지금 내 일로도 머리 속이 터질 것 같단 말이야!

혹시라도 로이드 왕자가 아직도 화가 나서 날 보지도 않으려 하면 어쩌지? 아니야. 그날 내게 보여준 모습을 봤을 때 그럴 리 없어. 하지만 벌써 며칠이나 지났는데……. 그래도 그 완고한 어린 녀석은 절대 나를 용서해 주지 않을 거야. 왕실에는 여자도 많고 그는 왕자인데……. 내게 원하는 걸 다른 여자에게서 찾으면 난 어떤 표정을 지어야 하지? 아아! 미치겠다. 머리 속이 온통 뒤죽박죽이 되어버린 느낌이다. 속으로는 로이드 왕자를 믿지만 내가 그에게 했던 심한 말들과 왕실의 난잡한 분위기를 상기하니 도저히 자신이 서지 않는다. 에에잇!

이럴 때는!! 도망이닷!!

"에린! 가서 마차 돌리라고 해! 랭스턴 자작령으로 간다!"

"네에? 마마! 그건……?"

"시끄럿! 시키면 시키는 대로 해! 뒤에 오는 녀석들에겐 피곤해서 잠시 요양 간다고 전하고! 어서!"

"네, 넷! 마마!"

그렇게 난 내 생애 첫 번째 별거를 아무 생각 없이 명령해 버렸다.

〈제2권 끝〉

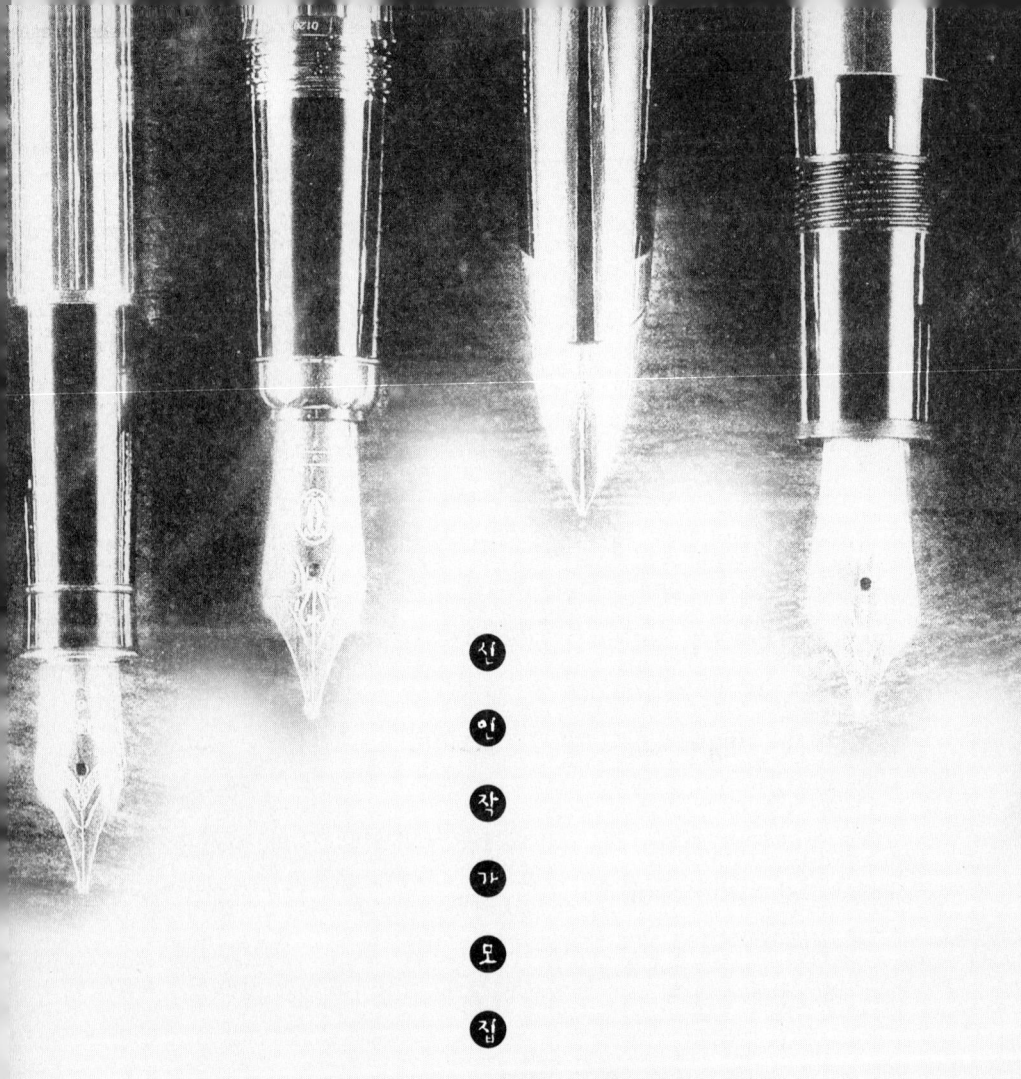